U0585526

插图珍藏本

金银岛

Treasure Island

［英］罗伯特·路易斯·斯蒂文森（Robert Louis Stevenson）◎著

何野◎译

湖南文艺出版社
HUNAN LITERATURE AND ART PUBLISHING HOUSE

博集天卷
CS-BOOKY

图书在版编目（CIP）数据

金银岛 /（英）斯蒂文森（Stevenson,R.L.）著；何野译. —长沙：湖南文艺出版社，2014.10
书名原文：Treasure island
ISBN 978-7-5404-6884-2

Ⅰ.①金… Ⅱ.①斯…②何… Ⅲ.①长篇小说—英国—近代 Ⅳ.①I561.44

中国版本图书馆CIP数据核字（2014）第211845号

©中南博集天卷文化传媒有限公司。本书版权受法律保护。未经权利人许可，任何人不得以任何方式使用本书包括正文、插图、封面、版式等任何部分内容，违者将受到法律制裁。

上架建议：青少年阅读·经典名著

金银岛

作　　者：[英] 罗伯特·路易斯·斯蒂文森（Robert Louis Stevenson）
译　　者：何　野
出 版 人：刘清华
责任编辑：薛　健　刘诗哲
监　　制：陈　江　毛闽峰
特约策划：薛　婷
特约编辑：张红丽
版式设计：李　洁
封面设计：张丽娜
出版发行：湖南文艺出版社
　　　　　（长沙市雨花区东二环一段508号　邮编：410014）
网　　址：www.hnwy.net
印　　刷：三河市百盛印装有限公司
经　　销：新华书店
开　　本：880mm×1270mm　1/32
字　　数：287 千字
印　　张：11.5
版　　次：2014年10月第1版
印　　次：2020年2月第6次印刷
书　　号：ISBN 978-7-5404-6884-2
定　　价：29.00 元

（若有质量问题，请致电质量监督电话：010-84409925）

目录
CONTENTS

金银岛
Treasure Island

献给
劳埃德・奥斯本

以报答同这位美国绅士一起度过的美好快乐时光，
依照其纯正的趣味构思了本部作品。

作者，他的挚友，
心怀最善良的愿望谨题。

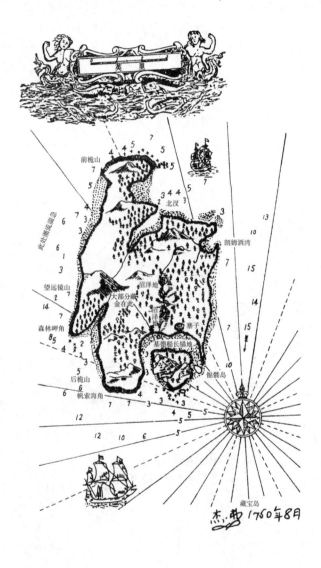

英 里

前桅山

北汉

朗姆酒湾

此处溯溪湍急

望远镜山

沼泽地

大部分藏
金在此

沼泽地

寨子

基德船长锚地

森林岬角

船骸岛

后桅山

帆索海角

藏宝岛

杰·弗 1750年8月

1754年7月20日由弗林特在萨凡纳交付"海象"号大副比尔·彭斯，
按原图复制，经纬度由吉姆·霍金斯删去。

第一部

老 海 盗

第1章
住在本葆将军①旅店的老船长

有一天，他悄悄把我拉到一旁，让我帮他"留意并提防一个只有一条腿的水手"，并且，他向我承诺，只要我保证一看到有这样一个人出现并立刻向他通风报信，他就会在每个月的月初给我一枚四便士的银币。

乡绅特里劳尼先生、利夫西医生和其他几位先生，早就要我把关于藏宝岛的全部详情从头至尾毫无保留地写下来，只是它的位置还不能公开，因为那里至今还有未被取出的宝藏。现在（一七××年），我就提起笔，思绪再次回到我父亲开本葆将军旅店的时候。当时，那个棕色皮肤、脸上带有一道刀疤的老海员第一次来到我们的店里投宿。

当回忆起这个人时，好像一切就发生在昨天，历历在目。我记得，在那一天，他迈着沉重的脚步来到旅店门口，航海用的大木箱搁在他身后的双轮手推车上面，由一个人推着。他高大魁梧，身体强壮，甚至看起来显得有些笨重，皮肤因常年日晒而变成了栗色，辫子

---

① 本葆将军指约翰·本葆（1653—1702），曾任英国海军中将之职，率军在牙买加附近海域同法国舰队发生激烈的战斗，后因伤重而亡。本书主人公霍金斯一家所开设的旅店就是以他的姓氏命名。

上涂了柏油，黏糊糊地耷拉在肮脏不堪的蓝外套的肩部；粗糙的手上布满了疤痕，手指甲残缺不全，而且呈黑色；脸颊上还有一道醒目的铅灰色刀疤横贯而过，显得整张脸很不干净。我记得他一面环顾着旅店周围的小海湾，一面吹着口哨，然后突然唱起了那首古老的水手歌谣，这首歌谣后来我也时常听他唱起：

> 十五个汉子扒着死人箱——
> 哟嗬嗬，朗姆酒一大瓶，快来尝！

　　他苍老的嗓音十分高，但些微有些颤抖，就好像是在拼命转动绞盘的扳手们用尽全力大声吼唱的破嗓门儿。随后，他用一根随身携带的木棍使劲儿敲打着房门。我的父亲开门出来迎接，他便粗声大气地点了一杯朗姆酒。酒上来后，他悠闲而缓慢地啜饮着，如同一位专业的品酒师一般。他一边细细品味酒的味道，一边环顾四周，打量着周围的峭壁，还抬头将我们旅店的招牌审视了一番。

　　"说实话，这个小海湾十分便利，"他开口说道，"在这里开旅店真不错。生意怎么样，我的朋友？"

　　我父亲回答说，客人很少，生意不太好，真是遗憾。

　　"那么好吧，"他说，"我就在这里住下了。伙计，请过来！"他对那个推手推车的家伙喊道，"把手推车放在一边，帮我把箱子卸下来，我要在这里住上一阵子。"接着，他又对我父亲说："我是个不太讲究的人，有朗姆酒、熏猪肉和鸡蛋就可以了，只要有了这些，我就可以待在崖顶看过往的船只了。嗯，我的名字？就叫我老船长吧。噢，我懂你的意思，瞧瞧！拿去！"说着，他把三四枚金币随手丢在门槛上，"花完的时候告诉我。"他威风凛凛地说，那神情十分严厉，俨然是一位拥有指挥权的司令官。

　　确实，他虽然衣衫破烂，讲话粗鲁，却十分有风度，一点儿都不像是一个在桅杆前干活儿的普通水手，倒像是个惯于发号施令甚至动辄打人的大副或船长。

　　那个推手推车的人告诉我们，这位老海员是乘坐那天早晨的邮车到达乔治国王旅店的。在那家旅店门前，他打听了一些有关沿岸的小旅店的情况。据我猜测，他应该是听说我们这里十分僻静，更由于它所处的位置而选中了本葆将军旅店。关于这位老船员，我们所知道的也就这么一点点了。

　　实际上，他是一个沉默寡言的人。他要么整天在小海湾附近转来转去，要么就带着一架黄铜望远镜去攀爬峭壁。到了晚上，他会整晚坐在客厅一角的壁炉旁，使劲儿地喝只掺了一丁点儿水的朗姆酒。通常情况下，你和他说话，他都不予理睬，然后会猛地抬头瞪一眼，从鼻子里发出一声"哼"，那声音就像船只在迷雾中航行时所发出的号角声。很快，我们和到店里来的人就明白，一切还是随他自便比较好。每天，他巡游回来以后，都会询问有没有水手之类的人路过。刚开始，我们以为他是在寻找自己的朋友和伙伴，后来才渐渐发觉并非如此，恰恰相反，他是想避开他们。每当有水手来到本葆将军旅店投宿时——经常有水手路过我们这里，因为他们要沿海边大道去布里斯托尔——这位老船长在走进餐厅之前，总会躲在门帘后面窥探一番，一旦有什么可疑的人坐在里面，他必定噤若寒蝉，像只老鼠似的一声不吭。对于此事，我多少是有些了解的，因为在某种程度上，我也分担了他的部分恐惧。有一天，他悄悄把我拉到一旁，让我帮他"留意并提防一个只有一条腿的水手"，并且，他向我承诺，只要我保证一看到有这样一个人出现并立刻向他通风报信，他就会在每个月的月初给我一枚四便士的银币。每到月初，我向他索取报酬，他总是从鼻子里冷冷地发出一声"哼"，还会使劲儿瞪着我，迫使我低下头去。然

而不出一个星期，他又总是改变主意，把那四便士放在我手上，同时重申那个要我留意"只有一条腿的水手"的命令。

可想而知，那个神秘的人物是如何搅得我寝食难安的。在暴风骤雨的夜晚，当海上吹来的大风恣意地冲撞着房屋，当万千巨浪大声咆哮着冲向海岸、冲击着悬崖峭壁时，我就会在瑟缩中看到他幻化成一千种可怕的形象，有着一千种无比邪恶的表情——一会儿那条腿是被齐膝砍断的，一会儿又是自大腿根部被截断的，一会儿他变成没有腿的怪物，一会儿又变成在身体中央只长了一条腿的奇形怪状的家伙。他用仅有的一条腿跑着、跳着来追赶我，十分灵巧地越过篱笆和水沟，这简直是最可怕的噩梦了。总之，每个月的四便士我赚得十分辛苦，付出的代价就是这些想象中的怪物和可恶的梦魇。

尽管那个想象中的"只有一条腿的水手"令我十分恐惧，但对船长本人我并不十分害怕，不像其他认识他的人那样。有时候，当他在晚上喝了过量的朗姆酒之后，他那笨重的脑袋根本支撑不住的时候，他会坐在那里旁若无人地大声唱那首古老、粗野、豪放的水手之歌；有时候，他还会大嚷大叫地强迫在座的每个人喝上一杯，并逼迫这些战战兢兢、浑身发抖的房客听他讲故事，或者跟他一起唱。我经常感觉到整栋房子和着"哟嗬嗬，朗姆酒一大瓶，快来尝"的歌声一起发抖、颤动；大家怀着对死亡的恐惧，为自己宝贵的生命着想，积极地加入这歌声中来，而且一个比一个唱得卖力，生怕被他发现没好好唱，从而挨骂。因为他一旦发起酒疯来，就肆无忌惮，什么都不顾，简直就是个蛮不讲理的恶霸。他会用手使劲儿拍打桌子，大吼着命令全体安静；他会神经质般地突然暴跳如雷——如果有人提出一个问题，他就会立刻勃然大怒，要是没有人提问题，他又会断定大家没有认真听他的故事，同样会大发雷霆。他甚至禁止人们离开旅店，直到他喝得醉醺醺，趔趄着回到自己的房间，倒在床上不省人事为止。

他讲的故事把大家吓得够呛。那些故事十分可怕，内容全部都是关于绞刑、走板子①、海上大风暴、珊瑚礁、加勒比海南部野蛮凶悍的海盗及其巢穴的。按照他自己的说法，他在海上同那些最邪恶、最狠毒的海盗在一起厮混了一辈子。甚至他在讲这些故事时所使用的语言，都使我们那些纯朴的乡民大为惊骇，就同他所描述的那些令人心惊肉跳的罪行一样。我的父亲总是唠叨，这个小小的旅店不久就会关门的，因为很快顾客就不会光顾这里了，人们迟早会不堪忍受船长的暴虐和压制，谁愿意在他的淫威下生活，甚至回家睡觉还战战兢兢呢？然而我觉得这位老船长的存在还是有些好处的。人们在听故事的当时的确是受到了不小的惊吓，可等他们回过神儿来，就意识到自己非常喜欢这些故事，因为在一成不变的乡村生活中，这可是一剂绝好的强心剂。甚至有一群年轻人宣称十分崇拜他，尊敬地称他为"真正的老航海家""厉害的老水手"等，为他冠上诸如此类的名号。他们还说，英格兰之所以能够称霸海上，恰恰是因为有他这样的英雄。

从某方面来讲，他真的非常有可能让我们破产。他一个星期接一个星期、一个月接一个月地住了下来，他预付的那些钱早已用完，可是我的父亲始终鼓不起勇气跟他要钱。因为一旦对他稍微提及钱的事，老船长立刻就会狠狠地从鼻子里发出很大的一声"哼"，简直可以说是咆哮，并且直直地瞪着我那可怜的父亲，逼着他退出去。我曾亲眼看到父亲在经受这样一次打击后拼命绞着双手的样子，这种恼怒和恐惧肯定大大加速了他的死亡，这一点我十分确信。

在同我们住在一起的那段时间里，老船长除了从一个小贩手里买过几双袜子外，在衣着方面没有丝毫改变。他的三角帽有一个卷边耷

① 走板子，海盗处罚俘虏的一种方式，即蒙上俘虏的眼睛，令其在伸向船外的木板上行走，直至坠入大海。

拉了下来，尽管这给他带来很多不便，尤其是刮风的时候，但他就任凭它那么耷拉着。我记得他那破破烂烂的外套，他曾经躲在楼上的屋子里自己缝缝补补，到最后，那件衣服几乎挂满了补丁，根本看不出本来的样子了。他从来不给别人写信，也从来没有接到过别人的任何信件。他从来不跟任何人交谈，除了在他灌了过量的朗姆酒的时候，才会跟店里的其他人讲话。还有他带来的那个航海用的大木箱，任何人都没有见他打开过。

　　他唯一一次被人顶撞，是在我那可怜的父亲病入膏肓的时候。当时是傍晚，利夫西医生在为病人做完检查之后，吃了一些我母亲准备的晚餐，随后便走进客厅抽一斗烟，等待仆人从小村子里把他的马牵过来，因为我们的本葆将军旅店没有马房。我跟在他的身后，走进了客厅，记得当时我注意到这位医生十分干净整洁，发套上洒着雪白的发粉，黑色的眼珠十分明亮，双目炯炯有神，举手投足间显示出翩翩风度。由此，衬托得那些乡下人更加粗鄙不堪，尤其是那个邋遢、笨拙的海盗，他正醉眼蒙眬地趴在桌子上。这两人形成了鲜明的对照。突然，他——就是老船长——又开始扯着破嗓子唱起那首古老的水手之歌：

　　　　十五个汉子扒着死人箱——
　　　　哟嗬嗬，朗姆酒一大瓶，快来尝！
　　　　酒精和魔鬼让其余的人把命丧——
　　　　哟嗬嗬，朗姆酒一大瓶，快来尝！

　　一开始，我猜测"死人箱"就是指他放在楼上的那只大箱子。这个想法在我的噩梦中总是和那神秘可怕的"只有一条腿的水手"搅和到一起。那时，我们都已经对这首歌感到麻木，不觉得它十分特别了。但是那个晚上，只有利夫西医生第一次听到它，而且我敏锐地察觉到，利夫西医生对此丝毫没有好感，因为我看到他在同花匠老泰勒谈话时，面带愠怒地抬头看了一眼，然后又接着讨论治疗风湿病的新药方了。

船长却越唱越来劲儿，到最后他就像往常那样，用手猛拍了一下面前的桌子，那是给我们所有人下的命令——安静。满屋子的谈话声戛然而止，只有利夫西医生依然在讲话，口齿清晰，语调亲切，在讲话的间隙还抽一下烟斗，轻快地吐出一口烟。老船长眼睛直直地瞪着他，过一会儿，他又用力拍了一下桌子，眼里闪出凶狠的光，最后扯着嗓门儿恶狠狠地咒骂道："不许说话！说你呢，那个家伙！"

"你是在跟我讲话吗，先生？"医生问道。那个满面凶恶的家伙回答说"正是"，同时还吐出一句无礼的咒骂。医生回答说："先生，我只对你说一件事，那就是，如果你再酗酒的话，那么很快就会有一个十足的浑蛋从这个世界上消失！"

那个凶狠的老家伙怒气冲冲，立刻暴跳如雷。他跳了起来，掏出一把水手们惯用的折刀，拉开后在手里上下掂量，威胁着要把医生钉到墙上去。

医生十分镇定，纹丝不动，他还是像刚才那样侧着脸，用同刚才一样的声调开始讲话，只是声音略微提高了一些，以便屋子里的人都能够清楚地听见。他平静而坚定地说："如果你不立刻把刀子放回口袋，我以名誉担保，在下一次的巡回审判中你将会被绞死。"

接着，双方展开了一场目光的对峙战。没想到，恶狠狠的船长很快便屈服了，将他的武器收了起来，退回到自己的座位上，嘴里还有些不服气地嘟囔着，那灰溜溜的样子活像一只挨了打的狗。

"现在，先生，请你听好，"医生说道，"既然现在我知道有你这样一号人物在我的辖区内，那么你应该明白我会每时每刻都盯着你。

我不仅仅是个医生，还是本地的治安推事。如果我听到任何一句对你的抱怨和控告，哪怕只是像刚才那样的无礼举动，我都会立刻采取有效措施，逮捕你并将你驱逐出去。其他的我也不想多说。"

过了一会儿，利夫西医生的马被牵到了门口，他就骑着马离开了。那天晚上，船长始终保持沉默，再没有吭声，此后的许多个晚上都是如此。

第2章
"黑狗"的出现和消失

> 忽然，客厅的门被推开了，一个陌生人走了进来。他是个脸色苍白、有些肥胖的家伙，左手只剩下三根手指。虽然他的身上也佩带着一把水手用的短刀，但是看上去并不凶狠，也不像是一个好勇斗狠的人。

这件事过去不久，就发生了一系列神秘事件的第一桩。这些神秘事件使我们最终摆脱了船长，然而并没有摆脱他所带来的麻烦。接着往下读你们自会明白。

那是个酷寒难耐的冬天，霜雪经久不化，寒冷的狂风到处肆虐。我可怜的父亲状况很糟，显然没有多少希望能撑到春天了。他的病一天比一天严重，经营旅店的重担落在我和母亲的肩上。我们整日忙个不停，根本无暇留意那位不受欢迎的客人。

那是一月份的一个清晨，天气有些冷，下了薄薄的白霜。整个海湾被白霜覆盖，显得灰蒙蒙的。波浪涌上来，轻轻拍打着岸边突起的岩石，太阳尚未完全升起，低低地伏在山头，将附近的一大片海面照得金光闪闪。船长起得比平时早很多，出发到海边去了。他那又破又旧的蓝外套宽宽的下摆下面，晃悠着那把水手用的短刀。他将黄铜望远镜夹在胳膊下，帽子歪歪斜斜地扣在头上。我记得，当他迈着大步离开时，嘴里呼出长长的白气，好像烟雾一般飘荡在他的身后，而且，当他转过大石头的时候，我听到他从鼻子里恨恨地哼了一声，好像仍然对利夫西医生耿耿于怀似的，这是那天他离开时我听到他发出的最后的声音。

他离开的时候，我的母亲正同父亲一起待在楼上，而我正在准备早餐，在餐桌上摆放好餐具。忽然，客厅的门被推开了，一个陌生人走了进来。他是个脸色苍白、有些肥胖的家伙，左手只剩下三根手指。虽然他的身上也佩带着一把水手用的短刀，但是看上去并不凶狠，也不像是一个好勇斗狠的人。我始终留心看到这里的水手们是一条腿还是两条腿，所以对于陌生人格外注意。这个人引起了我的注意，因为从外表上看，他并不像是一个水手，可是他的身上带着浓重的大海的味道。

我问他想要喝点儿什么，他回答说"朗姆酒"，于是我准备过一会儿走出房间去取酒，他却一闪身在餐桌旁坐了下来，并做了个手势示意我过去。我愣住了，手里还握着餐巾。

"过来，孩子，"他说，"靠近一点儿。"

我走近了一步。

"将要在这张餐桌上吃饭的是我的朋友比尔吗？"他问道，并且不怀好意地眨了几下眼睛。

我回答说，我不认识叫比尔的人，这张餐桌是为住在这里的一个我们称作"船长"的人准备的。

"是的，是的，"他说，"我的朋友比尔也是很有可能被大家叫作'船长'的。比尔的脸上有一道疤，他爱酒简直就像热爱生命一样，这就是我的朋友比尔的特点。为了让你相信，我可以指出，你们的'船长'脸上一定有一道刀疤，我甚至能够明确地说出那道刀疤的位置，是在右边的脸上，对不对？好啦！我已经向你证明了，现在，你该告诉我，我的朋友比尔是不是就住在这所房子里？"

于是我告诉他，船长一大早就到外面散步去了。

"他走的是哪条路呢，孩子？是哪一条？"

我朝那块岩石的方向指了指，并好心地告诉他船长很快就会回来，还一一回答了他提出的其他几个问题。

"啊，"他说，"我的朋友比尔待会儿一定会像看到美酒一样兴奋的。"

可是，我觉得当他说这些话的时候，脸上没有一丁点儿愉快的表情。注意到这一点，我开始觉得这位陌生人一定是认错人了，但即使他故意说出那样的话，也不关我的事；而且，我也根本不知道该怎么办。这个陌生人一直坐在旅店的门口旁守着，紧紧盯着船长回来的方向，就好像是一只猫在等待老鼠出现似的。只要发现我想迈步走出门外，他就立刻阻止，将我叫回来，要是我的动作稍有迟疑，或者慢了一拍的话，他那满是肥肉的脸就会瞬间扭曲起来，令人感到十分可怕。同时，他用那足以吓死人的大嗓门儿大声咒骂着，命令我立刻走进来。只要我一回来，他就马上恢复到刚来时的状态，带有些许巴结意味地轻轻拍几下我的肩膀，以示安慰，并强调说我是一个听话的好孩子，说他特别喜欢我。

他说："我有一个儿子，跟你十分相像，简直就像是一个模子里刻出来的，他是我的心肝，也是我最大的骄傲。但是你要知道，对孩子们来说，最最要紧的就是听话，只有听话的孩子才讨人喜欢。如果你曾经跟比尔一起在大海上航行，你根本就不能让比尔将同一个命令对你说两遍——是的，你肯定不会。要知道，那可不是比尔的作风，也不是他的同伴们的作风。啊，看啊，那肯定是我的朋友比尔回来了，瞧，就是胳膊下夹着望远镜的那个。哎呀，真的是他！来，孩子，我们两个得回到客厅里去，我们要给比尔制造一个惊喜。孩子，你到门后面站着去！啊，我再说一遍。"

说着，陌生人拉着我一起回到了客厅，他把我推到他身后的角落里，以便我们两个人都能躲藏到敞开的门背后。我感到非常不安，也十分惊慌，而你完全可以想象，当我注意到陌生人在门背后根本抑制不住自己的恐惧时，我的恐惧又加重了几分。他躲在门背后，趁着比尔走来的时间，用力擦了擦短刀的刀柄，又活动了一下鞘里的刀身，然后就一动不动。在我们等待的这段时间里，他不断地吞咽着口水，就好像有什么东西卡在喉咙里令他不舒服似的。

终于，什么都不知道的船长迈着大步走了进来。他随手甩了一下门，让门砰的一声在身后关上，然后目不斜视，直直地穿过房间，向为他准备好早餐的餐桌走去。

"嘿！比尔！"陌生人叫道。我听出他在竭力为自己壮胆。

船长随即转过身，面朝着我们。我看到他棕色的脸瞬间变了颜色，甚至鼻子都开始发青，就好像看见了魔鬼或者什么邪恶的东西一样，或者，这世上还有其他比这更坏的东西。说心里话，当我看到他在刹那间变得惊讶与恐惧，整个人一下子看起来既苍老又衰弱时，心中隐隐感到有些歉疚。

"来吧，比尔，我知道你是认得我的，你没有忘记你的老船友，我敢肯定这一点，比尔。"陌生人说道。

船长发出一声紧张、急促的喘息，终于，他开口说道："'黑狗'！"

"哈！当然，还能是谁呢？"陌生人回答说，似乎变得轻松了一些，"同从前一样，'黑狗'来探望他的老船友比尔了，比尔住在本葆将军旅店。啊，比尔啊比尔，我们曾经一起经历过很多事情，不是吗？我们两个，自从我失去了两根手指。"他边说边举起那只残废的手。

"喂，听着，"船长回答说，"既然你找到了我，那么就直说吧，你想怎么样？"

"真有你的，比尔，""黑狗"答道，"你说得很对。我首先得让这个可爱的好孩子给我倒上一杯朗姆酒，谁让我有这个嗜好呢？如果你愿意，就让我们坐下来，像多年不见的老船友一般好好地叙叙旧。"

当我端着朗姆酒回到客厅的时候，他们两个已经分别坐在餐桌的两边——"黑狗"靠近门的一边，侧身斜坐着，以便盯着老船长的一举一动；另一个用意，我想，他是在为自己留个便于逃跑的通道。

倒好酒后，陌生人命令我出去，并且不要关上房门。"你这个小家伙，千万别想透过钥匙孔探听我们说些什么！"他说。于是我迅速地转身走开，退回到酒吧间里去。

有很长一段时间，尽管我努力伸长耳朵，却什么也听不清，只有低低的讲话的声音。后来，他们的嗓门儿终于大了起来，有那么几句话清晰地传进了我的耳朵，这多半是船长的咒骂声。

"不！不！到此为止吧！"他大喊大叫道，并且又生气地重复，"如果要上绞架，那么大家就都上，对！我就是这么说的！"

紧接着，就是突如其来的咒骂声和打斗声——椅子和桌子被推翻的声音，金属器具的撞击声。之后是一声痛苦的喊叫，我看到"黑狗"一下子从客厅蹿出来，拼命地逃跑，而船长则紧追不放。两个人手里都紧紧握着锋利的短刀，跑在前面的"黑狗"左肩淌着血。追到门口，船长猛地举起刀，想要给那个亡命之徒最后的致命一击。但是，那一刀被我们本葆将军旅店的大招牌给挡住了，否则肯定会将"黑狗"劈成两半。直到现在，那道深深的刀痕还留在招牌的底端。

这场生死攸关的恶战以这奋力的一击结束。"黑狗"尽管肩膀受了伤，但脚力快得出奇，一跑到大路上，半分钟不到就消失在小山背后。船长咬牙切齿地盯着招牌，一动不动地站着，最后，他狠狠地揉了几下眼睛，才转身走进屋里。

"吉姆，"他说，"拿朗姆酒来！"他的身体摇晃了几下，一边对我说话，一边伸出一只手扶住墙支撑着身体。

"你受伤了？"我急忙问道。

"酒！"他重复着，"我必须离开这里。快点儿拿酒来！酒！"

我急急忙忙跑去拿酒，可是由于刚刚发生的一切让我心慌不已，手忙脚乱中我失手打碎了一只杯子，还撞到了酒桶的龙头上。就在我颤抖着忙于这一切时，客厅里传来重物轰然倒地的声音。我慌忙跑过去，看见船长直挺挺地仰面躺在地板上。这时，被叫喊声和打斗声惊动的母亲正好跑下楼。见此情景，母亲和我连忙小心扶起船长的头。他呼吸沉重而吃力，眼睛紧紧闭着，脸色铁青，样子十分可怖。

"我的天哪！"母亲急得叫道，"这屋子里怎么净发生些倒霉事！你可怜的爸爸还在床上病着！"

此刻，究竟怎样对船长施以急救，我和母亲都一无所知，实际上，我们并不知道在他身上发生了什么事，只是以为他在刚刚的打斗中受了伤。我拿来朗姆酒，努力试着往他的喉咙里灌，可是他牙关紧闭，下颌像铁铸的一般僵硬，无论如何都掰不开。正在这时，利夫西医生推门走了进来，他是来给父亲进行例行检查的。见到医生，我们大喜过望，长舒了一口气。

"天哪，医生，"我们慌忙叫道，"你快过来看一看，该怎么办呢？他到底伤在哪儿啦？"

"伤？他根本就没有受伤！"利夫西医生说，"他就和你我一样完好，根本没受什么伤。这家伙是中风了。哼，我不是警告过他吗？现在，霍金斯太太，你最好还是赶紧到楼上去陪你的丈夫，如果可能，请尽量不要让他知道发生了什么事。而我，会在这里尽力救回这个家伙一文不值的命。吉姆，快给我拿个水盆过来！"

当我端着水盆返回时，医生已经撕开了船长的衣袖，露出他那肌肉发达的粗壮手臂。我看见他的胳膊上有几处刺青，在前臂上刺着"好运""顺利""比尔·彭斯诸事如意"等精巧、清晰的字样，往上紧挨着肩膀的地方，赫然刺着一个吊在绞架上的人的图案。我端详了一下，觉得这些图案刺得十分出色，一定是费了不少功夫。

医生用手指了指船长身上的绞架图案说："他倒是很有先见之明啊。现在，比尔·彭斯先生——如果这是你的名字的话，我们要来看看你的血到底是什么颜色的。吉姆，"他对我说道，"你怕不怕血？"

"我不怕，先生。"我回答。

"好，那么，"他说，"你来端着水盆。"说着，他取出一根刺血针，用它划开了船长的一条静脉。

放了大量的血之后，船长慢慢睁开眼睛，他迷迷糊糊地看向自己的周围。首先，他认出了医生，忍不住皱紧了眉头，接着又看到了我，脸上的表情似乎放松了一些。但是这种放松状态也就持续了几秒钟，他就立刻脸色大变，挣扎着想要坐起来，嘴里大声叫道："'黑狗'在哪里？"

"这里可没什么'黑狗'，除了你背上的那一条①。"利夫西医生说，"你一直酗酒，所以导致现在中风。在这之前我已经警告过你了。刚刚，我违背自己的意愿，把你从坟墓里拖了出来。现在，彭斯先生——"

"我不是彭斯。"他打断了医生的话。

"这些跟我无关，我可不管这些。"医生说，"彭斯是我知道的一个海盗的名字，为方便起见，我就用它来称呼你。现在我要告诉你的是：虽然一杯酒不会要了你的命，但是你只要喝了第一杯，就会第二

---

① 在英语国家，"背上有黑狗"是一句谚语，意指"愁眉苦脸、闷闷不乐的样子"。

杯、第三杯不断地喝下去。我以我的性命做赌注，你如果恶习不改，迟早会因此送命的，明白吗？因此送命，就如同《圣经》上所说，回到你来时的地方。现在，使劲儿站起来，我扶你到床上去，仅此一回，下不为例。"

我和利夫西医生费了九牛二虎之力，才将船长弄到楼上房间的床上。他一躺到床上，脑袋就像失去了支撑似的一下子耷拉在枕头上，仿佛已经失去了知觉。

"我再一次提醒你，"医生说，"记住，朗姆酒对你而言即意味着死亡。好了，我已经仁至义尽了。"

然后，医生便拉着我的胳膊一起去看我的父亲。

"不用担心，"医生将门关上后轻声对我说道，"我给他放了很多血，足以让他老老实实待上一阵子。他在那儿躺上一个星期，对他对你都是好事一桩。如果他再一次中风的话，就肯定完蛋。"

第3章
黑券

我刚一伸出手，就立刻被那个讲话恭顺有礼的瞎眼家伙牢牢握住，就好像被一把老虎钳狠狠夹住了似的。我大吃一惊，拼命想要挣脱，但那个瞎子只用胳膊一拉，就一下子把我拉到他的身前。

到了中午，我给船长送去一些药和提神的清凉饮料。他保持着我们离开时的姿势躺着，只是头枕得高了一些，看上去，他精神虚弱，却又十分紧张。

"吉姆，"他说，"在这个地方我只瞧得上你一个人，我也一直待你不薄，是不是？我每个月都准时付给你四个便士。你看，我现在身子垮了，也没有什么亲人在身边。吉姆，给我来一小杯朗姆酒好不好，我亲爱的老弟？"

"医生——"我刚开了个头。

他立刻打断我的话，开始咒骂起医生来，虽然声音虚弱无力，却大动肝火。"所有的医生都是笨蛋，"他说，"那个利夫西医生也不例外，他怎么会懂得水手们的心？我曾经到过同沥青一般滚烫的地方，身边的同伴得了热病，一批批地倒下，发生地震的时候地动山摇，整个大地像海浪一样翻滚——那些可敬的医生怎么会知道那种地方？

告诉你，我就是依靠朗姆酒才挺过来的，对我来说，朗姆酒就是食物、是水，它既是伙伴，又是老婆。假如现在让我戒酒，那我就如同一艘被狂风巨浪掀翻的可怜的老破船。就算我死后变成魔鬼，也要向你——吉姆——和那个笨蛋医生索命。"他愤愤不平地咒骂了一通。接着，用乞求的口吻继续说："我的吉姆，你瞧，我的手抖得有多厉害，它们简直失控了，今天一整天我还滴酒未沾呢。你不要相信医生的话，他们都是胡说八道。如果我一口酒都喝不上，吉姆，我会发疯的，眼前全部都是妖魔鬼怪。现在，我已经看到了一些，我看见老弗林特就在你背后的那个角落里，真的，我看得清清楚楚。每当这些恐怖的东西出现在我的眼前，我就会发疯、撒野，会折腾得死人都无法得到片刻宁静。你的那位医生不是也说过吗？他说，一杯酒对我没有丝毫害处。吉姆，假如你给我端来一小杯酒，我愿意付给你一个金基尼[①]。"

　　船长越说越激动，这令我开始担心卧病在床、需要静养的父亲，那天他的病情尤其严重。实际上，对于医生的话我听了也觉得并无大碍，只是他那贿赂的手段令我深感侮辱。

　　"我不要你的钱，"我说，"你只需要把欠我父亲的账还清就可以了。我可以给你弄一杯酒过来，但不能再要。"

　　我把朗姆酒递给他时，他急忙抢过去，贪婪地一饮而尽。

　　"啊，"他说，"现在我感到好多了。老弟，那个医生有没有说过我要在这该死的床上躺多久？"

　　"至少一个星期。"我回答说。

　　"见鬼！"他叫道，"一个星期！那可不行，他们一定会给我送黑券的。那些该死的蠢货肯定会找到我的，他们正在四处打探我的消息，这帮该死的家伙，保不住自己的东西，就想动手抢别人的。这种

---

① 一种英国金币的名称。1基尼=1.05英镑=21先令。

行径难道合乎水手的规矩吗？我向来十分节俭，从不浪费一个子儿，更不会让它们白白被抢走。我必须离他们远点儿，不让他们找到我。我可不怕他们，我要再一次扬帆起航，老弟，得让他们扑个空。"

他一边说，一边吃力地慢慢从床上撑起虚弱的身子。他伸手使劲儿抓住我的肩膀，痛得我几乎叫出声来。接着，他又费力地想要搬动自己那两条沉重的腿。他说话时气势汹汹，口气强硬，然而声音十分微弱，有气无力，这种鲜明的对照令人感到十分可悲。他终于在床沿儿坐好，长长地出了口气。

"那个医生把我害苦了。"他依然埋怨着，"啊，我的耳朵嗡嗡直响，还是让我躺下吧。"

我还没来得及伸手将他扶住，他就一下子瘫倒在床上，半天没有吭声，也没有动弹。

"吉姆，"最后他说，"今天你看见那个水手了吧？"

"你是说'黑狗'？"我问。

"对！就是'黑狗'！"他说，"他是个坏蛋，但是派他来的人更坏。假如他们给我送了黑券过来，而我不能脱身的话，你一定要记住，他们想要的是我那只航海用的旧箱子。到时，你就骑上一匹马——你会骑马吧？——去找——不管那么多了，你就去找那个该死的医生，让他召集人马，像附近各处的治安推事等，到本葆将军旅店来，将老弗林特那群人一网打尽，老的少的，一个不落。从前，我是老弗林特的大副，知道那个地方的人只剩我一个了。他是在萨凡纳①将那件事作为临终遗言告诉我的，当时，他就像我这样奄奄一息地躺在床上。但是，你先不要急着去报官，除非他们给我送了黑券，或者是'黑狗'或那个'只有一条腿的水手'在这里出现。吉姆，你要特

① 大西洋西岸的一个港口城市，在今天美国佐治亚州东部，拥有众多历史遗迹，被称为"建在死者身上的城市"。

别留意那个独腿水手。”

　　“什么是‘黑券’呢，船长？”我问道。

　　“老弟，那是一种通牒。如果他们真的送来了，到时候我就会告诉你。你现在要做的只是留心观察、守望。吉姆，我说一不二，保证将来好处与你平分。”

　　他又胡言乱语了一会儿，声音沉下去，越来越低。我把药给他准备好，他像个孩子似的吃了，之后还不满地嘟囔着：“从来没有哪个水手需要吃药，看来只有我了。”最后，他昏昏沉沉地睡去，像死人一般瘫在床上一动不动，我总算得以脱身离开。我不知道怎么办才好，也许我该把一切都告诉医生，因为我非常害怕，担心船长后悔向我吐露实情而要了我的命。然而就在这时，偏偏出了事——我那可怜的父亲在黄昏时分突然去世了，于是我只好放下其他所有的事。我们家遭到如此不幸，母亲和我不禁悲从中来，同时还要忙于接待前来吊唁的邻居，安排葬礼事宜，又要料理旅店的事务。所有这一切令我手忙脚乱，根本没空来思考船长的事情，更别提怕他了。

　　没想到，第二天早上，他竟然走下楼来，还像往日一样进餐。他吃得很少，然而朗姆酒喝得比平时还要多，因为他就待在酒柜旁，自己动手，一杯接一杯地喝下去。他紧绷着脸，满脸怒气，时不时还恶狠狠地哼着，这副模样令大家不敢从他面前经过，更别提劝阻他了。在葬礼的前一天晚上，他又像往常一样喝得酩酊大醉，在这幢弥漫着悲伤气息的房子里，又响起了他那难听的水手老调，这实在令人难受和不安。可是，大家仍然惧怕他，尽管他看起来如此虚弱。而医生被突然请到很远的地方出诊去了，自从我的父亲去世后，他一直都没到我家附近来过。之前我说过船长身体虚弱，的确是这样，他看上去不但没有好转的迹象，反而越来越糟糕了。他扶着楼梯扶手，不断地上楼又下楼，在客厅与酒柜之间不停往返，时而还把头探出门外，去嗅嗅大海的气息。他走路时必须用手扶着墙，呼吸沉重而急促，仿佛在攀爬一座陡峭的高山。他没有再找我进行任何单独的谈话，我暗暗希望他将曾向我吐露秘密的事情忘掉。他的脾气更加乖戾，如果不是身体虚弱，没有什么体力，我相信他会比以往更加暴躁。现在，他有了一个令人心惊胆战的习惯，就是当他大喝特喝朗姆酒时，会抽出他的水手短刀，把它横放在桌子上，就摆在自己的面前。不过，尽管做出如此令人害怕的举动，但他对人的注意减少了，他好像彻底沉浸在自己的世界中，思绪不知道飘到了何处。比如有一次，大家无比惊讶地发现他竟突然用口哨吹出一首乡村情歌的调子，这多半是很多年以前他在当水手之前学会的。

　　就这样直到葬礼结束后的第二天，那是一个雾气浓重且十分寒冷的下午，三点左右，我心怀对父亲的思念，在门口站了一会儿，望向远方。

　　这时，我看见有一个人沿着大路向这边走来。显然，那是个瞎子，因为他用一根棍子不断敲击身前的路面，而且，在他的眼睛和鼻子上面，罩着一个很大的绿色罩子。他不是上了年纪就是体质孱弱，因为他的身子深深地佝偻着，看起来一点儿精神都没有。一件又肥又大、破破烂烂、带着个风帽的斗篷披在他的身上，令他看上去既丑陋又怪异。自我出生以来，还从来没有见过比这更吓人的形象。他走到旅店前面不远的地方站住了，对着面前的空气，用一种古怪的腔调扯着嗓子喊道："上帝保佑吾王乔治！哪位好心人愿意告诉我这个可怜的瞎子，这个为了保卫他的祖国英格兰而失去宝贵的视力的人，这里是什么地方？"

　　"你现在正站在本葆将军旅店的门前，此地是黑山湾。"我说。

　　"啊，我听到了一个好心人的声音，"他说，"是一个年轻人。那么，好心的年轻人，你愿意伸出手，把我领进店里去吗？"

我刚一伸出手，就立刻被那个讲话恭顺有礼的瞎眼家伙牢牢握住，就好像被一把老虎钳狠狠夹住了似的。我大吃一惊，拼命想要挣脱，但那个瞎子只用胳膊一拉，就一下子把我拉到他的身前。

"孩子，"他说，"现在带我去见船长。"

"这位先生，"我说，"说句良心话，我真的不敢那样做。"

"哈，"他发出一声可怕的冷笑，"原来是这个原因！立刻带我去见他，否则我会毫不犹豫地拧断你的胳膊。"

说着，他就凶狠地把我的手臂一扭，我痛得大叫起来。

"先生，"我说，"我这是为你着想，要知道，船长已经不同往日了，现在他老是把出鞘的短刀放在面前。前阵子就有另外一位先生——"

"少说废话，快点儿走！"他打断了我。我从来没有听过像这个瞎子这样冷酷、冰冷和狠毒的声音，它令我十分恐惧，远比胳膊上的疼痛更能震慑我，于是我立即老老实实地从命，走进门去，带他直奔生病的老船长所在的客厅。此时，他正开怀畅饮，且早已喝得酩酊大醉。瞎子紧紧靠着我，用那只铁手牢牢地抓住我，几乎将全身的重量都压到了我身上。我快支持不住，马上就要垮下去了。"立即把我带到他面前，当他看到我的时候，你就大喊一声：'你的朋友来了，比尔！'要是你不按我说的做，我就狠狠给你一下。"说完，他猛地扯了我一下，我痛得快要晕过去了。此刻，这个瞎眼乞丐早已把我吓得魂飞魄散，我已经顾不上去考虑船长有多可怕了，于是我打开客厅的门，用颤抖的声音喊出了瞎眼乞丐命令我喊的那句话。

可怜的船长应声抬头，只瞥了一眼便惊得酒意顿消。与其说他脸上的表情是恐惧，倒不如说是临死前的痛苦。他挣扎着想要站起来，但是力不从心，整个人虚弱无力。

"比尔，你就坐在那里，不要轻举妄动，"乞丐说，"我虽然看不见，却能听到你的手在发抖。我们就公事公办吧。听着，伸出你的右手。孩子，你抓住他的右手腕，伸到我的右手边。"

按照他所说的，我和船长完全照办。我看到瞎眼乞丐从挂拐杖的手里拿出个东西放到了船长的手上，船长立刻紧紧地握住。

"现在，事情办完了。"瞎眼乞丐说。然后他突然放开我，以令人难以置信的速度几步蹿出客厅，到了大路上。我站在那里一动不动，只听到他用棍子嗒嗒地探路的声音，越来越远。

良久，我和船长才回过神儿来。直到这时，我才放开船长的右手腕。他抽回手，仔细地看自己掌心的东西。

"十点！"他叫道，"还有六小时。一切都还来得及！"说着他猛然跳了起来。

可他还没站稳脚，身子就摇摇欲坠。我看见他用一只手扼住自己的喉咙，站在那儿摇摇晃晃。不一会儿，他就发出一阵奇怪的声音，紧接着便一头栽倒在地上。

我赶紧向他跑去，同时大声呼喊我的母亲。然而一切都无济于事了，船长已经因中风而突然身亡。这也许令人很难理解，对这个人我从未有过丝毫好感，仅仅是最近一段时间觉得他有些可怜，可是一看到他在我眼前死去，我禁不住泪如泉涌。这是我一生中所接触到的第二起死亡，而第一起死亡所引起的悲伤情绪依然萦绕在我的心头。

第4章
老船长的航海箱

> 接着，我们看到了箱底最后的几件东西：一个用油布捆起来的包裹，里面像是某种文件；还有一个帆布口袋，一碰就发出钱币撞击的叮当声。

当然，我没有耽误一丁点儿时间，立刻把我所知道的一切一五一十地全部告诉了母亲，也许我早该告诉她的。之后，我们立刻意识到我们此时正处于一个尴尬的境地——既充满危险又困难重重。依船长所说，如果他真的有一些钱的话，那么我们理应拿走其中的一部分。然而，想让船长的那些伙伴，尤其是曾经出现在这里的两个人——"黑狗"和瞎眼乞丐——自动放弃他们的一部分战利品，用以偿还船长欠下的债，那几乎是不可能的，他们可不愿为死人付账。而对于船长之前的嘱托，让我立刻骑马去找利夫西医生，也是不太可行的，因为这样就会留母亲一个人在店里，将没有任何安全保障，这一点是必须考虑的。事实上，我和母亲谁都不敢独自待在这所房子里：炉子里煤块烧落的声音、钟表嘀嗒嘀嗒走动的声音，任何微小的响动都令我俩胆战心惊，慌张不已。我们总是感到四周到处都是由远及近的脚步声，并且一想到船长的尸体正躺在客厅的地板上，就担心那个凶狠可恶的瞎眼乞丐可能就在附近徘徊，随时都有可能折返。必须立刻采取行动了。最后，我和母亲决定一同到附近的村庄去求援。说出发就出发，我们连帽子都顾不上戴，便冲出旅店，一头扎进浓浓的暮色和寒冷的雾气中。

小村庄位于附近海湾的另一边，尽管从本葆将军旅店望不到它，实际上只有几百码的距离。令我胆子变大些的是，村庄的方向与瞎子出现的方向恰好相反，想必他应该是原路返回了。尽管我和母亲因为害怕，时不时停下来紧握着手侧耳倾听，但我们并没有花多少时间在路上。一路上，除了浪花轻轻拍打海岸，鸟儿偶尔啼叫几声，我们并没有听见任何不同寻常的声音。

我们到达村子的时候，天色已经有些黑了，我永远都不会忘记当我看到从窗子里透出的橙黄色的灯光时，心情是何等愉悦。然而，在这个地方，我和母亲所能得到的最大帮助也仅限于此了。也许你会觉得，村民们应当为他们自己的行为感到羞耻，因为没有人愿意同我们一起到本葆将军旅店去。我们越是急于诉说所遭受的困境和遇到的麻烦，人们就越是往他们自己的屋子里缩——无论是男人，还是女人、孩子，通通如此。对于我和母亲来说，"弗林特船长"这个名字是陌生的，然而对村里的某些人来说如雷贯耳，他们满脸都是恐慌的神色。此外，有一些在本葆将军旅店那一带进行野外劳作的村民回想起来，曾在路上遇到过几个陌生人，当时以为他们是走私犯，一心只想着避开他们以免惹事。而且，至少有一个目击者看到在我们叫作基特海口的地方停有一艘小帆船。总而言之，只要提到弗林特船长的任何一个同伴，就吓得半死。最后的结果是，没有一个人愿意去帮助我们守卫旅店，而朝相反的方向去向利夫西医生报告，倒是有那么几个人愿意帮忙。

据说，胆怯是会传染的，但另一方面，令人情绪激动的争论也能增加人的勇气。等村民们纷纷发表完自己的见解之后，我的母亲也义正词严地向大家说了一番话。她宣称，她不会就此放弃那些本应属于我这个刚刚失去父亲的孩子的钱，她说："既然你们没有一个人敢去，那么我和吉姆去。我们会原路返回，不再打扰你们这些身体强壮如牛、胆子却只有一丁点儿大的人。即便是把这条命送掉，我也会把那只箱子打开的。克罗斯利太太，请你借我一个结实的袋子，好让我用来装回我们应得的钱。"

我立刻表态会和母亲一起回去。村民们惊呼起来，纷纷进行劝阻。即便他们表现得如此激动，也还是没有一个人愿意跟我们一道。最后，他们只是借给我们一支装好子弹的手枪①，作为遭遇突然袭击时防身之用。此外，他们还答应为我们准备马匹，当遭遇袭击时可以骑着它逃跑。同时，一个年轻人骑马出发，去利夫西医生那里寻求支援。

就这样，我们母子二人重新踏上了寒夜中的冒险旅程，我的心跳得很厉害。一轮满月刚刚在天空升起，它悬在白雾的上方，带着些微红晕。这促使我们加快脚步，因为很显然，当我们再次返回时，高悬的明月会将外面的一切照得亮如白昼，我们的每一个举动都会被人发现。于是，我们小心地溜过篱笆，尽量悄无声息，行动迅速。一路上，并没有看到或听到任何增加我们恐惧的东西，直到迈进本葆将军旅店的大门，将门在身后紧紧关上，我们才如释重负。

我立刻闩紧门闩。在黑暗中，我们一动不动地站在那里使劲儿喘息了好一会儿，才平静下来。这所房子里，只有我们母子和船长的尸体。母亲摸出一根蜡烛，我们手牵着手一起走进了客厅。同我们离开时一样，已经死去的船长躺在那里，仰面朝天，大睁着眼睛，向外伸

---

① 在当时，枪支装一次弹药只能开一枪。

出一只胳膊。

"把窗帘放下来，吉姆，"母亲小声说道，"否则会被他们从外面看见的。"我把窗帘放下后，她说："我们还得从那个死人身上找到开箱子的钥匙。啊，可是谁敢去碰他呢？我真是不知道。"她说着，忍不住啜泣起来。

我立刻跪下身子查看。在靠近船长手边的地板上，有一个圆形的硬纸片，其中一面涂成了黑色，我猜测这就是所谓的黑券。我把它拿起来，发现在纸片的另一面工工整整地写了一行字："今晚十点之前必须交出。"

"妈妈，他们会在今晚十点来。"我说。话音刚落，我家的那座老钟便开始当当地响起来。这突如其来的巨大响动把我们吓得不轻。但消息并不太坏，它只敲了六下。

"吉姆，现在，"母亲说，"我们必须找到钥匙。"

我逐一摸遍船长的衣袋，发现了几枚小硬币、一枚顶针、一些线和几根大针、一支咬了一头的烟卷、一把刀柄有裂缝的短刀、一只袖珍罗盘，还有一只火绒盒①——这就是全部东西了。我被绝望的情绪攫住了。

见此，母亲提醒道："也许会挂在他的脖子上。"

我强忍着厌恶，一把扯开了他的衬衫领子，果然，在他的脖子上挂着一条涂过柏油的小绳。我用他的短刀将绳子割断，拿到了钥匙。钥匙终于找到了！——这小小的战果让我和母亲又重新充满希望，我们立刻走上楼去，来到那个他住了很久的小房间。他的箱子一直放在这个房间里，自从他搬进来的那天起。

从表面上看，这是一只再普通不过的航海箱，同其他任何一个

---

① 内装火绒、燧石及钢片，用以引火。

船员所使用的一样。箱盖上用烙铁烙上了他名字的首字母"B"，箱子的几个角有些磨损、破裂，表明主人已经使用了很久，并且不加爱惜。

"把钥匙给我。"母亲说。尽管锁眼儿发涩，但她还是一下子就把箱子打开了。

从箱子里冲出来一股浓烈的烟草味和柏油味。箱子里，最上面放着一套做工优良、料子上好的衣服，可以看出，这套衣服是被非常仔细地刷过并叠得整整齐齐放好的。母亲还唠叨了一句，说这套衣服是崭新的，还从未被穿过呢。在这套衣服的下面，有一些杂七杂八的东西：一架象限仪、一只铁皮罐子、几支烟卷、两把制作精良的手枪、一根银链子、一块产自西班牙的老怀表、几件并不值钱的外国饰物、一对镶着铜框的罗盘，还有五六枚西印度群岛的奇特的贝壳。后来我常常纳闷儿：他过着如此动荡不安、漂泊不定的犯罪生活，带着这些贝壳究竟是为了什么呢？

除了那根银链子和几件外国饰物以外，我们并没有发现任何值钱的东西，实际上，这两样东西根本没什么用，我们要的是现钱。在箱子的底部，我们翻到一件破旧的航海斗篷，它年代久远，早已被海盐浸染成白色，不知道到过多少个地方。母亲不耐烦地把它扔到一边。接着，我们看到了箱底最后的几件东西：一个用油布捆起来的包裹，里面像是某种文件；还有一个帆布口袋，一碰就发出钱币撞击的叮当声。

"我要让那些坏蛋看看，我可是个诚实的妇人。"母亲说，"我只拿回他欠下的账，多一个子儿都不碰。吉姆，把克罗斯利太太给的袋子张开。"接着，她便开始数船长的钱，把它们从帆布袋里取出来，如数装进我们的袋子。

这并不像说起来那么简单，而是既费时又费力的工作，因为船长的这些钱币大小不一、样式各异,它们来自世界各地不同的国家,有西班牙的金币、法国的金路易、英国的基尼,以及每枚值八个里亚尔的比索,还有很多钱币我根本就不认识,所有这些都乱七八糟地混在一起。其中基尼的数量大概最少,而我的母亲又只会用基尼计算。

数到一半,我突然伸出一只手按住她的胳膊,因为我听到一种声音,这种声音在寂静的深夜和寒冷的空气中回响,令我感到毛骨悚然,心简直要跳出来。这可怕的声音正是瞎眼乞丐用棍子探路,急促而连续地敲击硬邦邦的路面发出的嗒嗒声。声音由远及近,我们停下来,蹲在地上,大气儿都不敢出。接着有人使劲儿敲着旅店的门,门把手被人试图转动,门闩被推挤得嘎嘎作响,那个残暴凶狠的家伙想要闯进来。此后,很长一段时间四周都寂静无声,好像连呼吸都被遏止了。终于,棍子探路的声音又响了起来,唯一令我们感到宽慰的是,它渐渐远去了,直至消失。

"妈妈,"我说,"拿上所有的钱,我们快点儿逃走吧!"因为我知道旅店反锁着门这件事一定会引起怀疑,他们势必会卷土重来,如同黄蜂倾巢出动一般向我们发动攻击。我是多么庆幸之前闩上了门闩啊,没有亲眼见过瞎眼乞丐,是根本无法体会他所带来的恐怖气息的。

可是,我那固执的母亲尽管害怕,却不肯多拿一个子儿,同时也坚决不肯少拿一分一毫,她说:"还没到七点呢!"对于她应得的权益,她就一定要想方设法得到它。就在她还试图同我争论的时候,从远处的小山上传来一声呼哨。我们母子两人的争论戛然而止,要知道,制止我们的争吵没有比这个方法更有效的了。

"先把已经数好的那部分带走!"她说着跳了起来。

"我要把这个东西带走,来抵他所欠的债。"我捡起那个油布包说。

　　然后我们就摸索着走下楼，匆忙中将蜡烛遗忘在了空箱子旁边。一打开房门我们就迅速冲了出去，再不逃走恐怕就来不及了。雾气正在快速消散，月亮已高悬中天，把高地两旁都照得通亮。只有山谷底部和旅店门前尚有一层薄雾未消散，可以掩护我们最初一小段路。离小村庄还有大半的路程，刚刚到达小山脚下，我们便暴露在明亮的月光下了。情况不仅如此，此时，我们的耳边已经传来一行人快速奔跑的杂沓的脚步声。我和母亲回头张望，看到黑暗中一点儿灯光正快速地向前移动，这说明那一伙人中有人提着风灯。

　　"哦，我的孩子，"我的母亲突然开口说，"你带上钱快跑吧，我快要晕过去了。"

　　看来今天是我们母子的末日了，我想。我在心中诅咒那些胆小、怯懦的村民，又责怪可怜的母亲那该死的诚实和小气。她刚才那么蛮勇、糊涂，现在又那么软弱和不中用！幸好此时我们已经来到一座小桥旁，我扶着哆哆嗦嗦、跟跟跄跄的母亲来到岸边，她总算喘上一口气，把头一歪靠在我的肩头。我不知道自己是从哪里来的力气，想必慌乱中动作也十分粗暴，竟然径直将她拖下河岸，向桥洞钻去。可是由于桥太低，我也只能在桥洞下爬行，而母亲几乎全部暴露在外。除此之外，我们毫无办法，只得老老实实地待在那里，此时与旅店的距离甚至都没有超出听力范围。

第5章
瞎子的下场

"一定是旅店里的人干的！一定是那个臭小子！我真恨不得立即抠出他的眼珠子！"瞎子皮尤怒火中烧地嚷道，"他们刚刚还在这所房子里——我来推门的时候，他们在里面闩上了门闩。伙计们，快！给我仔细地搜，一定要找到他们！"

实际上，相对于恐惧来说，我的好奇心在某种意义上占据了上风。我忍受不了一直待在桥洞底下，便又小心地爬回到岸上，极力把自己隐藏在一丛金雀花后面，从那里，我可以望到旅店门前的那条大路。我刚刚躲好，敌人就出现了。他们一行有七八个人，脚步杂乱拖沓，为首的人提着风灯。中间三个人站成一排，手拉着手向前跑，尽管被雾气遮挡，但我也能据此断定，三个人当中最中间一位就是那个瞎眼乞丐。紧接着，他说话的声音证实了我的猜想。

"把门给我撞开！"他大喊道。

"是，先生！"有两三个人答应着，同时向本葆将军旅店快速冲过去，提着风灯的人紧紧跟在后面。我看见他们冲到门前，突然停下了脚步，开始低声交谈起来，好像是对于大门洞开感到十分惊讶。然而这只是短暂的停顿，瞎眼乞丐又开始发号施令，他显得十分愤怒，且内心急迫，嗓门儿更大了："快点儿冲进去！给我冲！"他怒气冲冲，还咒骂他们动作缓慢，拖拖拉拉。

四五个人立刻遵命，冲进旅店去，留下两个人陪同凶狠的瞎眼乞丐站在大路上。过了一会儿，屋子里突然传出一声惊呼，有一个人大喊道："比尔死了！"

但瞎子只是又一次大骂他们动作太过缓慢。

"你们这些只知道偷懒的笨蛋，留下两个人搜他的身，其余的人上楼去搬箱子！"他叫道。

我几乎能听见他们踏着年代久远的楼梯噔噔噔跑上去的声音，也能想象到整个屋子随之震动。不一会儿，就又传出一声惊呼，紧接着，船长房间的窗户被人猛地推开，玻璃碎了，哗啦啦响了一阵之后，一个人探出头来，将半个歪斜的身子伸到月光下，向下面站在大路上的瞎眼乞丐报告。

"皮尤，"他喊道，"不好了！有人比我们先到过这里，箱子被上上下下翻了个底儿朝天！"

"东西还在不在？"皮尤怒吼道。

"钱还在。"

瞎眼乞丐忍不住破口大骂："我是说老弗林特亲笔写的那些东西！"

"没找到，兴许是被拿走了。"那人答道。

"喂，楼下的人，搜一下是不是在比尔的身上！"瞎子又叫道。

留在楼下负责搜查船长尸体的人此时走到了旅店门口，报告说："比尔已经被人彻底搜查过了，什么都没有留下。"

"一定是旅店里的人干的！一定是那个臭小子！我真恨不得立即抠出他的眼珠子！"瞎子皮尤怒火中烧地嚷道，"他们刚刚还在这所房子里——我来推门的时候，他们在里面闩上了门闩。伙计们，快！给我仔细地搜，一定要找到他们！"

"说得一点儿不错，他们的蜡烛还留在这里呢。"楼上趴在窗口的那个家伙说道。

"给我分头去搜！把这栋房子里里外外彻底翻个遍！"皮尤气急败坏地重复着，愤愤地用探路的棍子敲击着路面。

我们这个老店因此遭受了一场大破坏，从楼上到楼下，沉重的脚步声来来去去，咚咚作响，家具被砸得稀里哗啦，每一扇门都被狠狠踢开，以至于旅店周围的岩石都纷纷发出回声。最后，这些人一无所获，才一个接一个地走出来站在大路上，说哪里都找不到我们。就在这时，我和母亲数钱时曾将我们吓个半死的呼哨声再一次响起，不过这次它在夜色中尖厉地响了两声。原本我以为这是瞎子召集同伙的号令，现在才发现这呼哨声来自山脚下的小村子那边。从海盗们的紧张态度来看，这是给他们发出危险警告的信号。

"德克又打呼哨啦，是两声！"其中一个海盗说，"伙计们，我们快点儿溜吧！"

"溜？！你这个不想活命的兔崽子！"皮尤大骂道，"你们不要理他，德克就是个脑子不好使的笨蛋、胆小鬼。旅店里的那个臭小子一定就在附近，他们肯定走不远，快，分头去找他们，别让到手的东西跑啦！你们这些狗东西！啊，气死我了，"他开始咆哮，"要是我能看得见就好了！"

这几声咆哮似乎起了一些作用，因为有两个家伙开始在砸坏的家具堆里东翻西找了，不过我想可能仅仅是敷衍一下瞎眼乞丐罢了，因为他们始终担心自己的安危，时刻提防即将到来的危险。其余的人则犹豫不决地站在大路上东张西望。

"大笔的财富就在你们眼前，伸手就可以拿到，你们这群笨蛋，却站在那里犹犹豫豫！只要能找到那个东西，你们就会像国王一样富有。明知道它就在附近，却还拿不定主意，想要打退堂鼓。你们这群废物，没有一个人敢去见比尔，还是我这个瞎子去送的黑券！而现在，我的这个千载难逢的机会眼看就要因你们而痛失！啊，我只能做一个可怜的臭乞丐，低三下四地讨点儿可怜的钱换朗姆酒喝，我本可以坐上四轮马车兜风的！假如你们不是一无是处的孬种，就应该抓住他们！"

"去你的，皮尤，我们已经到手不少西班牙金币了！"一个海盗嘟囔着。

"他们可能早就把那个东西藏到某处了。"另一个说，"别站在那儿大喊大叫、发狂胡闹了，给你一些金基尼，拿着吧，皮尤。"

的确，这完全可以称得上是发狂胡闹。听了这些反对意见，皮尤不由得火冒三丈，立刻举起手中的棍子向周围胡乱打去。他的暴怒不可遏制，可以听到被抡起来的木棍不只打在一个人身上。

那些人也忍不住骂骂咧咧，恶言恶语地出口威胁瞎眼乞丐。他们还试图抓住乱打的棍子，想把它夺过来，可是没有得逞。

正是这场发生在他们内部的争吵救了我们。当他们闹得不可开交的时候，疾驰的马蹄声从小村庄那边的山顶上传来。几乎在同一时刻，有人在树篱边开了一枪——先是闪过一道火光，接着便是一声枪响。显然，这是对即将到来的危险发出的最后警告，因为海盗们立即一哄而散，向四面溃逃——有的沿着海湾向海边跑去，有的斜穿过去想越过小山……在不到半分钟的时间里，除了皮尤，连半个人影都不见了。海盗们抛弃了这个瞎眼乞丐，对此，我不知道他们是出于惊慌，还是对他恶言恶语和大打出手的报复。总之，他被远远地甩在后面，在大路上一边发疯地用棍子猛敲地面，一边摸索着前进，同时呼唤着他的同伴。最后，他找错了方向，在离我几步远的地方向小村庄的方向跑去，一边跑，一边喊叫着："约翰尼！'黑狗'！德克！"以及其他几个名字，"你们不要丢下老皮尤，伙计们，千万不要丢下老皮尤！"

此时，马蹄声已经越过山顶，四五个骑着马的人在月光下进入我的视野，他们拉直缰绳，全速冲下斜坡。

皮尤大惊失色，这才意识到自己判断错误，便尖叫着转身就跑，不料径直冲进了路边的水沟。他跌了一跤后，一骨碌爬了起来，站起身又往前冲，不料这次正好冲着快速奔来的马蹄撞去。

马上的人努力想挽救他的性命，但是已经来不及了，四只马蹄从皮尤身上踩踏而过。伴随着一声刺耳的惨叫，他侧身倒了下去，然后又慢慢地脸朝下，趴在那儿一动不动了。

我跳起来大声招呼骑手们。面对刚刚那场突如其来的变故，他们大吃一惊，连忙勒住了马。我很快就认出了这几个骑手，跟在最后面的正是那个从小村庄出发去向利夫西医生报告的小伙子，其余的几位都是缉私警察。这个小伙子是在路上遇到他们的，机警的他立即说明情况，带领他们一道赶过来。事实上，督税官丹斯已经得到消息，说基特海口出现了一艘陌生的单桅船，这天晚上他们正是朝我们所在的方向赶来。幸亏他们及时赶到，我和母亲才逃过一劫。

皮尤已经彻底断气。至于我的母亲，我们把她带到村子里，用了一点儿冷水和嗅盐令她苏醒过来，除了受到一些惊吓，她并无大碍。可是她醒后仍然在懊悔未能多拿点儿钱，好将船长欠下的账结清。

当时，督税官丹斯以最快的速度骑上了马，向基特海口赶去。但是他的部下不得不从马上下来，小心地向深谷摸索着前进。他们牵着自己的马，有时还得扶住它们以防滑倒，又唯恐遭遇敌人的埋伏。所以，当他们到达海湾时，单桅船已经起航，但尚未走远。督税官丹斯向那艘渐行渐远的船喊话，得到的答复是警告他不要明目张胆地站在明亮的月光下，否则就让他吃枪子儿，说着话的同时，就有一发子弹擦着他的胳膊飞了过去。没几分钟，单桅船便绕过岬角，不见了。事后，据丹斯先生自己说，他站在那里，就像是"一条被扔上岸的鱼"一般无助。他心有余而力不足，所能做的就是派一个人到布里斯托尔去请求水上缉私艇帮助拦截。"说实话，"他说，"其实这根本没什么用，他们早已经溜得无影无踪了，谁都甭想追上。只是，"他补充道，"瞎子皮尤一头撞到我的马蹄下，这让我很是高兴。"说这话时，我早已向他完完整整地讲述了事情的经过。

在他的陪同下，我回到了本葆将军旅店。单凭想象，是无论如何也想不出一栋房子会被毁坏成如此程度。那些疯狂的家伙在搜查我母亲和我时，竟然把那座古老的钟都摔在地上。尽管除了船长的钱袋和钱柜里的少量银币外，他们并没有带走什么东西，可是我环视了一下旅店，还是一下子就看出：我们破产了。对于旅店的这副惨状，丹斯先生感到大惑不解。

"霍金斯，你不是说他们拿到钱了吗？可是，他们还想找什么呢？难道是更多的钱吗？"

"不，先生，我觉得他们并不是在找钱，"我回答道，"事实上，我认为他们要找的那个东西就在我胸前的口袋里。先生，我希望能将它放到一个安全、稳妥的地方。"

"孩子，你说得非常正确，"他说，"如果你愿意的话，我可以暂时保管它。"

"嗯，我想，也许利夫西医生——"我开了个话头儿。

"很好，"他欣然接口说道，"非常正确。利夫西医生是一位绅士，又是治安推事，还是把这件事交给他来办吧。现在看来，我最好亲自跑一趟，向他或者乡绅报告刚刚发生的事件。无论如何，皮尤已经死了，我倒不是感到可惜，只是毕竟事关人命，难保不知情的人不会提出向皇家督税官追究责任。现在，霍金斯，要是你愿意的话，我可以带你一起去。"

　　我发自内心地感谢他的邀请，接着我们便一起走回马匹所在的小村庄。当我将自己的打算讲给母亲听时，那些缉私队员早已坐在马鞍上准备出发了。

　　"道格，"丹斯先生说，"你的那匹马好，就把这个孩子带在你身后。"

　　我爬上马背，刚刚抓住道格的腰带坐稳，丹斯先生便下达了出发的命令。于是，我们一行人便在通向利夫西医生家的大路上疾驰起来。

第6章
老船长留下的文件

利夫西医生小心翼翼地打开封口，一张某座小岛的地图从封套里掉了下来。地图上面详细地标有经纬度、水深、山脉名称以及港湾名称，甚至连船只如何安全靠岸和停泊的一些细节都标注得一清二楚。

我们快马加鞭，一路疾驰，一直到利夫西医生的家门口才勒马停下。医生家门前漆黑一片。

丹斯先生叫我下去敲门，于是道格腾出一只马镫，让我踩着它下马。听到敲门声，一个女仆立刻过来把门打开了。

"请问，利夫西医生在家吗？"我问。

"医生不在家。"她回答说，"他下午回来过，但是又去乡绅老爷的庄园与他共进晚餐去了，晚上也在那儿。"

"那么我们就去庄园找他，小伙子们。"丹斯先生说。

由于距离并不远，这次我没有上马，就拉着道格的马镫带子跑向庄园大门，走上那条被月光照亮的、没有树叶荫蔽的长长的路。路的两侧，是庄严美丽的古老的大花园。长路的尽头是一排白色的宅邸。丹斯先生在白色宅邸前面下了马。仆人通报后，里面就立刻吩咐带我们进去。

仆人带领我们穿过一条铺着垫子的过道，指引我们进入过道尽头一间宽敞的大书房。书房里面摆满了书架，书架的顶端摆放着很多半身石膏像。乡绅和利夫西医生分别坐在熊熊燃烧的壁炉两旁，手里拿着烟斗。

我从来没有如此近距离地同乡绅讲话，他个子很高，足有六英尺，非常魁梧。他看起来十分坦诚直率，脸上有不少皱纹，由于时常出门在外，久经风尘，皮肤被晒得发红，显得有些粗糙。他的眉毛十分浓密，并且随着表情的变化灵活地挑动，这令他看起来颇有些脾气，但也不能算是嚣张跋扈的坏脾气，只能说是有些易于情绪激动和急躁。

"请进，丹斯先生。"乡绅开口道。他语气庄重，很是威严。

"晚上好，丹斯。"利夫西医生边说话边对丹斯先生点了点头，"你也晚上好，小吉姆。是什么风把你们吹到这里来啦？"

督税官笔直地站着，像小学生上课回答老师的问题一般将方才的事从头至尾报告了一遍。这两位绅士被深深吸引，忘我地倾听，不由自主地向前探着身子，烟也忘了吸，还时不时惊奇地互相对望一眼。当他们听到我的母亲决定返回本葆将军旅店时，利夫西医生忍不住喝起彩来，使劲儿拍了一下大腿。而乡绅则大声赞美道："真是好样的！"并用烟斗猛敲了一下炉栅，细长的烟斗就这样折断了。在这之前，特里劳尼先生（你们应该记得，这正是乡绅的姓氏）已经从座位上站了起来，在屋子里不停地踱来踱去。而利夫西医生为了听得更加清楚，甚至将他那洒了粉的假发摘去，露出他本人剪得很短的黑发，看上去令人有些不习惯。

终于，丹斯先生讲完了所有的情节。

"丹斯先生，"乡绅说，"你是一个高尚的人。至于那个彻头彻尾的坏蛋撞到马蹄下这件事，我认为是功劳一件，先生，这就像踩死了一只令人讨厌的蟑螂。另外，我看得出，霍金斯这孩子是好样的。霍

金斯，你打一下铃好吗？丹斯先生此时肯定想来点儿啤酒。"

"吉姆，"医生问，"那么，他们要找的东西在你那里，是不是？"

"是的，先生，在我这里。"说着，我掏出油布包递给了他。

医生接过油布包，翻来覆去地端详着，看得出他有股渴望，想要立刻把它打开。但是他并没有那么做，而是平静地把它放进外套的口袋里。

"特里劳尼先生，"他说，"丹斯先生喝完啤酒后还得回去继续为陛下服务，履行自己的职责。但是我看吉姆·霍金斯最好还是留下来，可以暂时睡到我家里。另外，如果你允许的话，我建议可以上点儿冷馅饼，让他吃点儿东西。"

"按你说的办，利夫西，"乡绅说，"霍金斯应该吃到比冷馅饼更好的东西。"

很快，仆人端上来大块的鸽肉馅饼放到桌子上。我早已饿得前胸贴后背，于是就敞开肚子猛吃了一顿。在我大快朵颐期间，丹斯先生又被两位绅士大大赞扬一番，随后告辞离开了。

"特里劳尼先生——"医生开口道。

"我说，利夫西医生——"乡绅几乎同时开口。

利夫西医生见状，笑着说："不着急，我们一个一个说。弗林特这个名字，你一定听说过吧？"

"当然听说过！"乡绅叫道，"听说过！据说他是那些残暴的海盗中最有名的一个，同他相比，黑胡子①都只算是小不点儿。西班牙人对他十分畏惧，光是听到名字就恐慌至极。实不相瞒，先生，甚至有时候我都为他是个英国人而感到自豪哩。在特立尼达②附近的海上，我曾经亲眼看到过他的中桅船。当时我乘坐的那条船的船长是个胆小

---

① 英国著名的海盗。
② 位于加勒比海东南部的一座小岛。

如鼠的家伙，一瞥见弗林特的影子便立即掉转船头，一口气返回西班牙港了。"

"是的，我在英国也听说过他，"医生说，"现在的问题是，他有钱吗？"

"钱！"乡绅激动地叫道，"丹斯刚才讲的那些话，你听到了吧？除了钱，那些恶贯满盈的坏蛋还要找什么？除了钱，他们还会关心什么？除了钱，还能有什么东西能让他们拼了性命去冒险？"

"这个我们很快就会知道，"医生说，"可是你情绪那么激动，我连一句话都插不上。现在，我想知道的是：假如我口袋里放着的东西正是弗林特藏宝地点的线索，他的宝藏是否数目庞大？"

"十分庞大，先生！"乡绅大声说，"肯定价值十分可观。假如如你所说，我们真的掌握了宝藏的线索，那么我就要在布里斯托尔码头装备一艘大船，然后带着你和霍金斯一起出海去寻宝，哪怕在海上漂荡一整年，我也要找到那些宝藏。"

"很好，"医生说，"那么现在，如果吉姆同意的话，我们就把这个油布包打开瞧瞧。"说着，他把那个小包放到了面前的桌子上。

那个小包被用线紧紧缝住了，医生只好拿出他的医疗器械箱，取出医用剪刀将线剪断。一个薄薄的本子和一个密封的文件——呈现在我们眼前的就是这两样东西。

"我们先来看一看这个本子上写了什么。"医生说。

利夫西医生亲切地示意我从进餐的桌子边走过去，同他们一起共享这种探秘的乐趣。他打开了那个小本子，乡绅和我的视线从他的肩膀上越过去：第一页上写着一些令人不明就里的零散字句，就好像是一个人无聊时随手拿起墨水笔在纸上乱涂乱画的一样。有些字句同船长身上的刺青内容一致，比如"比尔·彭斯诸事如意"。还有"大副

W．彭斯先生①""戒酒""在棕榈沙②外他得到了所应得到的"等不知
所云的只言片语。我忍不住暗想：到底是谁"得到了所应得到的"？
得到的到底是什么东西呢？会不会是他背后挨的刀？

"这里看不出个所以然来。"利夫西医生一边说，一边把这一页
翻了过去。

接下来的十到十二页全部是看不懂的账目记载。每一行写有一个
日期，在另一端则记载了一个钱数，就像所有普通的记账本一样，只
不过没有任何文字说明，仅仅是画了几个"×"代替。举个例子来
说，一七四五年六月十二日，有一笔七十英镑的款额显示已经支付给
某人，可是对此款项没有任何文字说明，只画了六个"×"。只有极
少数的几笔账记录了地名，如"加拉加斯③附近"，或者仅仅是标注
上纬度和经度，如62°17'20"、19°2'40"等。

前后记载了将近二十年的账目，随着时间的推移，每一笔款项的
金额也越来越大，到账本的结尾处，纠正五六处加法上的错误之后，
得出了一个令人震惊的总额，旁边还附有备注："彭斯的一份。"

"我一点儿头绪都摸不着。"利夫西医生说。

"事情十分清楚，"乡绅嚷道，"这肯定是那个黑心恶棍的账本。这
些"×"代表那些被他们击沉的船只或抢掠过的村镇，数字则是这个家
伙分赃后所得的钱数。他在担心弄混的地方附上了文字说明，你看，'加
拉加斯附近'就表示在那里他们袭击了某些不幸的船只。啊，愿上帝保
佑船上那些可怜的人——现在，他们恐怕早已变成海底的珊瑚了。"

"的确！"医生说，"果然是旅行家，如此见多识广。你说得对！
瞧瞧，款项的金额是随着他职位的上升而逐渐增长的。"

---

① 此处的W指的是比尔，比尔是其昵称。

② 位于墨西哥湾东北部的一座小岛。

③ 今委内瑞拉首都。

这个薄薄的小本子的最后，有几页记了一些地名，还有一张法国、英国和西班牙货币的通用换算表。除此以外，就什么都没有了。

"精明狡猾的家伙！"医生总结说，"他不是好对付的！"

"再看看另一样东西吧。"乡绅提议道。

文件的封套上有好几处都是用蜡封口，蜡封印章则是用顶针代替——很可能就是我在船长的口袋里找到的那个。利夫西医生小心翼翼地打开封口，一张某座小岛的地图从封套里掉了下来。地图上面详细地标有经纬度、水深、山脉名称以及港湾名称，甚至连船只如何安全靠岸和停泊的一些细节都标注得一清二楚。那座小岛大约九英里长、五英里宽，看形状有点儿像一条立着的肥龙，有两个几乎全为陆地包围的良港，有一座小山位于岛的正中间，旁边标注的名称为"望远镜山"。图上有几处标注是后来加上去的，其中最为醒目的是三个用红墨水标注的"×"，分别代表了三个地点，其中两个在小岛的北部，一个在西南部。在西南部的红"×"旁边，有人写道："大部分藏金在此。"这里的笔迹同船长东倒西歪的字体截然不同，显得十分清秀整齐。

地图的背面，由同一个人写下了详细的说明：

> 望远镜山的山肩上有一棵大树，方位东北偏北。
>
> 骷髅岛，东南偏东。
>
> 十英尺。
>
> 银子在北窖。在东边小圆丘的斜坡下，正面对着黑色巉崖南十英寻[①]处，你可以找到它。
>
> 武器很容易就可以找到，在北汉角北尖嘴的沙丘中，方

---

① 英寻，英美制计量水深的单位。1英寻=1.828米。

位是正东偏北四分之一处。

杰·弗

　　文字说明到此全部结束。尽管它十分简短，于我而言更是费解了些，完全不知所云，乡绅和利夫西医生却满心欢喜。

　　"啊，利夫西，"乡绅说，"赶快停止你那可怜的医生行当吧！明天我就动身去布里斯托尔，在三个星期的时间内——啊，不，两个星期！——不，十天！——就能够准备好全英国最好的船只和最精干勇猛的顶尖船员。霍金斯，你可以来做船上的侍应生，你一定会做得很出色。你，利夫西，就是随船医生。我就是司令官了。我们再把雷德拉斯、乔伊斯和亨特带上，我们会一路顺风，全速前进，尽早到达那座小岛，然后依照地图不费吹灰之力便可找到宝藏埋藏的地点。到时钱财就滚滚而来，多得简直可以在上面打滚，甚至用来打水漂儿！"

　　"特里劳尼先生，"医生说，"我愿意跟你一起去。我和吉姆也会各司其职，竭尽自己所能。可是，我唯独对一个人不放心。"

　　"是谁？"乡绅叫道，"快说出那个浑蛋的名字，先生！"

　　"就是你。"医生回答，"因为你总是管不住自己脱缰的舌头。要知道，知道有这个文件存在的人，并不是只有我们三人。今天晚上袭击本葆将军旅店的那帮家伙个个都是亡命徒，他们——我相信还有一些人留在了单桅船上——每一个人都拼了命地想要得到宝藏，这些人一定还在附近，没有走远。所以，在正式出海之前，我们中的任何一个人都不可以单独外出。准备期间，我想吉姆要和我待在一起。你呢，立刻带上乔伊斯和亨特到布里斯托尔去。对于我们的发现，我们中的任何人都不许泄露半个字。"

　　"利夫西，"乡绅答道，"你说得很对，你总是这般正确。我保证守口如瓶。"

第二部
船上的厨子

第7章
到布里斯托尔去

到目前为止，一切都还顺顺利利。尽管装置帆樯索具的工人们干活儿磨磨蹭蹭，但时间总能解决一切。令我头痛的是为"伊斯帕尼奥拉"号配备一个优秀的船员班子的问题。

我们为出海做准备所花费的时间比特里劳尼先生预想的要长一些，实际上，我们最初的计划一个都没有实现，甚至连利夫西医生想要把我留在身边的计划也告吹了。医生必须到伦敦去找另一位医生来接替他的工作；特里劳尼先生一直在布里斯托尔紧张地准备着；我则像个犯人似的住在庄园里，由老管家雷德拉斯照看。然而我并不十分介意，因为我的整个头脑都被关于航海的种种幻想占据着，那些关于陌生岛屿的探险与奇遇在我脑中形成了最迷人的景象。我每天都在研究那张地图，常常一坐就是好几个钟头，上面的所有细节我都了然于心。坐在管家房间里的壁炉旁，我早已在想象中无数次从不同的方向到达了那座神秘的小岛。它上面的每一寸土地我都已探索过了，那座名叫望远镜山的高山，我早已登上了千百次，并站在山顶上欣赏那瑰丽奇特的美景。小岛上要么一下子出现无数的野人，同我们激战，要么就是漫山遍野的凶猛野兽，对我们穷追不舍。但是，后来我们亲身经历的冒险远远要比我当时所有的幻想更奇特、更悲惨。

　　就这样，一个星期又一个星期过去了，直到有一天，有一封写给利夫西医生的信被送来了。信封上的附注写道："如本人不在，可由汤姆·雷德拉斯或小霍金斯代为拆阅。"遵照这个指示，我们——其实是我，因为老管家雷德拉斯只能看懂印刷体字母，对其他则根本无能为力——得知了如下重要消息：

　　亲爱的利夫西：

　　　　由于不知道你此刻身在何方，我便将这封信一式两份分别寄往不同的地方——伦敦和我的庄园。

　　　　船已经购置且装备完毕，目前正停泊在港口整装待发。你想不出还有比这更漂亮、更出色的双桅船了——连最小的孩子都能驾驶它。这艘船名叫"伊斯帕尼奥拉"①号，可载重两百吨。

　　　　通过我的老朋友勃兰德里的帮忙，我才能拥有这艘船，他可真是个地地道道的大好人，在这件事上，这位可敬的朋友简直像奴隶一样忠心耿耿。事实上，在布里斯托尔，但凡风闻我们此次航行目的的人——当然，我指的是寻找宝藏——全都热情友善地伸出援助之手。

　　"雷德拉斯，"读到这里，我停下来说，"利夫西医生肯定会生气的。特里劳尼先生终究还是将消息散布出去了。"

　　"两位绅士到底哪个说了算，我倒是要问你？"老管家嘟囔着，"特里劳尼先生才不会因为利夫西医生的缘故就不讲话了呢。"

----

① 此名字也是加勒比海中部海地岛的别称。

听了老管家的话，我打消了继续此话题的念头，继续读下去：

勃兰德里亲自寻觅到了出色的"伊斯帕尼奥拉"号，并且通过一系列巧妙的安排，才以极低的价格买下了它。在布里斯托尔，有一群坏蛋对勃兰德里怀着极大的偏见，他们竟然荒唐地造谣说这个老好人为了钱可以做出任何事，说"伊斯帕尼奥拉"号是他本人的财产，而他竟以离谱的高价把船卖给了我，这种诽谤简直令人不齿。尽管如此，他们中的任何一个人都无法否认这艘船的优点。

到目前为止，一切都还顺顺利利。尽管装置帆樯索具的工人们干活儿磨磨蹭蹭，但时间总能解决一切。令我头痛的是为"伊斯帕尼奥拉"号配备一个优秀的船员班子的问题。

考虑到在航海途中有可能会遇到土著、海盗或该死的法国人①，我至少需要二十个人。可是始终找不到合适的人，费了好大的劲儿也才找到六七个，直到幸运之神眷顾我，将那个人送到我的眼前。

事情纯属偶然，我是在码头上遇到这个人并同他攀谈起来的。之后得知他是一个见过大风大浪的老水手，目前开了一家酒店。他熟知布里斯托尔每一个吃海上饭的人。多年在海上生活，到了陆地上反而健康状况每况愈下，所以他很想在船上找一个厨子的差使做做，再回到海上。据他自己描述，那天他之所以在一大早一瘸一拐地来到码头，只是想闻一闻熟悉的海水的味道。

我被极大地触动了，如果你在这里，一定会更为感动

① 当时，英法两国海上争霸的斗争十分激烈，故有此言。

的。出于同情，我建议他上船做我们的厨子。他姓西尔弗，大伙儿叫他"高个儿约翰"，只剩下一条腿。尽管如此，我却认为这恰恰证明了他有可取的地方，因为他是在不朽的霍克①麾下为祖国效劳的时候失去那条腿的。他连养老金都没有，利夫西，想想我们生活的这个世道是多么可恶！

亲爱的利夫西，我原本仅仅以为自己找到了一个厨子，没想到竟然因此发现了整整一批船员。得益于西尔弗的帮助，在短短几天之内，我们便集合了一班货真价实的老水手。虽然他们的长相并不讨喜，但一看他们的脸，就可以断定他们具有不屈不挠、意志坚定的优秀品质。我甚至敢断言，我们能够战胜一艘战舰。

这些老水手极其能干，高个儿约翰甚至建议我从已安排好的六七个人中剔除两个。他立刻就让我明白，在我们即将开始的这次重大的探险活动中，那些毫无经验的生手是绝对不能要的。

现在，我的健康状况和情绪都极好，饭量大得像头公牛，睡觉的时候像木头般沉睡。但是，在我们起航出发之前，在听到那些勇猛的老水手在绞盘周围奔忙之前，我一分一秒都无法安下心来。出海去！管他什么宝藏呢！此时最令我神魂颠倒的是无边无际、壮阔美丽的大海。所以，利夫西，快点儿来吧！一小时都不要耽搁，假如你看得起我的话！

让小霍金斯马上去同他的母亲告别，让雷德拉斯陪他一道去。然后，你们就以最快的速度赶到布里斯托尔来。

约翰·特里劳尼

---

① 指爱德华·霍克（1705—1781），曾任英国皇家海军上将，人称"不朽的霍克"。

对了，我忘了告诉你，勃兰德里为我们找到了一位十分出色的船长，只是此人非常固执，对这一点我表示有些遗憾，不过在其他方面，他可是一把好手。此外，勃兰德里已经答应：如果我们在八月底还没有返航的话，他就会派另一艘船去接应我们。高个儿约翰·西尔弗找到了一个能干的家伙来担任大副，名叫埃罗。利夫西，由我亲自选定的水手长会吹角笛来对水手们发号施令，不久的将来，在"伊斯帕尼奥拉"号上，一切都跟军舰没什么两样。

还有一件事忘了告诉你，西尔弗是一个颇为富有的人。我了解到，他在某家银行开了户头，而且从未透支过。他让他的黑人老婆留下来经营酒店，若让像你我这样的单身汉来猜测，除健康因素外，他的老婆恐怕也是促使他去漂洋过海的一个原因。又及。

约·屈

霍金斯可以同他的母亲住上一晚。再及。

约·屈

写于布里斯托尔古锚旅店

一七××年三月一日

你能想象得出这封信令我多么兴奋，我简直就要忘乎所以了。而老管家汤姆·雷德拉斯只是一个劲儿地长吁短叹、嘟嘟囔囔，真是让我瞧不起。管家手下的任何一个猎场看守者都十分乐意替他出海远行，可特里劳尼先生只指定了他，再说乡绅的命令在他们心中犹如法令一般不可违背。除了老雷德拉斯，其他人连小声抱怨都不敢呢。

　　第二天一早，我和他步行前往本葆将军旅店。回到家，我发现母亲的身体和精神状况都很不错。那个长时间以来一直折磨我们的船长已经进了坟墓，再也不能给我们制造任何麻烦了。所有的东西都已经在乡绅的吩咐下被修复了，客厅和招牌都重新油漆过，添置了一些新家具，还专门为我的母亲在酒柜后添了一把漂亮的圈椅。为了在我离家后母亲不致缺少帮手，他还为她找来了一个男孩当学徒。

　　当我见到那个男孩时，我才第一次明白自己的处境。在此之前，我曾无数次地幻想即将到来的那些奇遇，却从未思考过我即将离家远行。而现在，一见到这个笨手笨脚、替我留在母亲身边的陌生孩子，我就一阵鼻酸，忍不住涌出眼泪。那个男孩被我好生折磨了一番，由于他对这个新工作很生疏，所以我不放过任何一个可以纠正他、羞辱他的机会，让他出尽了洋相。

　　在家过了一夜，第二天吃过午饭后，雷德拉斯和我又上了路。我辞别了母亲，告别了自我出生以来一直居住的小海湾，也告别了本葆将军旅店那块亲切的招牌——自从它被重新油漆过，就显得不那么亲切了。最后，我想到了老船长，之前，他总是戴着那顶破旧的三角帽，脸上挂着长长的一道刀疤，拿着他的旧黄铜望远镜，大步地沿着海滩往前走。不一会儿，我们便转过拐角，看不见我的家了。

　　黄昏时分，我们在乔治国王旅店前长满石楠的荒原上搭上了邮车。我被雷德拉斯和一个肥胖的老绅士夹在中间。车走得很快，夜晚也很冷，可是我依然忍不住瞌睡连连，一上车就打起盹儿来。邮车翻山越岭，爬上山头又驶下溪谷，过了一站又一站，我睡得无比深沉。直到肋下猛挨了一拳，我才睁开惺忪的眼睛，发现我们正停在城里街道上的一座大房子前面。此时，太阳已经升得老高。

　　"我们这是在哪儿？"我问。

"布里斯托尔,"汤姆简短地说,"下车。"

特里劳尼先生就住在位于码头附近的一家旅店,以便随时可以监督船上的工作。现在,我们正往他的住处走去。这一路,我们要沿着码头行进,要经过许多型号不同、装备不同、所属国别不同的船只,这令我十分兴奋。在一艘船上,水手们一边干活儿一边大声唱着歌;在另一艘船上,水手正攀爬在我头顶上方的桅杆上,从下向上望去,他们仿佛攀在细如蛛丝的绳索上。

尽管我在海边长大,却好像从未真正靠近过大海。柏油和海盐的气味让我感到十分新鲜。各种形态各异的船头雕饰也令我备感新奇,这些船都曾漂洋过海。此外,我看到了许多老水手,他们戴着形状各异的耳环,蓄着大把的络腮胡,辫子上涂着柏油,迈着摇摆、独特的水手步子走来走去。即便见到同样多的国王或大主教,我想我也不会比这更高兴。

而我也即将出海远行!乘坐着一艘水手长会吹角笛传令的大船,同扎着辫子、高声唱歌的水手们一起,去寻找一座不为人所知的小岛,探寻埋藏着的宝藏!

我沉浸在这种欢乐的畅想中,不知不觉来到一家大旅馆的门前,见到了特里劳尼乡绅。他穿着一套面料结实耐磨的蓝色衣服,俨然一副高级海员的装扮。他面带微笑地走出门来,走路时还刻意模仿着水手特有的步子。

"你们来啦,"他大声说道,"利夫西医生昨晚刚从伦敦赶到这里。太好了!这下人都到齐了!"

"先生,"我欢呼雀跃地问,"我们什么时候起航?"

"起航?"他说,"我们明天就扬帆起航!"

第8章
在望远镜酒店

就在这时，坐在远处的一位顾客突然站起身，夺门而出。他的位置离门很近，一下子就蹿到街上去了。这突如其来的举动引起了我的注意，我一眼便认出了他——正是那个缺了两根手指的人，就是他第一个到本葆将军旅店来找船长的。

吃过早饭后，乡绅给了我一张便条，让我捎给望远镜酒店的约翰·西尔弗先生。他告诉我，那个地方很好找，只要顺着码头一直向前走，看见一个画着巨大的黄铜望远镜的招牌便是了。我很愿意接受这个差事，因为又有机会可以看到更多的船和船员了。现在是码头上最繁忙的时候，我穿过拥挤的人群，从双轮马车和成捆的货物中间挤过去，终于找到了乡绅所说的那家酒店。

那是一个小型的消遣场所，气氛活跃而舒适。招牌刚刚油漆过，窗上挂着干净整洁的红色帘子，门前的地上铺着干净的细沙。酒店两面临街，各开了一扇门面向马路，这使得人们在外面可以将这个低矮但宽敞的大房间里的一切一览无余，尽管里面烟雾缭绕。

到这里来的顾客差不多都是在海上讨生活的，他们的调门儿很高，扯着嗓子说话，这令我有些害怕，几乎不敢迈步走进去。

我正在犹豫，一个人从旁边一间屋子里走了出来。我看了一眼就立刻肯定，他就是那个高个儿约翰。他的左腿齐根部整个儿锯掉了，左腋下夹着一根拐杖，他使用起拐杖来出奇地灵巧，简直令人赞叹，像灵活的小鸟一样蹦来蹦去。他果然个子很高，十分强壮，脸盘大得像火腿一般，面色有些苍白，但笑容可掬，露出机智的神色。的确是这样，他看上去极为活泼风趣，吹着口哨在不同的桌子间周旋，时不时对客人讲一句逗趣的话，或者拍一拍某位顾客的肩膀以示亲昵。

　　说句心里话，自从特里劳尼先生在信中提到高个儿约翰起，我就暗自担心这个一只脚的家伙可能就是船长在本葆将军旅店让我留心的独腿水手，但是，在见过这个人之后，我便完完全全打消了这个念头。关于可怕凶狠的海盗的模样，我已经看到过船长，看到过"黑狗"，也看到过瞎眼乞丐皮尤——现在看来，这个衣着整洁考究、和和气气的店主绝对不是那号人。

　　我立刻鼓起勇气，跨过门槛，径直向挂着拐杖、正同顾客攀谈的店主走去。

　　"请问阁下是西尔弗先生吗？"我问，同时将便条递了上去。

　　"正是，孩子，"他说，"这是我的名字，一点儿不错，可是你是谁呢？"接着，他看到了乡绅写给他的便条，看得出他似乎有些吃惊。

　　"哦，我知道了！"他大声说着，向我伸出一只手，"你是我们船上新来的那个侍应生，见到你真高兴，小伙子。"

　　接着，他用他那宽大结实的手掌使劲儿同我握了握手。

　　就在这时，坐在远处的一位顾客突然站起身，夺门而出。他的位置离门很近，一下子就蹿到街上去了。这突如其来的举动引起了我的注意，我一眼便认出了他——正是那个缺了两根手指的人，就是他第一个到本葆将军旅店来找船长的。

"啊，"我叫道，"快点儿抓住他！他是'黑狗'！"

"我才不管他是谁，"西尔弗叫道，"我只关心他没有付账，哈里，你快追上去抓住他！"

离门最近的那个人立即跳了起来，拔腿去追。

"就算他是大名鼎鼎的霍克将军，他也得付账，是不是？"西尔弗说。然后，他松开了一直握着的我的手，问道："刚才你说他是谁？黑什么？"

"他叫'黑狗'，先生，"我说，"特里劳尼先生怎么没有告诉你关于那帮海盗的事？这个家伙就是他们当中的一个。"

"竟然是这样！"西尔弗叫道，"在我的店里？！本杰明，你快去帮哈里一把。他是那些可恶的家伙中的一员？摩根，你不是一直在同他喝酒吗？快过来！"

摩根是个头发灰白、脸孔被晒得红通通的老水手，他顺从地走过来，嘴里还嚼着烟草块。

"现在，摩根，"高个儿约翰严厉地问道，"你以前见过那个黑——'黑狗'吗？见过吗？"

"从来没有，先生。"摩根行了个礼，答道。

"那么，你听过他的名字吗？"

"也没有，先生。"

"我的上帝，汤姆·摩根，算你走运！"店主大惊小怪地叫道，"要是你和那帮人一起厮混，以后就甭想踏进我的房子一步，你可要明白这一点。那么，他刚才在跟你讲些什么？"

"我有些记不清楚了，先生。"摩根答道。

"你肩膀上扛的究竟是脑袋还是木瓜？"高个儿约翰气愤地叫道，"'记不清楚'，是不是你连跟谁说话都弄不清楚，是不是？快说，刚才他在那儿说了些什么胡话？——航行、船长、船？好好想一想！他到底说了些什么？"

"我们正在谈论拖龙骨①。"摩根终于回答。

"你们在谈论这个？确实，你们的确应该尝尝它的滋味。回到你的位子上去，你这个愚蠢的家伙！"

摩根回到他的座位后，西尔弗用传达机密事件的亲密姿态小声对我说："汤姆·摩根这个家伙是个老实人，只是有些呆头呆脑。"他说话的语气在我听来颇有些亲昵讨好的味道。接着他又提高嗓门儿说道："现在，我们来回想一下，他叫'黑狗'？我保证从未听过这个名字，从未听过。不过——话说回来，我倒是好像曾经见过这个该死的家伙——是的，我曾经见过他，他好像总是同一个瞎了眼的乞丐在一起，到店里来过几次。"

"那肯定是他，你记得没错儿，"我说，"那个瞎眼乞丐我也认得，他的名字叫皮尤。"

"那就对了！"西尔弗叫道，这时候他开始激动起来，"皮尤！他就是叫这名字。这个家伙任谁看都是个坏蛋。如果我们能够把那个'黑狗'抓住，那么我们就有好消息向特里劳尼船主报告了！放心吧，本杰明是个飞毛腿，几乎没有哪个水手能够跑得过他。他一定会追上他的，嗯，十拿九稳！哼，他刚才在谈论拖龙骨是不是？那我就让他见识一下什么是拖龙骨！"

他一边发表着这番言论，一边架着拐杖在店里跳来跳去，时不时还激动地用手拍一下桌子，那种气愤的模样，恐怕连伦敦中央刑事法庭的法官或是最高警署的警察都会被他说服。然而，在望远镜酒店见到"黑狗"这件事，使疑团再一次涌上我的心头。我开始留心观察这个厨子，但他是一个如此有城府、深思熟虑、头脑聪明的人，不是我

----

① 拖龙骨，古代海盗的酷刑之一，把罪犯用绳子捆住后丢进海里，在船身龙骨下拖行。

这样一个涉世未深的孩子所能摸透的。最后，当那两个出去抓捕的人气喘吁吁地回来，声称"黑狗"混进人群逃走了时，高个儿约翰气急败坏，像训斥小偷一样将他们大骂了一通。当下，对于他的清白，我情愿替他担保做证。

"瞧，霍金斯，"他说，"现在这桩倒霉事让我很头疼，不是吗？你说，特里劳尼船主会怎么想呢？——这个该死的江洋大盗竟然堂而皇之地坐在我的店里喝朗姆酒，而你来到这里将真相告诉我，我竟然眼睁睁地让他从我的眼皮底下溜走了！啊，霍金斯，你得在特里劳尼船主面前为我说几句公道话，替我说清楚这到底是怎么回事。你虽然年纪小，但是头脑聪明，是个机灵的孩子，这一点在你刚走进来的时候我就瞧出来了。我只是对这根拐杖生气，你说，我架着这个东西能干什么？这件事要是发生在我还是个数一数二的精壮水手时，我肯定一下子就能够抓住他，眼睛都不用眨一下。可是现在——"

突然，他打住话头，下巴无力地耷拉着，好像猛然想起了什么。

"酒钱！"他大叫起来，"这该死的家伙喝了我三杯朗姆酒！见鬼，我都把结账的事给忘了！"

他一屁股跌坐到一张板凳上，哈哈大笑起来，直笑得眼泪横流，淌到了脸上。我也忍不住跟着他一起笑起来，我们笑了一阵又一阵，整个旅店都回荡着我们的声音。

"我简直是一头再愚蠢不过的驴子！"最后，他擦掉脸上笑出的眼泪，说道，"我们两个倒可以凑成一对儿，霍金斯，我发誓我最适合做侍应生了。现在，我们准备出发吧，公事必须公办，这丝毫不能含糊，伙计们。我得戴上我的旧三角帽，跟你一起到特里劳尼船主那里报告，把这件事详详细细地讲给他听。小霍金斯，可要知道，这可不是件无关紧要的小事。话说回来，必须承认，你我在这件事上都干得不漂亮，我们两个都成了大笨蛋。真可恶，竟然被那个该死的家伙赖了账！"

说到这里，他又笑得前仰后合。看他兴奋的样子，我不得不附和着凑趣，实际上我并没有觉得有那么好笑。

于是，我俩一起沿着码头向特里劳尼先生所住的旅店走去，一路上，他简直可以算是最有趣的同伴。他向我介绍沿路经过的不同的船只，将它们的装备、吨位以及国别一一告诉我，还耐心地向我解释正在进行的工作——这艘正在卸货，那艘正在装舱，还有的正准备出海。中间还会穿插着给我讲一些关于船和水手的故事，或是教我一些水手们常用的俚语。慢慢地，我意识到，在船上能够有这样一个伙伴该是多么令人高兴。

我们到达旅店时，乡绅和利夫西医生正坐在一起。他们就着烤面包喝掉了将近一夸脱①啤酒，随后打算到船上去检查一番。

高个儿约翰情绪激动，如实、准确地报告了整件事情的经过。"事情就是这样，霍金斯，是不是？"他在报告的间隙不时地插进这句话，而我每次都证明他所言不虚。

对于没能抓住"黑狗"，两位绅士感到很遗憾，但是我们一致认为这都是没有办法的事。接受了一番夸奖之后，高个儿约翰拄着拐杖回去了。

"今天下午四点，所有人都在船上集合！"乡绅冲着他的背影喊道。

"好的，先生。"厨子在走廊里答道。

"特里劳尼先生，"高个儿约翰离开后，利夫西医生说道，"其实，对于你所挖掘的人才，我并不十分信任，但是我想说，这个约翰·西尔弗很合我的意。"

"他可是个完全可以信赖的人。"乡绅宣布道。

---

① 夸脱为计量容积的单位，主要在英国和美国使用。英制1夸脱=2品脱=1.1365升。

　　"现在，"医生说，"吉姆是不是可以跟我们一起上船了？"

　　"当然可以，"乡绅说，"拿上你的帽子，小霍金斯，我们一起到船上去看看。"

第9章
火药和武器

> "我明白你的意思，"医生说，"你希望我们在暗中进行一切，并且在船艉用我们自己的人建立一支警备力量，全面掌控船上的武器和火药。也就是说，你担心船上会发生暴乱。"

"伊斯帕尼奥拉"号停泊的位置距离岸边比较远，我们坐着小船绕来绕去，一会儿从一些船只的船头雕饰下面钻过去，一会儿划到某艘船的船艉；那些大船的缆绳有时自我们的船底擦过，有时在我们头顶晃荡。经过一番折腾，我们终于靠到了"伊斯帕尼奥拉"号的旁边。在船上迎接我们的是大副埃罗先生，他面色棕黑，耳朵上戴着耳环，是一个斜眼老水手。他和特里劳尼先生很谈得来，两人十分友好，但是很快我就察觉到，特里劳尼先生和船长之间，关系并非如此融洽。

船长是一个严肃的人，似乎跟船上的每个人都在生气，并且恨不得立即让我们知道到底为何如此，因为我们刚刚下到舱内，就有一个水手跟进来报告说："先生，斯莫利特船长要求同你谈谈。"

乡绅回答："我随时听候船长的命令。请他进来。"

实际上，船长正紧随在他的听差身后，听到这话立刻就走了进来，并随手把门关上。

"斯莫利特船长，你好，你有什么话想对我说呢？我希望一切顺利，现在是否准备停当，随时可以起航？"

"你好，先生，"船长说道，"我想我还是开门见山比较好，即使冒着触犯你的危险。说实话，我不喜欢这次航行，不喜欢这些水手，更不喜欢我的大副。这就是我要对你说的。"

"先生，我想你还不喜欢这艘船，是不是？"乡绅说。看得出来，他很不高兴，甚至想要发火。

"在尚未试航之前，我不能下此结论，先生。"船长说，"我只能说，这艘船造得还算精巧。"

"先生，恐怕你也不喜欢你的雇主吧？"乡绅说道。

见此情景，利夫西医生插话了。

"等一下，"他说，"你们等一下。这样的对话除了引发争吵之外毫无用处。船长的话不是说得夸张了些，就是说得还不够，所以，我必须要求你对此进行一番清楚的解释。你刚才说你不喜欢这次航行，那么，到底是什么原因呢？"

"先生，我受聘到此，接到保密任务，要将船开到这位先生命令我开到的地方，"船长说，"实际上目的地是哪里，我并不在乎。可是现在，我发现船上的每一个人都知道得比我多。我认为这不公平，而且不是件好事，你认为呢？"

"的确如此，"利夫西医生说，"是的，我的看法与你相同。"

"还有，"船长说道，"我知道你们此次是去寻找宝藏的——请注意，这个消息我是从手下人那里得到的。探寻宝藏是件冒险事，我对于探宝之行没有任何兴趣，更何况，既然说要保守秘密——特里劳尼先生，请原谅我讲话直截了当——而现在这个秘密，恐怕连鹦鹉都晓得了。"

"是西尔弗的鹦鹉吗？"乡绅问。

"先生，我只是打个比方，"船长说道，"我的意思是秘密早已被泄露了。我相信两位绅士对目前的状况并不十分清楚，那我就说出我的看法：恐怕一场生死搏斗是避免不了了，而且形势对我们极其不利。"

听了船长的话，利夫西医生答道："你说得很有道理，我们的确是在冒着生命危险，可是我认为我们并不像你说的那样糊涂。还有，你说你不喜欢船上的这些船员，他们不都是很能干、富有经验的水手吗？"

"我确实不喜欢他们，先生，"斯莫利特船长回答，"既然如此，索性直说了吧，我认为我的手下应该是由我来亲自挑选。"

"也许的确应该如此，"医生说，"我的朋友特里劳尼先生本应当跟你一起商量的。这件事做得有失妥当，但也绝不是故意。你还不喜欢埃罗先生？"

"是的，先生。我承认埃罗先生是个好水手，但他对于自己的手下太过放任，管教不严，从这一点来看，他并不能够成为一个好长官。身为大副，就必须记住自己的身份，无论如何都不该同水手们一起饮酒作乐！"

"你说他酗酒？"乡绅嚷了起来。

"不，先生，"船长答道，"他只是太过随意了。"

"那么，现在就言简意赅地说清楚，船长，你对我们有什么要求？"医生问。

"先生们，你们是否执意要进行此次航行？"

"是的，铁了心了。"乡绅说。

"很好，"船长说，"我说了这么多无法证实的事，你们既然愿意将它听完，那么不妨再听我说几句。第一件事是他们已经把火药和武器放到了靠近船头的前舱中，而你们的房舱下面有很好的地方，为什么不放在那里？还有，你们带了三个仆人，听手下人说，他们被安置在前舱。为什么不在你们住的房舱旁边安排几个铺位，把他们四个安置过来呢？这是第二件事。"

"还有别的吗？"特里劳尼先生问。

"还有一点，"船长说，"寻宝的秘密已经泄露太多了。"

利夫西医生表示同意："确实太多了。"

"我把我听到的内容全部告诉你们。"斯莫利特船长说道，"据说你们有一张藏宝图，是关于某座小岛的，在地图上有几个"×"明确地标注了宝藏所在的地点，而那座小岛的位置是——"接着，船长准确地说出了本应只有我们几个人知道的纬度和经度。

"我可从来没有跟人说过那个，"乡绅连忙辩解，"对任何人都没说过！"

"可船上的水手都知道，先生。"船长说。

"利夫西，一定是你或小霍金斯走漏了风声。"乡绅嚷道。

"是谁泄露的现在已经不重要了。"医生说。我发现无论是医生还是船长，都不愿理会特里劳尼先生的辩解。其实我也如此，因为他的口风实在太不严了。不过在这件事上，我相信他说的是实话，我们谁也没有把那座岛的位置说出去。

"先生们，"船长继续说道，"我不知道那张地图到底在谁手里，但是我要指出一点，对我和埃罗先生也必须保密。否则我将提请辞去船长的职务。"

"我明白你的意思，"医生说，"你希望我们在暗中进行一切，并且在船艉用我们自己的人建立一支警备力量，全面掌控船上的武器和火药。也就是说，你担心船上会发生暴乱。"

"先生，"斯莫利特船长说道，"我无意冒犯两位，但你也不能把我没有说过的话安到我身上。先生，若是有哪位船长在掌握了确凿的证据的情况下，讲了上述那番话，再继续出海远行，那可实在太离谱了。至于埃罗先生，我相信他是一个诚实、忠诚的人，有一部分水手也是如此，甚至可能所有的人都很忠诚，这都是说不定的事。但是，作为船长，我就要负责船只的安全和船上每一个人的生命安全。而我现在认为有些事情不同寻常，甚至很不对头，因此，我要求你们采取一定的预防措施，否则请允许我辞职。我要说的就是这些。"

"斯莫利特船长，"利夫西医生开始微笑，"有一个关于大山和老鼠的寓言①，不知你是否听过？请原谅我的不敬，你刚刚让我想起了这个寓言。我以我的性命起誓，你刚踏进门时，想说的肯定不只这些。"

"医生，"船长说，"你是一个睿智的人。说实话，我本来是打算辞职的。我没指望特里劳尼先生会听进去一个字。"

"现在多一个字我都不想听了，"乡绅气冲冲地说，"若不是利夫西医生让你说下去，我早就把你赶出去了。既然我已经听了这么多，我就会按照你的要求行事，但你给我留下的印象更糟糕了。"

"悉听尊便，先生，"船长回答说，"总有一天你会发现，我所做的一切都是出于尽职尽责。"

说完，他便告辞离去了。

"特里劳尼，"医生对乡绅说道，"与我的估计完全相反，现在我相信你已集合了两个值得信赖的人一同开始此次航程——一个是约翰·西尔弗，另一个就是这位正直的船长。"

"你对西尔弗的评价我表示赞同，"乡绅嚷道，"至于这个危言耸听、故意吓人的船长，我认为他的行为缺乏大丈夫的气概，并且根本

---

① 出自《伊索寓言》。大山行将分娩，震天动地，结果从巨大的裂缝中只跑出一只小小的老鼠。此寓言同"雷声大，雨点小"的意思相近。

没有英国人英勇无畏的气派。"

医生说："那我们走着瞧好了。"

当我们来到甲板上时，水手们已经开始行动，正一边喊着号子，一边往外搬武器和火药。船长和埃罗先生则站在一旁指挥和监督。

新的安排很合我意。整艘船在布局上进行了一次大调整：新的六个铺位被安置在了船艉，这组房舱只通过舷窗旁的走廊连接厨房与水手舱。本来，这六个铺位是为船长、埃罗先生、亨特、乔伊斯、利夫西医生和特里劳尼先生准备的。现在，其中的两个铺位安排给了雷德拉斯和我，而船长和埃罗先生转移到甲板上升降口的里面去睡。那个升降口已经从两侧加宽了，现在几乎可以把它称为一个后甲板房舱。尽管它还是略为低矮，但已经足够安置两张吊床了。看起来，大副埃罗先生对这样的安排也十分满意。也许他对船员们也有所怀疑，但这仅仅是一种猜测，因为他的看法究竟如何，不久就同我们毫无关系，读者以后自然明白。

当船上所有的人正在努力工作，忙于搬运火药以及挪动铺位的时候，高个儿约翰和最后几名水手坐着小船一起到达了"伊斯帕尼奥拉"号。

厨子像猴子一样，灵活地越过船舷，几下就爬到了大船上。他一看到忙忙碌碌的大伙儿，便开口问道："怎么，伙计们，你们在干什么？"

"我们正在搬运火药，约翰。"有一个人答道。

"老天！搬它干什么？"高个儿约翰惊呼道，"要是这么忙下去，我们会错过早潮的！"

"是我的命令！"船长简短地说，"朋友，你可以到下面的厨房里去了，过会儿船员们就要吃晚饭了。"

"是的，是的，先生。"厨子答应着，并伸手摸了摸自己的额发，立刻转身消失在厨房方向。

"那是个值得信赖的人，船长。"医生说道。

"有那个可能，先生，"斯莫利特船长答道，"别急，伙计们，小心一点儿！"说着，他向那些正抬着火药的水手跑去。突然，他注意到我正在观察那门被安置在甲板中央的铜铸回旋炮，立即开口对我喝道："喂，那个侍应生，离那儿远一些！到厨房去帮些忙！"

紧接着，当我跑开的时候，我听见他很大声地对医生说："我可不允许我的船上有宠儿。"

此刻，我和乡绅的看法完全一致，心里对这个船长恨透了。

第10章
开始航行

> 我刚打算爬出桶去，这个人却开始讲话了。原来是西尔弗。但是，刚听了开头的几句，我就明白无论如何都不能让他发现我躲在桶里。我蜷缩着，战战兢兢地侧耳倾听，怀着极度的恐惧和好奇——因为，自从西尔弗一开口，我就明白，船上所有好人的性命都系于我一个人的身上了。

当天夜里，我们通宵奔忙着——将物品一一装舱归位，还要忙于接待乡绅的朋友们，比如勃兰德里等人。他们坐着小船来到这里，纷纷预祝他一帆风顺，早日平安返航。我在本葆将军旅店的时候从来没有这么累过，从来没有哪个晚上是这么忙的。天快亮的时候，我已经疲惫不堪，这时，水手长吹响了他的角笛，水手们整装待发，精神抖擞地站在绞盘扳手前准备起锚。尽管我早已精疲力竭，但依旧舍不得离开甲板。对我来说，简短的命令、尖锐的笛声、在船上微弱的灯光下各自坚守岗位的水手，这一切都是那么新鲜有趣。

"喂，高个儿约翰，给我们唱一个。"一个声音喊道。

"来个老调儿。"另一个喊道。

"好的，好的，伙计们！"高个儿约翰高声答应着，他站在一旁，拄着拐杖，一下子就唱起了那首熟悉的歌——

十五个汉子扒着死人箱——

水手们接口唱道：

呦嗬嗬，朗姆酒一大瓶，快来尝！

在"嗬"字出口时，大伙一齐使劲儿转动面前的绞盘扳手。

看到如此激动人心的一刻，我甚至有一瞬间回想起了在本葆将军旅店时的情景，船长的声音似乎回响在我的耳边，就夹杂在这合唱声中。突然，大铁锚露出水面，在水手们的歌声中，它被吊了起来，滴滴答答地往下淌水。紧接着，帆开始鼓满了风，陆地和船舶从两边掠过——"伊斯帕尼奥拉"号终于开始了它驶向藏宝小岛的航程。这时，我才下到房舱去打了一小时的盹儿。

对于这次航行，我不准备详细叙述了。一路上非常顺利，船的性能很好，水手们十分称职、能干，船长也极其在行。只是，在我们到达小岛之前，有两三件事需要交代一下。

首先是埃罗先生，他的表现实际上比船长之前所担心的还要糟糕。在船员中他几乎没有半点儿威信，手下根本不把他放在眼里，在他面前随心所欲。但这并不是最坏的。"伊斯帕尼奥拉"号出海一两天后，他便整日醉醺醺地出现在甲板上，醉眼蒙眬，脸颊通红，讲话结结巴巴、口齿不清，诸如此类的酗酒状况全都出现了。一次又一次，他被喝令回到甲板下面去。他走路摇摇晃晃，站立不稳，好几次跌倒在地，还受了些皮外伤。有时，他整天从早到晚躺在升降口一侧他小小的铺位上；偶有一两天头脑清醒时，他就勉勉强强地做些自己分内的工作。

我们怎么都查不到他是从哪儿搞到的酒，这成了船上的一个谜。

无论我们怎样费尽心思地监视他，还是无从得知。当面质问他时，假如他喝了酒，就只会冲你哈哈大笑；假如他神志清醒，就会赌咒发誓，说他向来滴酒不沾，除了水，任何东西都不喝。

作为一名大副，他完全不称职，而且在船员中也产生了不良影响。显然，照这样发展下去，用不了多长时间他就会彻底毁掉自己。果然，在一个浪高风大的夜晚，他失踪了，没有人再见过他。对此结果，没有人表示太多的惊讶，也没有人表示格外难过。

"准是一头栽到了海里！"船长说，"好吧，既然如此，也省得我们还要给他戴上镣铐关起来。"

但是现在我们缺少了大副，必须从船员中提拔一个。水手长约伯·安德森是最合适的人选，尽管他依然被冠以水手长的头衔，实际上他履行了大副的职责。特里劳尼先生曾经在海上航行过，他的知识很有用，所以每当天气比较好的时候，他总是亲自值班瞭望。副水手长伊斯雷尔·汉兹是个经验丰富的老手，且足智多谋、小心谨慎，在紧要时刻，几乎任何事情都可以放心地交付于他。

副水手长同高个儿约翰·西尔弗是至交。既然说到西尔弗，我就来谈一谈船上的这位厨子——"烤全牲"，水手们都这样称呼他。

在船上，西尔弗用一根绳子将拐杖捆好，并套在自己的脖子上，以尽量解放自己的双手。有一幕是很值得一看的：做饭的时候，他把拐杖抵在舱壁上，用来撑住自己，无论船在风浪中如何摇晃、颠簸，他都能够像在岸上一样稳稳当当地继续烹饪。假如你看见他是如何在风浪肆虐的甲板上轻松自在地走来走去的，一定会啧啧称奇。在距离最宽的地方，装有两根缆索供他攀扶——它们被大伙儿称作"高个儿约翰的耳环"。他抓着缆索从一个地方到另一个地方去的时候，有时会使用那根拐杖，有时则任由它挂在绳子上在身后拖行。他的动作十分敏捷迅速，不比两条腿走路的人慢。即便如此，过去和他一起在海

上航行过的人依然摇头叹息，说他已大不如前。

"'烤全牲'可算得上一个人物，"副水手长对我说，"他在年轻的时候受过很好的教育，高兴的话，他可以讲得头头是道，不比书本上写得差。他的胆量也是数一数二的，一头狮子在高个儿约翰眼里都不算什么！我曾亲眼见过他单独跟四个人格斗，赤手空拳揪住他们的脑袋使劲儿往一起撞。"

船上的水手都很尊敬他，甚至听从他的命令。他有办法和每一个人都谈得来，并且使每一个人对他心存感激。他对我一向很好，态度总是十分亲切，每次在厨房里见到我总是显出很高兴的样子。他把厨房收拾得井井有条、干干净净，盘子和碟子都被他擦得锃亮，再悬挂起来。他还养了一只鹦鹉，平时总是关在笼子里，放到角落。

"来，霍金斯，"他经常这样对我说，"来跟约翰聊聊天吧。没有人比你更受我的欢迎了，我的孩子。坐下来听我说，这是'弗林特船长'——我用那个大名鼎鼎的海盗的名字来称呼我的鹦鹉——瞧，'弗林特船长'预言我们此次航行一定圆满成功，是不是，'船长'？"

那只鹦鹉此时就会快嘴快舌地大叫起来："八个里亚尔！八个里亚尔！八个里亚尔！"直到声嘶力竭它才会停止，或者直到约翰用一块方巾把笼子罩住。

"霍金斯，听我说，"他会这样说，"这只鸟大概有两百岁了——鹦鹉大都寿命很长，所以恐怕只有魔鬼见到的伤天害理的事情才比它见到的多。它曾经跟英格兰船长一起出过海——就是那个有名的大海盗英格兰。这只鹦鹉曾经到过非洲的马达加斯加、印度的马拉巴尔、南美的苏里南、北美的普罗维登斯和苏格兰的波托贝洛小镇等等。打捞失事的沉船时它也亲临现场，它就是在那里学会说'八个里亚尔'的，这也不奇怪，因为在那里打捞上来三十五万枚西班牙硬币，每枚硬币都值八个里亚尔，霍金斯！当年'印度总督'号在果阿①被强攻时，它也在现场，别看它看起来只是只小鸟——你是闻过火药味儿的，是不是，'船长'？"

"准备应对逆风！"鹦鹉尖着嗓子叫道。

"这小家伙可机灵得很。"厨子这样说着，然后从口袋里拿糖块给它吃。接着那鸟就会拼命用嘴啄笼栅，不停口地咒骂，那些下流话简直恶毒得令人难以置信。"你瞧瞧，"约翰会补充说，"不去碰沥青，才不会被弄脏，孩子，这只无知、可怜的老鸟骂人的本领无人能及，这个坏毛病它算是改不掉啦，要我说，就算是在牧师面前，它也会照样骂的，毫不嘴软。"说着，约翰总会庄重严肃地举手碰一下他的额发，这让我觉得他是世界上最好的人。

在这段时间，特里劳尼先生和斯莫利特船长的关系仍然不见好转，甚至可以说更为紧张了。乡绅对船长的恶感，甚至毫无顾忌地表露了出来。而船长呢，除非乡绅先讲话，否则他绝不张口，即使答话也刻薄尖锐、生硬简短，从不多说一个字。被逼急了的时候，他也承认或许自己对船员们的看法有失偏颇，承认有相当一部分水手眼明手快，表现得很好，在行为方面也都合乎规矩。至于"伊斯帕尼奥拉"号，他则是彻底地喜欢上了。"它开起来简直太得心应手、令人满意了，先生，我想任何一个做丈夫的都不能要求自己的妻子比这更听话了。不过，"他总是会补充一句，"我们还是走着瞧，我就是不喜欢这次航行。"

一听到这话，乡绅就会转过身去，高高抬起下巴颏儿，在甲板上踱来踱去。

"那家伙再这么口无遮拦，"他会说，"我可就要发火了。"

---

① 位于印度西岸，曾是葡萄牙殖民地，后被印度收回。

我们遭遇过一次恶劣的天气，但那恰恰证明了"伊斯帕尼奥拉"号的质量，为它大显身手提供了机会。船上的每一个人都心情舒畅，不然就只会显得太不知足了。另外，在我看来，自从挪亚方舟下水以来，就从未有哪只船上的船员被这样骄纵——只要有一丁点儿理由，大伙立刻就会得到双倍的酒。在船上，人们还时常可以吃到葡萄干布丁，只要乡绅听说那天是某人的生日等诸如此类的原因；有一只敞口的大木桶被放在上甲板的中部，里面装着苹果，供想吃的人随时取用。

"对手下如此纵容，我还从来没有听说过会产生什么好的结果。"船长对利夫西医生说，"这样做只会把水手们惯坏，招致灾难。这是我的观点。"

然而，好结果恰恰是那只苹果桶带来的，就像你将要听到的那样：要是没有它，我们就不可能及时得到警报，很可能最终全部被叛徒干掉了。

事情的经过是这样的：

越过赤道前后，我们尽量利用信风①把船送往目的地——请原谅我无法说得更明白。现在，"伊斯帕尼奥拉"号正驶向那座藏有宝藏的小岛，我们不分昼夜地瞭望着。到目前为止，我们最多只剩下一天的航程，也许在今夜，或者明天上午的某个时刻，就可以望见藏宝岛了。我们的航向是西南，舒服的和风徐徐地吹着船舷，海面上风平浪静，"伊斯帕尼奥拉"号翻卷着浪花，稳稳地向前推进，船艏斜桅不时地被飞溅起的浪花打湿。帆鼓满了风，船上的每一个人都精神饱满、情绪高昂，因为我们此次探险的前半程即将圆满结束。

当时，太阳刚刚西沉，我干完了手上的活儿，想回到自己的铺位

① 指的是在低空从副热带高压带吹向赤道低压带的风。西方古代商人常借助信风的吹送往来于海上进行贸易，因此信风也叫"贸易风"。

去休息，途中忽然想吃个苹果，于是我便跑上了甲板。负责瞭望的水手正在全神贯注地眺望远方，看是否有小岛出现；负责掌舵的水手一边注视着船帆，一边悠然自得地轻轻吹着口哨。除此以外，一切都非常安静，只有海水拍打船头和船舷的哗哗声。

　　我将整个身子都探进苹果桶，才拿到里面剩下的唯一一个苹果。天色渐渐暗了下来，我坐在苹果桶里，随着船身的起伏，竟然不知不觉打起盹儿来。不知道过了多久，突然，我感到一个大个子扑通一声在桶旁坐了下来。他的肩膀倚在桶上，桶身随着他坐下的力量摇晃了一下。我刚打算爬出桶去，这个人却开始讲话了。原来是西尔弗。但是，刚听了开头的几句，我就明白无论如何都不能让他发现我躲在桶里。我蜷缩着，战战兢兢地侧耳倾听，怀着极度的恐惧和好奇——因为，自从西尔弗一开口，我就明白，船上所有好人的性命都系于我一个人的身上了。

第11章
我在苹果桶里听到的

你可以想象我当时处于怎样的恐惧中！要是我还有半点儿胆量和力气，我就会一下子跳出去拼命逃跑，可是，我的手脚和心脏早已吓得不听使唤，瘫在那儿一动不敢动。

"不，不是我，"西尔弗说，"弗林特才是船长，而我就是因为这条腿是木头的，所以管掌舵。在一次舷炮的攻击中，我失去了这条腿，老皮尤失去了两只眼睛。一个手艺不错的外科医生给我做了截肢手术，那个医生上过大学，一肚子的拉丁词儿，可是他也没什么例外，还不是跟其他人一样，在科尔索被像条狗似的吊死了，还被丢到大太阳下暴晒。那是罗伯特的部下，他们的问题就出在总是给自己的船换名字，明明今天还叫'皇家财富'号，明天就改成其他的什么号——照我说，给一条船取了个什么名，就应该一直叫什么名。'卡桑德拉'号就是这样，在英格兰船长拿下了'印度总督'号之后，我们大家都被它从马拉巴尔安全送回了家。还有弗林特的老帆船'海象'号也是这样，它曾经被鲜血染得斑驳，也曾经差点儿被金子压沉。"

"上帝！"一个声音叫道，我能听出他是船上那位年龄最小的水

手，他的声音里满是钦佩之情，"弗林特可真了不起！"

"大伙儿都说戴维斯也是个人物呢！"西尔弗说，"可是我从来没有跟他一起出过海。我先是跟英格兰一起干，然后是弗林特，现在则可以说是自己干了。

"跟着英格兰我攒下了九百英镑，跟着弗林特攒下了两千英镑。对于一个在海上讨生活的水手来说，这已经算是不错了，现在钱都稳稳当当地存在银行里。但是要知道，仅仅会挣钱还不行，还得节俭。你说，英格兰的手下如今都到哪里去了？我不知道。弗林特的手下呢？大部分就在这条船上，为能吃到葡萄干而快活。甚至有些人在这之前还讨过饭。那个瞎眼乞丐老皮尤，说起来他也真是应该感到羞愧——他在一年里就挥霍了一千二百英镑，简直就像个上议院的勋爵！如今他又在哪里呢？死了！被埋到土里了！实际上，早在两年前他就开始吃不饱饭，真是活见鬼！这个家伙乞讨、偷盗、杀人，可是他还是挨饿，我的老天！"

"这么说，干这一行也捞不到什么好处。"年轻的水手说。

"对笨蛋来说确实没什么好处，你要明白这一点——对他们来说，干什么都没好处。"西尔弗说，"不过，你虽然年纪小，可是头脑机灵，这一点我一见到你就看出来了，我得像对待大人一样对待你。"

你可以想象得到，当我听到这个可恶的骗子把对我说的奉承话拿来欺骗另一个人时，我是何等气愤。如果可能，我甚至想透过木桶杀了他。他倚着木桶，丝毫没有料到有人在偷听，自顾自地继续往下讲。

"碰运气先生们就是这样，他们对生活没有任何计划和安排，整天冒着被绞死的危险，却还是像斗鸡之前投食那样不管不顾地大吃大喝。一次航行结束了，他们的口袋就会鼓起来，从几百个铜板增加到几百英镑。然后就会饮酒作乐，大肆挥霍，等到两手空空，就再回到海上去。

"我可不会那样做。我把钱都存起来，分散着放到不同的地方，这里一些，那里一些，哪儿都不太多，免得引起怀疑，被人打上坏主意。我已经五十岁了，这次出海结束，我就回去正正经经地做一个真正的绅士。日子还长着哩。不过我向来生活得都不赖，从来不亏待自己，除了在海上，我每天都吃得讲究、睡得舒服。我是如何起家的？还不是跟你一样，一开始只是个普通的水手。"

"可是，"另一个水手说，"这次回去后，你就再不敢在布里斯托尔露面了，那你在那里的财产不是都拿不回来了吗？"

"那你猜猜，那些钱现在在哪儿？"西尔弗用嘲弄的口吻问道。

"在布里斯托尔的银行，还有其他一些地方。"那个年轻的水手答道。

"刚起锚的时候，钱的确是在那儿。"厨子说，"但如今我的妻子已经把它们全部取走了。望远镜酒店也已经出兑，连同租房契约、全部设施等也全部处理完毕。我妻子已经离开布里斯托尔，到我们约好的地方等着同我会合了。我可以告诉你她在哪儿，因为我信得过你，可是这样伙计们会嫉妒的。"

"那么，你信任你的妻子吗？"另一个家伙问道。

"通常情况下，碰运气先生们之间毫无信用可言，"厨子答道，"他们天性如此，这一点你要清楚。不过我自有办法。谁要是想算计我，打我的主意——我是指跟我相熟的人——那么，老约翰我是绝对不会放过他的。过去，有的人害怕皮尤，有的人怕弗林特，可是就连弗林特本人都惧我三分。是的，他害怕我，却又重用我。他的那帮手下全都是无法无天的粗野家伙，恐怕就连魔鬼都不愿意跟这些人一起出海。听我说，我可不是个自吹自擂的家伙，我和大伙儿多么亲热，相处得多么融洽，你是亲眼见到的。要知道，当年我掌舵的时候，那帮为弗林特效力的老海盗见了我就像绵羊一样听话。啊，等老约翰在船上当了家，到时候你就会知道了。"

"好吧，现在我就说说心里话，"那个小伙子说，"在和你谈话之前，我对这个行当一丁点儿都不喜欢，但是现在，约翰，我已经打定了主意，我们握手为凭。"

"你算是一个有胆识的小伙子，还聪明伶俐，"西尔弗答道，一边热烈地跟他握手，震得苹果桶都跟着摇晃起来，"话说回来，我还没见过像你这么英俊帅气的碰运气先生呢。"

渐渐地，我开始听懂他们所说的一些黑话的意思。所谓的"碰运气先生"，指的就是在海上靠抢劫、偷盗为生的海盗。我刚刚偷听到的这一段小小的插曲，正是他们拉拢船上水手的一场表演——很可能这个被拉拢的小伙子是船上的最后一个老实人了。但是，马上我就发现事情并非那么简单——西尔弗轻轻吹了一声口哨，就又有一个人晃荡过来，同他们坐在了一起。

"狄克现在是自己人了。"西尔弗说。

"狄克迟早是自己人，这我早就知道。"说话的正是副水手长伊斯雷尔·汉兹，"狄克不是笨蛋，脑子聪明着呢。"说着他转动了一下嘴里正嚼着的烟草块，朝地上吐了口唾沫。"但是，"他接着说道，"我想问你一件事，'烤全牲'，我们每天这么混日子，不干正经事，到底要磨蹭到什么时候？我早就受不了那个斯莫利特船长了，一天都不想再被他使唤，他妈的！我想住进他们那个房舱里去，非去不可！他们的泡菜、葡萄酒之类的，我通通都要享受！"

"伊斯雷尔，"西尔弗说道，"你的脑子实在是不太好使，之前就是如此。但是我想你总还能听进别人的忠告，至少你的耳朵长得够大。听我说，你还是要继续住在自己的铺位，还是要勤勤恳恳地工作，还是得低声下气地说话，还是得控制饮酒，直到我下令行动之前。我的孩子，你必须这样做。”

“我又没有不听你的话。”副水手长愤愤地嘟囔着，“我是问我们到底要等到什么时候？什么时候才下手？”

“什么时候下手？老天！”西尔弗叫道，“好吧，既然你这么想知道，我就告诉你：我们要想方设法拖到最后一刻，能推迟多久就推迟多久。首先，这里有一个一流的航海家——斯莫利特船长，由他来驾驶这艘船，才最为安全、迅速。而那张地图，掌握在那个乡绅和医生的手里，宝藏埋藏在哪儿？你知道吗？我们大家都不知道。所以，我的意思是，最好让乡绅和医生替我们找到宝藏，再帮助我们把它们运上船，谢天谢地！等到一切办妥当之后，我们再解决他们。假如你们这些魔鬼的子孙值得信任的话，我还打算让斯莫利特船长把我们带到返程的中途，到那时再下手。”

“船上的这些人可都是水手啊，难道不会驾船吗？”那个名叫狄克的年轻小伙子问道。

“别忘了，我们只是一群水手，”西尔弗不耐烦地打断了他的话，“我们能够按照既定的航线来行驶，可是谁有本事能确定正确的航道？说实话，这事你们谁都做不了！要是按我的意思来，我要让斯莫利特船长至少在返程中将我们领进信风圈。到那时，我们才不会找不到回去的路，也不用担心会沦落到每天只能配给一小勺淡水的境地。但是我太了解你们这帮家伙了，所以只好在钱财一搬上船就把他们解决掉，真是可惜！不让你们这帮该死的家伙整天醉醺醺的，你们就度日如年、浑身难受，都是些急功近利的短视的家伙。真是见鬼了，和你们这种人一起航行，真让我感到恶心！”

“行了，高个儿约翰，”伊斯雷尔叫道，“谁也没有反对你的计划啊！”

西尔弗激动起来："怎么？那么多的大船被剿灭了，那么多英雄好汉被吊死在刑场，最后被太阳烤成肉干儿，我见得还少吗？我告诉你吧，所有的一切都是因为急躁，只知道赶紧、赶紧、赶紧！这种事我在海上见得多了。要是你们有些脑子，懂得见风使舵、灵活变通的话，早就过上天天坐四轮马车的日子了！但是你们根本就不行！我太了解你们了，都是些灌足了朗姆酒后被送上绞架的家伙。"

"是的，大伙儿都知道你是个能说会道的家伙，就像牧师一样滔滔不绝。但是像你一样会卷帆掌舵的也有那么几个，"伊斯雷尔说，"他们喜欢热热闹闹的，没事儿逗个乐子，这的确是事实。但他们可不让人觉得高不可攀，一点儿都不，而是及时行乐，每一个都是自由自在的家伙，而且每天都高高兴兴的。"

"真的是这样吗？"西尔弗说，"那么，你倒是说说，他们如今都在哪儿呢？皮尤是那种人，可他死的时候是个瞎了眼的乞丐。弗林特也是那种人，最终在萨凡纳酗酒而死。是啊，你说得对，有这些人当船友又刺激又有趣，可是，你说说，他们现在到哪里去了呢？"

"但是，"狄克问道，"不管怎样，到时他们落在我们手里，该怎么处置他们呢？"

"这才是我想要听的话！"厨子赞美道，"这才是我们该考虑的正经事呢。那么，你打算怎样处置呢？把他们放逐到荒岛上，任他们自生自灭？那是英格兰船长喜欢的方式。或者把他们宰了，像宰掉一头小猪那样？那是弗林特和比尔·彭斯惯用的方法。"

"比尔向来如此，"伊斯雷尔说，"他经常说'死人不会咬'。现在好啦，他也死了，算是自己对此有了切身体验。要说比尔，算得上是心狠手辣的代表之一。"

"你说得很对，"西尔弗说道，"心狠手辣才干净利落，没有后顾之忧。听我说，我约翰是个宽宏大量的绅士，但这次的事可非同一般，伙计们，我们可得公事公办。我的意见是将他们全部处死。假如有朝一日我当上了议员，坐着四轮马车，我可不愿意那些家伙中的某个突然闯到我的家里来，就像魔鬼闯进教堂那样令人大吃一惊。我确实说过不要着急，要等待恰当的时机；一旦时机成熟，我可不会白白错过，一定要斩尽杀绝！"

"约翰，"副水手长叫道，"你真是个脑袋瓜聪明的好汉！"

"将来你会亲眼见到的，伊斯雷尔。"西尔弗说，"我只有一个要求——把那个特里劳尼留给我，我要亲手把他的脑袋拧下来，就像拧小牛头一样！"他停了一下，忽然转了话头："狄克，我的孩子，你到桶里给我拿个苹果润润嗓子。"

你可以想象我当时处于怎样的恐惧中！要是我还有半点儿胆量和力气，我就会一下子跳出去拼命逃跑，可是，我的手脚和心脏早已吓得不听使唤，瘫在那儿一动不敢动。我听到狄克开始起身，但这时好像有谁拉住了他，接着副水手长说："算了吧！约翰，别吃那种没滋没味的烂东西了，我们来杯朗姆酒吧！"

"好吧。狄克，"西尔弗说，"你是我信得过的人。给你，这是钥匙，在我那儿的小桶上有一个量酒的家伙，你去给我们倒上一杯。"

我惊魂未定，但还是不禁想到——终于知道失踪的埃罗先生是从哪里搞来烈性酒的了。

狄克刚一走开，伊斯雷尔便凑到厨子的耳朵边小声嘀咕着什么。声音太小，我只捕捉到为数不多的几个字眼，即便如此，我还是得到了一个重要消息。因为在关于同一件事的只言片语中，我听到了一句完整的话："他们中那几个人都不干。"由此可知，在这艘船上，还有几个忠诚可信的人。

狄克回来以后，这三个家伙便一杯接一杯地喝了起来。一个说"祝我们好运"；另一个说"这一杯为老弗林特，向他致敬"；西尔弗

则像唱歌一般说着祝酒词："希望我们身体健康，顺顺当当；但愿财宝堆满舱，富贵久长。"

　　这时，月亮的清辉射进桶内，洒到我的身上，白花花一片。我抬头仰望，发现月亮已经高高升起，桅杆和船帆等都被照得银光闪闪。几乎与此同时，一声欢呼从瞭望哨那里传来："陆地！"

第12章
军事会议

> 我一走到离他足够近又不会被旁人听到的距离，就立刻说道："医生，请听我说，你先同船长、乡绅回到房舱里去，然后找个借口叫我过去。我有十分可怕的消息要报告。"

顿时，甲板上响起了杂沓的奔跑声。我听见人们急急忙忙地从房舱和水手舱里跑出来，我立刻抓住这乱哄哄的时机，从苹果桶里跳了出来，一下子钻到前桅帆后，向船艉跑去。正好在露天的甲板上遇到了亨特和利夫西医生，于是跟他们一道冲到了露天的船艏。

船上所有的人都聚集在那里。随着月亮的升起，一条带状的雾气已渐渐消散不见。在我们的西南方，有两座相距约两英里的低矮的小山，而在其中一座的后面，第三座山高高地耸立着，白色的雾气将山峰的顶端紧紧包裹。这三座山全部都是尖尖的圆锥形。

看到这些，我仿佛身处梦中，因为就在一两分钟前，我还沉浸在那可怕的惊惧中，一时还没回过神儿来。接着，我听到斯莫利特船长庄严地发布命令。"伊斯帕尼奥拉"号的船身与风向更接近了两个罗经点①，现在我们正从小岛东侧向它靠近。

"喂，伙计们，"船长说，这时所有的帆脚索都已一一扣紧，"你们当中有谁曾经见过这片陆地？"

"我见过，先生，"西尔弗说，"当年我在一艘商船上做厨子，在那上面汲过淡水。"

"下锚处是不是在南边那座小岛的后面呢？"船长问道。

"是的，先生，那地方叫骷髅岛。那里曾是海盗出没的主要地点，算是个海盗窝，以前在我们船上有个人知道他们每一个人的名字。北边的那座小山叫前桅山，由北向南，三座山分别叫前桅山、主桅山和后桅山。那座最高的主桅山——就是峰顶有云的那座——他们通常叫它望远镜山，之所以叫这个名字，是因为当时他们每回在锚地洗船，总是把瞭望哨设在那里。他们就是在那儿清理船身的，先生……"

"我这里有一张地图，"斯莫利特船长说，"你看看那里是不是就是图上标注的地方？"

高个儿约翰接过了地图，我看到他的眼睛几乎要燃烧起来。但是，我一看那张地图就知道，他肯定要失望了。因为这并不是我们从比尔·彭斯那里得到的藏宝图，而只是一张精美的复制品，这张复制品上面标注了一切——所有的地名、山的海拔和水的深度，唯独没有表示藏宝地点的红色记号和文字说明。西尔弗尽管大失所望，恨得牙痒痒，但还是不动声色，沉着冷静。

"是的，先生。"他说，"这张地图画得好极了，非常精确，正是这个地方。到底是谁画的呢？据我所知，那帮海盗都是些无知的草包，怎么能画出这么好的图来？啊，快瞧，'基德船长锚地'——这还是我船上的一个伙伴取的名字呢！在那里有一道激流，它从南边过

① 航海用罗盘上共有32个罗经点，即基本方位，相邻的罗经点相差11.25°。

来，然后沿西岸向北流去。你改变了航向，让船处于小岛的上风，这是一个英明的决策，先生，"他说，"假如你想进入港湾休整一番的话，再没有比这一带水域更适宜的地方了。"

"谢谢你，朋友，"斯莫利特船长说，"以后还会请你帮忙的。你可以走了。"

我对于约翰所表现出来的沉着冷静大为吃惊，没想到他竟然丝毫不避讳自己对这座小岛的熟悉。并且我得承认，看到他向我走来时，我几乎吓呆了，慌张无比。我躲在苹果桶里偷听他们谈话的事，他自然毫不知情，然而，就在这短短的时间内，他的残忍、口蜜腹剑和对周围人的巨大影响力令我备感恐惧，以至于当他把手搭到我的肩膀上时，我忍不住打了个寒战。

"这座小岛很不错，"他说，"算是个好地方，像你这种精力旺盛的小伙子可以上去看看。你可以游泳、爬树，还可以打山羊，脚力好的话，你还可以像山羊那样爬上山头去玩耍。啊，看看这座小岛，好像我又年轻了呢，都差点儿忘了我有木腿这回事。年轻力壮，脚指头完完整整，一个都不缺，那可真好啊！什么时候你想去岸上玩耍一通，只要跟老约翰打个招呼，就会为你准备好美味的点心在路上吃。"

说完，他友好地拍了一下我的肩膀，一瘸一拐地下到厨房里去了。

这时，斯莫利特船长、特里劳尼先生和利夫西医生正聚在后甲板上谈话，尽管我想立刻把得到的消息向他们报告，但也不敢冒冒失失地去打断他们。我正在心里盘算着该找什么样的借口，这时利夫西医生叫我过去。原来他把烟斗忘在房舱里了，而他又离不了烟，于是叫我去把烟斗取来。我一走到离他足够近又不会被旁人听到的距离，就立刻说道："医生，请听我说，你先同船长、乡绅回到房舱里去，然后找个借口叫我过去。我有十分可怕的消息要报告。"

医生脸色微微一变，但他很快控制住了自己。

“谢谢你，小吉姆。”接着，他故意抬高声音说，“好了，我想知道的就是这些。”就好像他刚刚问了我一个问题似的。

说完，他就转过身去，重新同另外两个人交谈起来。他们在一起小声商议了一会儿，尽管三个人显得十分镇定，谁都没有流露出任何惊讶的神色，也没提高嗓门儿惊叫，但是，显然医生已经将我的话传达给了其他两位。因为接下来我就听到船长命令约伯·安德森吹响角笛，将全体船员都集合到了甲板上。

“伙计们，”斯莫利特船长说，“大家听我说。现在，在我们眼前的这块陆地，正是我们此次航行的目的地。特里劳尼先生，这位众所周知的、非常慷慨的绅士，刚刚问了我几个问题，而我毫不迟疑地告诉他：我认为，船上的每一个人都尽到了自己的职责，我感到十分满意。因此，他、医生和我，我们三个人准备到下面的房舱去喝上一杯，为你们的健康和好运而庆祝。同时，也为大家伙准备了好酒，让你们也为我们的健康和好运而干杯。对于特里劳尼先生的这一做法，我认为实在是令人振奋的慷慨之举。如果你们同意我的看法，那么，就对这位慷慨的先生大声欢呼吧！”

理所应当地——欢呼声十分热烈。但是，听到他们的欢呼声如此热烈而真诚，真令我难以置信：正是这些人在暗处密谋着要将我们干掉。

“再给斯莫利特船长来一个！”当第一阵欢呼声停下来后，高个儿约翰向大家喊道。

这一次的欢呼也十分热烈。

三位先生在大家兴致高昂的时刻退到下面去了。不一会儿，有人传话叫吉姆·霍金斯到房舱去。

我走进去时，他们三个人正围坐在一起，面前的桌子上摆着一瓶西班牙葡萄酒和一些葡萄干。利夫西医生把假发套放到了腿上——这是他情绪激动的表现，还不停地吸着烟。这是一个温暖的夜晚，船艉窗敞开着，从窗口可以看到船后的尾波被月光照得亮晶晶的。

"霍金斯，"乡绅说，"你说有可怕的消息要报告，现在你说吧。"

于是我将自己所知道的情况和盘托出，尽可能简明扼要地讲述了西尔弗所谈到的全部内容。在我讲话期间，没有任何人打断我，他们三个人几乎一动不动，自始至终只用眼睛紧紧盯住我。

"吉姆，"利夫西医生说，"过来坐下。"

他们让我坐在桌旁，紧挨着他们，给我倒了杯葡萄酒，还使劲儿往我的手中塞葡萄干。三位先生一个接一个地轮番向我鞠躬致谢，还为我的健康、好运和勇敢干杯。

"船长，"特里劳尼先生说，"事实证明你是对的，我犯了严重的错误。我承认我是一头愚蠢的驴子，从现在起，我听从你所有的命令。"

"先生，我也没有聪明到哪里去，"船长答道，"我还从来没有见过这样精明的一帮坏蛋，竟然在图谋叛变之前没有露出任何蛛丝马迹，一点儿迹象都没有！这帮坏蛋，"他又加了一句，"竟然完全把我蒙蔽了，浑然不觉。"

"船长，"利夫西医生说，"这全是那个西尔弗捣的鬼，不得不说，这个家伙是个让人高看一眼的人物，我想你也认同这一点。"

"将他吊在帆桁的顶端，那他才是真的让人高看一眼呢。"船长答道，"不过现在谈这些没有任何作用。先生，现在，我有几点想法，如果特里劳尼先生允许的话，我就说给大家听听。"

"你是船长，你说了算，先生。"特里劳尼先生一本正经地说。

"第一点，"斯莫利特先生开口道，"我们别无选择，必须继续行进，因为假如我下令转舵掉头的话，他们立刻就会起事，片刻都不会耽误；第二点，目前，我们还有一些时间，至少，在找到宝藏之前我们是安全的；第三点，在这艘船上，还是有对我们忠诚的人的，先生，要知道，这件事早晚会发展到动武的地步，而我的建议是——正如俗语所说的那样，要抓住时机的'牛鼻子'，要巧干而不是蛮干，趁他们毫无防备的时候先发制人。特里劳尼先生，府上跟随你一起来的仆人都是可靠的吧？"

"同我本人一样值得信赖。"乡绅表示。

"有三个仆人，"船长计算着，"再加上我们，包括霍金斯在内，一共是七个人。那么，水手中有哪些是可靠的呢？"

"在遇到西尔弗之前，由特里劳尼自己挑选的那几个应该是可靠的。"医生说。

"我看未必，"乡绅答道，"汉兹就是我亲自挑选的。"

"我曾经认为汉兹是值得信赖的人呢。"船长跟着说了一句。

"想想他们竟然全都是英国人！"乡绅愤怒地说，"先生，我真恨不得把这艘船炸成碎片！"

"先生们，"船长说，"我已经将我的建议全部说完了。我们一定要稳住阵脚，假装若无其事，同时，保持高度的警惕，准备伺机而动。我知道这对人是一种煎熬，当然，去面对面地拼个你死我活的确痛快，但无济于事。在摸清敌人的底细之前，千万不要轻举妄动。稳住阵脚，伺机而动，这是我的意见。"

"吉姆的作用比任何人都要大。"利夫西医生说，"因为那些家伙在他面前无所顾忌，而吉姆又是个机灵的小家伙。"

"霍金斯，我对你寄予了莫大的信任。"乡绅接着说。

听了这几句话，我开始慌乱不安，因为我觉得自己根本没有什么办法。然而事态的确发展到此种情况，我成了扭转局面的关键人物。在当时，不管我们是否愿意，在二十六个人当中，只有七个人能够靠得住，而在这七个人当中还有一个孩子——我。因此，局势就变成了：我们这边有六个成年人，他们那边却有十九个。

第三部
我在岸上的惊险奇遇

第13章
惊险奇遇是如何开始的

他们无所事事地晃来晃去，三五成群地聚在甲板上激愤地议论。命令他们做任何一点儿小事都会招来不满，即使服从命令，干起活儿来也是勉勉强强、敷衍塞责。即便是最老实的水手，也受到了这种坏风气的影响，因为船上根本没有一个人去纠正别人不当的行为。显然，暴乱一触即发，就像是雷雨前的乌云一般，压抑地笼罩在我们的头顶。

第二天清晨，我走上甲板一看，那座小岛完全变了模样。虽然风已经停歇，我们的船在夜间还是行进了一大段路程，现在正停在距离地势较低的东岸东南方大概半英里远的地方。远远望去，小岛的表面被灰色调的树林覆盖了很大一部分，一条条带状的黄沙低地和数量不少的松科大树均匀地点缀其间。这些大树长得非常高，它们或昂然独立，或三五成群，仿佛凌驾于其他树木之上。总体来说，小岛的主色调是单调而阴郁的，在每一座山的顶端，都有光秃秃的岩石冷漠地矗立着。仔细观察，这些山的形状都十分奇特，尤其是那座高出其他山丘三四百英尺的望远镜山最引人注目——它的每一面山坡都极其陡峭，到了山顶突然削平，像极了一个安放雕像的基座。

"伊斯帕尼奥拉"号摇晃得很厉害，随着洋面的波动，排水孔几乎被淹没到了水下。帆的下桁像要把滑车扯下来，舵左碰右撞，砰然作响。处于颠簸中的大船，如同一个手工作坊，不断发出吱吱嘎嘎的声音。我感到头昏脑涨、天旋地转，只好紧紧抓住后牵索。虽然在航行中我早已适应了船上的颠簸，但像这样像只瓶子似的不停旋转，无论如何都无法忍受，尤其是在这腹中空空的早上，我控制不住地恶心。

可能是由于晕船的折磨，也可能是由于这座小岛给人以灰暗、阴郁的感觉，那阴沉的树林和光秃秃的岩石，以及我们可以看到和听见的海浪拍打峭壁溅起的飞沫和震耳的轰鸣——总之，尽管阳光温暖和煦，呱呱叫着的海鸟上下翻飞捕食鱼类，按理说，在经过了长时间的海上航行后，任何一个人都会兴致高昂地想到陆地上去溜达一番，可是，就像俗话所说的，我的心一直沉到了底——从陆地映入眼帘的那一刻起，我就对这座藏宝岛无比憎恶。

整个上午，我们有一大堆枯燥的工作要做。因为没有一丝风，要想将"伊斯帕尼奥拉"号停泊到骷髅岛后面的港湾，就必须放下数只小船，并给每只配备若干人，让它们用绳索拖着大船走上三四英里，才能绕过岛角，通过那狭窄的入口。尽管那里根本用不上我，我还是自告奋勇地上了其中的一只小船。太阳很毒，天气热得使人发昏，水手们一边干活儿一边大发牢骚。安德森是负责我这条舢板的小头目，对于手下的抱怨，他非但没有制止，反而成了骂得最响最脏的那个。

"瞧吧，"他夹着一句咒骂，说，"这活儿快干到头了。"

我觉得这是一个非常不好的征兆。因为在这之前，水手们都还干劲儿十足，干起活儿来也都十分卖力，可是一看到这座岛，纪律马上就松弛下来，人人都显得十分散漫。

高个儿约翰一直站在舵手旁边，为"伊斯帕尼奥拉"号领航。对于这里的情况，他简直算得上是了如指掌。尽管水手用测链测得的水深比地图上标注的每一处都要深，约翰却十分自信，领起航来胸有成竹。

"这个位置退潮时水总是冲得很急，"他说，"所以就像用铲子铲

似的，把航道越挖越深。"

我们准确地在地图上画着铁锚的地方停了船，一边是主岛，另一边是骷髅岛，距离两岸各约三分之一英里。水很清澈，底下是干净的沙砾。我们下锚发出的巨大声响惊起了大群大群的飞鸟，它们在林子上空盘旋，不停地鸣叫着，但是，没几分钟，它们便又落了下来，停在原处。一切又重新归于沉寂。

这是一个完全被陆地包围、被树木遮蔽的港湾，树木十分茂盛，一直长到满潮时的水位线。海岸十分平坦，几座山的顶峰在远处形成了一个类似半圆形的形状。有两条小河——事实上，用沼泽来形容好像更为贴切——缓慢流入这个如同池塘一般平静的隐蔽的港湾。可是，这一带岸上环绕着的植物，叶子隐约泛着毒气森森的异常光泽。站在船上，我们什么都看不到，既没有房屋，也没有栅栏，一切都被树木给遮蔽了。若不是升降口挂着的那张地图，我们几乎就要以为自己是自这座岛露出海面以来第一批发现并踏足它的人呢。

空气缓慢而滞重地流动着，几乎凝固一般。四周也异常安静，除了半英里以外惊涛拍岸、撞击峭壁的轰鸣，什么声音都没有了。很快，我们就发现有一股特殊的霉味笼罩在港湾的上空——像是潮湿的树叶和树干腐烂发霉的臭味。我看到利夫西医生皱着眉头吸了几下鼻子，好像有人在他面前放了一只臭鸡蛋。

"我不知道这里有没有宝藏，"他说，"但我敢用我的性命担保，这里肯定有热病。"

早前，水手们在小船上的散漫和不恭已对我们发出警告，后来，他们回到大船以后就变得更加嚣张，甚至咄咄逼人了。他们无所事事地晃来晃去，三五成群地聚在甲板上激愤地议论。命令他们做任何一点儿小事都会招来不满，即使服从命令，干起活儿来也是勉勉强强、敷衍塞责。即便是最老实的水手，也受到了这种坏风气的影响，因为船上根本没有一个人去纠正别人不当的行为。显然，暴乱一触即发，就像是雷雨前的乌云一般，压抑地笼罩在我们的头顶。

并不是只有我们几个人察觉到了危机。高个儿约翰不断地从一群人走向另一群人，焦急地劝说着，竭尽全力想让大家平静下来。他以身作则，做出一副任何人都无法超越的好榜样的姿态。他比往常更要积极主动、温顺谦恭，并在此方面做出了超水平的表演：他笑容可掬地面对每一个人。一旦有谁下达了一项命令，他立刻就会挂起拐杖，一秒钟都不迟疑地去执行，并显得十分高兴地连声答应："是的，是的，先生！"闲着无事的时候，他就一首接一首地唱歌，似乎想以此来掩饰其他人的不满情绪。

在那个阴郁的、充满危机的下午，高个儿约翰表现出的这种焦虑显然是最不祥的预兆。

我们几个人聚在房舱里商讨着对策。

"先生们，"船长说，"如今的局面你们也都看到了，我要是冒险再下一道命令，这帮家伙就会立刻跳起来造我们的反。现在的情况就是如此。就在刚才，我不是受到了无礼的顶撞吗？我要是开始教训，马上就会有长矛飞来，大家立刻兵戎相见；要是我忍气吞声，西尔弗就会发现情况不妙，我们的计划就会被看穿。所以，现在，我们只有一个人可以依靠。"

"谁？"乡绅问。

"是西尔弗，先生，"船长答道，"他的心情同你我一样，都是急于稳住局面，将水手们暴躁和急切的情绪平息下去。是否立刻动手是他们之间的小小分歧，一旦他找到合适的机会，我相信他就能够说服这帮家伙，而我的打算就是——给他提供这种机会。我建议准许船员们到岸上去待上一个下午。如果他们全部上岸，我们就可以趁机把船夺过来，踞守大船同他们作战。如果他们谁都不去，那我们就坚守房舱，愿上帝保佑正义的一方。如果有一部分人去，那么，先生，我可以打包票，他们一定会像绵羊一样服服帖帖地被西尔弗带回到船上来。"

于是，事情就这样决定了。每一个忠诚可靠的人都分发到了装好弹药的手枪。当亨特、乔伊斯和雷德拉斯得知真相的时候，并没有像我们预想的那样吃惊和恐慌，这令我们信心大增。紧接着，船长就走到甲板上向全体船员讲话。

"兄弟们，"他说，"我们忙碌了一整天，大家都累坏了。我想，大家到岸上放松一下对任何人都没有坏处。小船还在水里，谁要是愿意，可以乘着小船到岸上去消磨一个下午。日落前半小时，我会鸣枪通知你们返回。"

那些愚蠢的家伙肯定认为只要到了岸上，宝藏便唾手可得，于是他们立刻喜笑颜开，一扫恶劣的心情，爆发出热烈的欢呼声。声音之大，在山谷中激起了阵阵回响，鸟群再一次被惊起，盘旋在锚地上空惊叫不已。

船长十分明智，打算一点儿都不碍他们的事。他一转身就离开了，哪些人留下、哪些人上岸任由西尔弗去安排。事实上，他也只能这样做。假如他继续留在甲板上，那么就无法再假装依然被蒙在鼓里。实际情况十分清楚——这艘船真正的船长是西尔弗，因为他的手下有一大帮图谋叛乱的船员。很快我就发现，船上的确还有老实的水手存在，但是可想而知，他们都是些迟钝的家伙。我猜想，实际的情况可能是这样的：在坏心眼儿的领头者的带领或影响下，船员们或多或少都受到了不良影响，只不过程度不同而已；其中有少数几个大体上还是好人，他们不愿被利诱或威胁着走得太远。游手好闲、吊儿郎当、偷奸耍滑是一回事，而抢夺船只、谋财害命、杀害无辜则是另外一回事，杀人越货的事可不是谁都能干得出来的。

不管怎么说，哪些人上岸、哪些人留守在船上，这个问题总算是定好了——六个人留在大船上照管船只，另外十三个人，包括西尔弗在内，开始分批上了舢板。

这时，一个疯狂的念头突然出现在我的脑海中——实际上，也多亏了这个疯狂的主意，才使得我们得以逃生。我想，既然西尔弗留下了六个人看守大船，那么显然我们这几个人是不能把船夺过来的；但是，同样地，既然只留下了六个人，那也说明房舱这边并不是非需要我不可。于是我立刻决定跟着西尔弗他们一起上岸。一眨眼，我便迅速翻过船舷，把身子蜷缩在离我最近的一个舢板里面了，与此同时，它就出发了。

没有人将注意力放到我身上，只有船艏的桨手说了句："吉姆，是你啊！注意低头。"这时，西尔弗锐利的眼光从另一只小船上扫过来，还叫了一声我的名字，以便确定究竟是不是我本人。从那一刻起，我就开始后悔跳上小船了。

水手们精力充沛，争先恐后地向岸上划去。我乘坐的那只小船由于先他人一步出发，船身较轻，配备的桨手也非常用力，所以遥遥领先，将其他同伴远远抛在了后面。到了岸边，船艏一头扎在了岸边的树丛中，我便一把拽住枝条，借力跳上了岸，接着又迅速地钻进了树林。这时，西尔弗和其他人还在我身后大约一百码的地方。

"吉姆！吉姆！"我听见西尔弗大叫我的名字，想让我停下来。

显而易见，我是不会理会的。我使劲儿向前跑，头也不回地向山上跑去，一会儿钻进草丛，一会儿在灌木丛中飞奔，直到再也跑不动为止。

第14章
第一次打击

> 一切都没有变化——太阳仍旧炙烤着一切，沼泽地升腾着阵阵雾气，高高的山峰依然耸立着，而我简直不敢相信，就在我的眼前，刚刚发生了一场凶杀，我亲眼目睹一个人被残忍地杀死了。

甩掉了高个儿约翰，我感到十分得意，于是开始兴致勃勃地欣赏起这块陌生陆地的风光来。

穿过了一大片长满杨柳、芦苇和许多奇怪树木的沼泽地，出现在我面前的是一片约一英里长的开阔地带。这里满是沙土，且地势起伏不定。少量的松树在这里生长着，其余大部分则是一种样子略似栎树但叶子颜色淡如杨柳的枝干弯弯曲曲的树。一座双峰小山矗立在这片开阔地带的远处，它的两个奇特、嶙峋的峰顶在阳光下光彩夺目。

到现在为止，我才第一次品尝到探险的乐趣。这座小岛没有人烟，那些与我同船的家伙又被我远远地甩开，眼前除了不会说话的鸟兽之外，一个活物都没有。我在树木间到处乱转，见到了无数种叫不出名目的花草，偶尔还会看到几条游走的蛇，有一条还躲在岩石的缝隙里向我高昂着头，发出类似陀螺飞转时的咝咝声——我无论如何都没有想到这竟然是传说中能置人于死地的响尾蛇，那种咝咝声正是发自它尾端的令人闻风丧胆的著名响声。

　　接着我走进之前提到过的那片树木状如栎树、树干弯曲的树林。后来，我听说这种树的学名叫作常青树或者常绿栎树，它们低低矮矮地在沙地上蔓延，就像黑莓那样，而且它们的枝条以一种奇特的姿势扭曲着，树叶繁密得如同茅草。这片树林自一座沙丘顶上向下一直延伸到一片长满芦苇、宽阔的沼泽地，这种样子奇特的树越靠近沼泽就长得越高、越密。附近有一条小河，经过这里流向我们停船的地方。在烈日的照射下，沼泽地向外升腾着雾气，望远镜山就在这雾气后面若隐若现。

　　安静的芦苇丛突然喧闹起来。一只野鸭"嘎"的一声飞了起来，接着另一只也叫了一声，扑棱着飞到半空中。很快，成群结队的野鸭嘎嘎叫着，乌压压地盘旋在这片沼泽地上空。我立刻知道，一定是和我同船的几个水手正向这边走来。果然，没几分钟，我便远远听到一个人在低低地说话。我侧耳仔细倾听，说话的声音越来越大，人也越来越近了。

　　这把我吓得不轻，于是我钻到离我最近的那棵常绿栎树的顶盖下面，小心翼翼地蹲在那里，像只老鼠似的大气不敢出，竖起耳朵倾听。

　　另一个声音答话了。接着，第一个声音——我已听出那是西尔弗——又继续讲起话来，滔滔不绝，只是间或被另一个声音插进几句话。从语调的起伏来看，他们似乎谈得十分投入、认真，甚至可以说相当激烈，可是对于具体的内容，我始终无法听清。

　　过了一会儿，双方似乎都住了口，沉默下来。我猜可能是两个人坐了下来，因为他们并没有再向我这边靠近，野鸭们早已安静下来，重新回到了自己在沼泽里的栖息地。

安静了片刻，我才开始意识到自己的失职——既然我如此莽撞地跟着这些坏蛋上了岸，就应当想办法去偷听一下他们的谈话。所以，我现在的任务就是以那些歪歪扭扭的树木为掩护，尽可能地向他们靠近。

对于那两个人所在的位置，我能够非常准确地断定。因为不仅可以依据他们的声音，还可以根据野鸭的方位判断——此刻，仍有几只野鸭在这两位不速之客的头顶惊慌不安地盘旋着。

我趴在地上，手脚并用地向他们爬去，动作虽缓慢但十分坚定。爬了一会儿，我抬起头透过树叶的间隙向前望去，清楚地看到下面沼泽地旁有一小块草木葱茏的谷地——高个儿约翰正和一个水手站在那里。

太阳直直地照射在他们的身上。西尔弗的帽子已经被他甩在一旁，他脸上的汗珠在阳光下闪闪发光，光滑、白皙的宽脸盘正对着另一个人的脸，好像在试图说服对方。

"我的朋友，"他说，"我认定你是埋在沙子里的金子才告诉你的，你是埋在沙子里的金子，很快就会发光，这一点你要相信我！若不是我发自内心地喜欢你，你觉得我会在这里向你发出警告？一切都已成定局，这是你根本无法改变的。今天我所说的话纯粹是为了帮助你保全性命，倘若被那些不要命的家伙知道了，他们会怎样对付我？汤姆，你说，他们会怎样对付我？"

"西尔弗。"另一个人说。我看到他涨红了脸，嗓音像乌鸦般沙哑，还微微有些发颤，就像绷得紧紧的绳索。"西尔弗，"他说，"你上了年纪，人又正派，至少有个正派的名声。你还有大把的钱，哪个穷水手比你富有？而且我敢保证，你敢做敢当，绝不是个胆小如鼠的家伙。在我看来，你实在没有必要这样做！上天明鉴，我宁愿砍掉自己的一只手，也不愿违背自己的职责——"

一阵喧闹声打断了他的话——我刚刚发现了一位勇敢正直的水手，就在同一时刻，另一个好人的消息又传了过来——在沼泽地方向，一声愤怒的叫喊突然从老远的地方响了起来，接着又是一声，随后是一声可怕、拖长了声音的惨叫。这声惨叫在望远镜山激起了好几声回响，栖息在沼泽地里的鸟类再次被成群地惊起，呼啦啦扑棱着翅膀飞向半空，乌压压的一片几乎遮蔽了半边天空。很久以后，那声临死前的惨叫依然在我的脑中回响，余音不绝。周围很快又恢复了平静，只有野禽重新降落的扑翼声和远处大海的波涛声间或打破这闷热午后的沉寂。

汤姆一听到这声叫喊，立刻就像被马刺踢中的马儿一样跳了起来。但西尔弗十分沉稳，一动不动，甚至连眼睛都没眨一下。他站在原地，半倚着他的拐杖，目不转睛地注视着他的同伴，活像是一条伺机进攻的蛇。

"约翰！"那个叫汤姆的水手说，并伸出了一只手。

"停下！"西尔弗怒喝道，同时猛地向后跳了足有一码远，那迅速、敏捷的动作，简直如同经验丰富、训练有素的体操运动员。

"好的，我不碰你，约翰·西尔弗，"汤姆说道，"倘若你心里没鬼，怎么会害怕我？但是，看在上帝的分儿上，告诉我那边发生了什么事。"

"发生了什么事？"西尔弗说着，诡异地笑了一下。他眯缝着的眼睛在他的宽脸盘上看起来只有针尖那样大，但亮光一闪，像颗玻璃珠。"你问发生了什么事？那我就告诉你，我估计是艾伦。"

汤姆立刻勃然大怒，显示了英雄般的惊人勇气。

"艾伦！"他叫道，"愿他的灵魂得到安息！他是一个正直的人，是一个真正的水手。约翰·西尔弗，很长时间以来，我一直把你当成我的朋友，但从今往后，你再也不是了。即便我悄无声息地离开这个世界，我也不会违背自己的职责。你们已经杀死了艾伦，不是吗？那么也把我杀了吧，只要你下得了手。但是，给我记住，我根本没有把你们放在眼里。"

说完，这个勇敢的人就转身向岸边走去。但是，在西尔弗面前，他注定走不了多远。约翰攀住一根树枝，猛地把他的拐杖向汤姆投掷过去。这根拐杖如同原始的标枪那样，带着巨大的力量在空中呼啸飞过，尖端朝前，正中汤姆两个肩胛骨之间的背脊中央——他张开双手，发出一声类似喘息的声音，扑通一声倒下了。

他的伤有多重，我无从得知，但是从声音判断，很可能他的脊梁骨当场被打断了。连恢复知觉的时间都没有，西尔弗就以迅雷不及掩耳之势将他杀害了——西尔弗即使不使用拐杖，也敏捷得如同一只猴子。他用一条腿迅速地向前跳跃，几下就来到汤姆跟前，接着就将一把刀两次齐柄戳进这个已经丧失抵抗能力的躯体。我隐蔽在树下，甚至听到了凶手在杀人时发出的大声喘息。

我从来不知道晕厥到底是怎么一回事，但我的确感到，在接下来的片刻工夫，整个世界变成了一个旋涡，在我面前天旋地转起来。西尔弗、野鸭、望远镜山高高的峰顶，它们都在我眼前不停地旋转，颠来倒去。我的耳朵里万钟齐鸣，轰然作响，远处，还有人在尖声大喊。

当我定下神来，我看到那个坏蛋已恢复了平时的样子——拐杖重新夹到了胳膊底下，帽子也好好地戴在头上。汤姆躺在他面前的草地上，一动不动，可是这个凶手竟然看都不看一眼，自顾自地抓起一把草擦拭刀上的血污。一切都没有变化——太阳仍旧炙烤着一切，沼泽地升腾着阵阵雾气，高高的山峰依然耸立着，而我简直不敢相信，就在我的眼前，刚刚发生了一场凶杀，我亲眼目睹一个人被残忍地杀死了。

这时，约翰已经整理完毕，他把手伸进口袋，掏出了一只哨子，

吹出了几个特有的音调。清脆的哨音在闷热滞重的空气中传得很远。当然，对于这个信号是什么意思我毫不知情，但它立刻就唤醒了我的恐惧。可能有更多的人将要到这里集合，那么，我就极可能被发现。事到如今，已经有两个正直的好人被他们杀害了，继汤姆和艾伦之后，我会不会是下一个遭到毒手的人？

想到这里，我立刻开始逃命，尽可能地以最轻的声音和最快的速度逃离此地，向林中比较开阔的地带爬去。我一边逃，一边还可以听到那个恶棍在同他的伙伴互相打招呼。这令人恐惧的声音促使我像长了翅膀一样加快速度。刚走出那片林子，我就以前所未有的速度拼命往前跑，来不及辨别逃跑的方向，心中只想着离这些杀人的坏蛋越远越好。我越跑越快，越跑越慌，最后几乎到了发狂的地步。

想一想，简直没有谁比我所处的境地更加糟糕了——当船长鸣炮的时候，我怎么有胆量去和那些手上沾满了血腥的恶棍一起坐在小船里返回大船上？这帮强盗难道不会一见到我就立即拧断我的脖子吗？但是假如我不回去，这岂不是就相当于告诉他们我内心感到害怕了，告诉他们我知道了一切？全完了，我想。再见了，"伊斯帕尼奥拉"号；再见了，乡绅、医生、船长，我没有别的出路了，不是被饿死，就是被那些叛贼杀死。

我一边在脑中转着这些念头，一边一刻不停地奔跑，不知过了多久，我来到了那座双峰小山的山脚下。那里生长着更多的常绿栎树，中间偶尔夹杂着几棵高大的松树，有的有五十英尺高，有些则将近七十英尺高。同下面的沼泽地相比，这里的空气似乎清新一些。

就是在这里，出现了一种新的危险，我吓得心怦怦直跳，止步不前。

第15章
住在岛上的人

当时天刚亮，太阳刚刚升起，他的脸看上去一片惨白，一点儿血色都没有。但是，他是唯一活着回来的人。那六个人全都死了，被埋葬了。他究竟是怎样把他们干掉的，我们这些留在船上的人谁都不知道。

突然，从陡峭而多石的小山一侧，哗啦啦滚落下许多沙砾。我本能地抬起眼睛向那个方向望去，这时，我看到一个飞奔的身影以极快的速度闪到松树背后。那究竟是什么，我也说不清楚，是熊？是人？还是猿猴？我什么都没看清，只知道它黑乎乎、毛茸茸的。这个突然出现的新东西吓得我停下了脚步。

我现在是腹背受敌——身后是一群杀人不眨眼的凶手，面前是不知为何物的怪物。我立刻做出了决定：与其遭遇未知的危险，倒不如去面对已知的危险。同树林中这个突然出现的怪物比起来，西尔弗显得不那么恐怖了。于是我转身离开，向小船靠岸停泊的方向走去，同时小心翼翼地观察着身后的动静。

那个怪物突然又出现了，并且绕了一个大弯子，跑到了我的前面。我早已筋疲力尽，但也十分清楚，即使我像刚才那般精力充沛，也无法比这样的对手跑得更快。这个家伙速度非常快，像一头鹿似的从一棵树蹿到另一棵树。它用两条腿奔跑，像人一样，但我又从来没有见过这样的人，它的腰弯得非常低，头几乎要碰触到地面，可是，它看起来又的的确确是一个人，对此我已确信不疑。

我想起之前听说过的食人者的故事，吓得差一点儿就要大喊救命了。但想到即便是个野人，也算是人类的一种，这多少令我安心一些。这边对野人的恐惧降低了一些，那边对西尔弗的恐惧便又加剧了。于是我便站住不动，思考着怎样才能逃脱。我正在盘算的时候，忽然想起身上还带有一把手枪。想到身上还有威力强大的武器，并非手无寸铁，我重又鼓起了勇气。于是，我决定同这座岛上的人正面交锋，便迈着略微轻松的步子向他走去。

彼时，他正躲在另一棵树后监视着我，他一定是严密地注视着我的一举一动，因为我一朝他走去，他便从树后走出来，迎面向我迈出一步。但接着他犹豫了，向后退回去，然后又上前……最后，令我惊讶无比、不知所措的一幕出现了：他跪倒在地，伸出紧握的双手，做出一副哀求的样子。

我停了下来。

"你是谁？"我问。

"本·冈恩。"他答道。他的声音像是一把生锈的锁，沙哑而生涩，"我是可怜的本·冈恩，我已经三年没有跟人说过话了。"

现在我已经看出他是一个和我一样的白人，并且长相还十分讨人喜欢。他裸露在外的皮肤全部被晒得很黑，甚至嘴唇都是黑的，一双淡黄色的眼睛在这样一张深色的脸上显得格外引人注目。他的穿着在我见过的所有乞丐当中是最破烂的，甚至都不能称之为衣服，只是一些船上的旧帆布和防水布的碎片连缀而成的破布条，而将这些破布条连缀起来的，全是一系列各不相同、极不协调的铜扣子、小细枝条以及涂了柏油的麻絮等等。一条旧的带钢扣的皮带紧紧地束在他的腰

间，那是他全身上下最结实的一样东西了。

"天哪，三年！"我惊叫道，"是船只失事了吗？"

"不，朋友，"他说，"是被放荒滩的。"

我曾经听说过这种在海盗当中非常普遍却又十分可怕的惩罚手段，被放荒滩的人会被丢弃到一座遥远的、荒无人烟的小岛上，除了一点点弹药，什么都不给他留下。

"我是三年前被放逐到这里的，"他继续说道，"从那时起，我就一直靠吃山羊肉、浆果和牡蛎度日。要我说，人无论到哪里都能自谋生路，总有办法活下去。可是，朋友，我是多么想念那些真正的、人类应该吃的食物啊！你身上有没有碰巧带着块干酪之类的？没有？唉，在多少个漫漫长夜，我做梦都梦见烤得黄黄的、美味的干酪——可是每次睁开眼睛，我还是被困在这个地方。"

"如果我还能回到船上去，"我说，"你想吃多少干酪就有多少。"

这期间，他一直不断地或者摩挲一下我衣服的料子，或者碰一碰我光滑的手，或者仔细观察我的鞋子。总之，在说话的间歇，对于一个同类的出现，他表现出了一种孩子般的兴奋。听到我最后的那句话，他一下子抬起头来，紧紧盯住我，流露出吃惊和狡黠的神气。

"'如果我还能回到船上去'，你刚才是这么说的吗？"他重复着我的话，问道，"有人在阻拦你吗？"

"反正不是你。"我答道。

"你说得对，"他急急忙忙地叫道，"那么，朋友，可以告诉我你的名字吗？"

"吉姆。"我说。

"吉姆，吉姆，"他说，显出很高兴的样子，"你瞧，吉姆，我现在过的这种苦日子，恐怕连你听了都会为我感到难为情。比方说，你瞧见我这副落魄、被惩罚的模样，一定想不到我有一个虔诚地信奉上帝的母亲吧？"

"不，我不太相信。"我回答。

"啊，好吧，"他说，"但是我的确有一个信仰虔诚的母亲。曾经，我也是个待人有礼、信奉上帝的孩子，我可以把教义背得滚瓜烂熟，以至于你都无法将上一句和下一句分开。可是如今，我竟然沦落到如此悲惨的地步，吉姆，要知道，所有的一切都是从我在那该死的墓石上扔铜板①开始的！事情就是这样开始的，之后就越走越远。我的母亲早就告诫过我，说我没有好下场，后来果然被她——这个虔诚的女人——说中了。天意如此，让我沦落到这步田地。在这座荒岛上，我从头至尾、仔仔细细地把所有的事都想过了，我又重新开始信奉上帝，遵从他的指引。你可千万别引诱我喝太多的朗姆酒，当然，如果是为了庆祝好运而喝那么一点点，我还是很高兴的。我已决定一心向善、改邪归正，现在，我也知道该如何走上正路。而且，吉姆，悄悄告诉你，"他一边环顾四周，一边压低了嗓音说，"我发财啦！"

我觉得这个可怜的人在长期的孤独生活中，精神方面有些失常。可能我的这种猜想未加掩饰地在脸上流露了出来，这让他热切地一再重申："我发财了！是真的！千真万确！我还可以告诉你，吉姆，我要帮助你出人头地。啊，吉姆，你真该感谢吉星高照，你可真是幸运，成为第一个找到我的人！"

突然，他的脸上阴云密布，将我的手紧紧抓住，还竖起一根食指在我眼前比画着。

"听着，吉姆，你老老实实地告诉我，那是不是弗林特的船？"他急切地问。

这时，我意识到自己可能找到了一个盟友，于是我想出了一个好

---

① 一种猜正反面的赌博游戏。

办法，并立刻做出了答复。

"那不是弗林特的船，弗林特已经死了。不过，你既然让我跟你讲实话，我就老老实实地告诉你——船上的人中，有几个是老弗林特的手下，这对我们其他人来说，是件非常糟糕的事。"

"那么，有没有一个——一个一条腿的人？"他顿时有些紧张，呼吸都急促起来。

"你说的是西尔弗？"我问。

"是的，西尔弗！"他说，"就是这个名字。"

"他是船上的厨子，也是那伙坏蛋的首领。"

他一直握着我的手腕，听了刚刚的话，我感到手腕差点儿就要被他扭断了。

"假如你是高个儿约翰派来的人，"他说，"那我就完蛋了，这一点我十分清楚。但是，你们现在的处境怎样，你了解吗？"

我立即打定主意，将我们此次航行的整个经过以及现在的处境都一五一十地告诉了他。他聚精会神地听着，当我前前后后全部叙述完之后，他拍了拍我的脑袋。

"你是个好孩子，吉姆，"他说，"可是你们全都上了他的当，中了他的圈套。放心吧，你可以信任本·冈恩，本·冈恩会尽力帮助你们。你说，假如有人能够救出你们的乡绅，帮助他摆脱这个圈套，那么，他会不会慷慨地报答我——就像你评价他的为人那样？"

我告诉他，特里劳尼先生的慷慨众所周知。

"那好，但是，吉姆，你要明白，"本·冈恩说，"我所说的慷慨，不是指他给我一份看门的差使或一套号衣什么的，那并不是我想要的。我的意思是，他是否愿意从那笔本就属于我的钱中分出一部分给我作为酬劳，比方说一千英镑？"

"他肯定愿意，"我说，"再说本来就是每个人都可以分得一份。"

"还允许我搭你们的大船回家？"他又加上一句，一副精明的样子。

"那是当然，"我说，"特里劳尼先生是位绅士，并且，要是我们把那群恶棍除掉的话，还需要你帮忙把船开回去呢。"

他这才放心了。"这么说，"他说，"你们是不会扔下我的。"

"现在，来听我给你讲到底是怎么回事，"他继续说道，"我要事无巨细、原原本本地告诉你。弗林特把金银财宝埋下去的时候，我正在他的船上。当时，他带着六个身强力壮的水手一起上了岸，他们大约在岸上停留了一个星期，而我们这些人就老老实实地待在'海象'号上。有一天，先是不知是谁发了信号，接着弗林特自己划着小船回来了，脑袋上裹着一块蓝色的头巾。当时天刚亮，太阳刚刚升起，他的脸看上去一片惨白，一点儿血色都没有。但是，他是唯一活着回来的人。那六个人全都死了，被埋葬了。他究竟是怎样把他们干掉的，我们这些留在船上的人谁都不知道。反正无非是恶斗、凶杀和横死①，他以一己之力解决了六个。那时候，比尔·彭斯是大副，高个儿约翰是舵手，他们问他金银财宝到底藏到哪里去了。'啊，'老弗林特回答说，'如果你们想要的话，可以上岸去，还可以留在那里不回来，'他说，'至于船，还要去搜罗更多的金银财宝，恕不等候！'他就是这么回答他们的。

"后来，三年前，我到了另外一艘船上，我们看见了这座岛。'朋友们，'我对大家说，'这里有弗林特埋下的宝藏，咱们上岸去搜寻一番吧！'船长听了我的话很不高兴，但是水手们都跟我同一个心思，于是船不得不靠岸了。到了岸上，他们连续找了整整十二天，却一无所获。他们骂我一天比一天凶，直到有一天早晨，所有的水手都上了船，除了我。他们说：'本·冈恩，给你一把枪、一个铲子和一把镐。

---

① 此处，本·冈恩借用了祈祷书里的一句话："愿上帝保佑我们免于恶斗、凶杀和横死。"

你就留在这里去寻找弗林特的宝藏吧！'

"吉姆，就这样，三年来我一直待在这里。自从那天起，我就再也没有吃过一口真正的人类的食物了。你看看我现在的模样，哪里还像是一个水手？根本不像。我自己都觉得不像。"

说到这里，他眨了眨眼睛，使劲儿捏了我一下。

"跟你们的乡绅，你得这样对他讲，吉姆，"他接着说，"他自己也说自己不像是一个水手，的确不像——你得这么说。说三年以来，他在岛上始终是孤身一人，无论白天还是黑夜，无论阴天还是晴天。有时，他会仔细地回想祈祷文，并虔诚地背诵一段（你得告诉他这一点）；有时，他还会想起他的老母亲，就好像她还活着一样（这一点你也得说）；但是本·冈恩的大部分时间（这一句你无论如何都不能漏掉）都花在了另一件重要的事上。然后你就要捏他一下，就像我这样。"

说着，他就又捏了我一下，以示信任。

"然后，"他继续说，"然后你就接着讲下去，要像我这么说：'本·冈恩是个老实人（你得强调这个），他对真正的绅士绝对信任（记住，你得说绝对信任），而对那些碰运气先生则一百个信不过，因为他以前就同他们一样。"

我说："你说的这番话我一句也不明白。但是这又有什么要紧呢？反正现在摆在眼前的问题是能否回到船上去。"

"是啊，"他说，"这的确有点儿麻烦。不过，我有一艘小船，是我用自己的双手造出来的。我平时把它藏在那块白色的岩壁下边。倘若到了万不得已的地步，我们就等天黑以后去试一试——嘿！"他突然叫嚷起来，"发生了什么事？"

因为恰在此时，一声大炮的轰鸣在整座小岛激起怒吼般的回声。而此时，还有一两个钟头才会日落。

"他们开始交火了！"我大叫，"跟我来！"

我开始全力朝着锚地奔去，把所有的恐惧都抛诸脑后。那个被放逐的水手紧紧跟在我的身边，迈着小步跟我一起跑，好像丝毫不费力气。

"左边，左边，"他说，"一直往左边跑，吉姆，我的朋友！尽量躲在树底下！这是我打到第一只山羊的地方。现在它们都不到这里来了，全都躲到了山顶上，因为本·冈恩令它们闻风丧胆。看！那里是共墓。"我猜测他想说的应该是公墓。"那些小土堆，你看到了吗？我猜想差不多该是礼拜天的时候，就到这里来祷告。它不是什么礼拜堂，但看上去挺庄严的，是不是？对了，你还要告诉乡绅，说本·冈恩什么都缺——没有牧师，也没有《圣经》和其他东西，你一定要这么说。"

在我奔跑的时候，他就这样一直不住口地唠唠叨叨。事实上，他根本没指望得到我的回答，而我也的确顾不上给他任何回应。

第一声炮响之后，隔了很久，才又传来一次齐射的枪声。

之后又沉寂了一阵。在这之后，我看到前面四分之一英里远的地方，有一面英国国旗在树林上空随风飘扬。

第四部
寨　子

第16章
弃船的经过

> 这时已经开始退潮，"伊斯帕尼奥拉"号绕着铁锚开始摇晃起来。从岸上那两只舢板停靠的方向隐约传来了一阵互相呼喊的声音。尽管我们并不担心乔伊斯和亨特，因为他们在离得很远的东面，但是这一阵呼喊也在警告我们，必须尽快离开这里了。

（由利夫西医生叙述）

那两只小船离开"伊斯帕尼奥拉"号前往岸上时大约是一点半——用航海术语来讲叫作钟敲三下[①]。船长、特里劳尼先生和我三个人坐在房舱里商议对策，假如稍有一点儿风的话，我们就可以发动突然袭击，将留在船上的六个反叛分子打个措手不及，然后迅速起锚出海。可是，一丝风都没有，尤其使我们绝望的是，亨特下来报告说，吉姆·霍金斯偷偷溜进了一只舢板，和其他人一起向岸边进发了。

对于吉姆·霍金斯，我们从来没有起过任何疑心，只是十分担忧他的安全。尤其是那帮家伙当时的那股暴躁劲儿和一触即发的情势，我们十分担心再也看不到他了。于是我们跑上了甲板。烈日下的沥青在船板的缝隙中冒着泡，这地方一股刺鼻的恶臭熏得我忍不住想

———————————

① 船上报时，自十二点半敲一下起，以后每半小时增敲一下。

呕吐。倘若有谁染上了热病或者痢疾，那么源头一定是这可恶的锚地附近。奉命留守在这里的六个坏蛋正坐在帆下的水手舱里大声发着牢骚。我们看到有两只小船系在岸边，靠近小河的入海口，每只小船上都坐着一个人，其中一个正在用口哨吹奏着《勒里不利罗》的调子。

束手无策的等待令人烦躁不安，于是，大家商议决定，由我和亨特乘着小船上岸去侦察一番。

两只舢板是靠右停的，而我和亨特则毫不犹豫地径直朝着地图上标注的寨子的方向划去。看到我们，那两个留下来看守舢板的人显得有些慌乱，《勒里不利罗》戛然而止。我看了一眼，瞧见这两个家伙正在低声商议该怎么办。假如他们立即跑去向西尔弗报告，那么一切就大为不同了；但看他们的举动，我猜测他们应该早已得到指示，仍旧老老实实地坐在原地，那首《勒里不利罗》在短暂的停顿后，又应声而起。

沿岸有一处突起的小尖角，我故意划过去，让这个尖角介于我们和对方之间，将我们遮挡住。这样，在上岸之前，他们便无法监视我们了。为了降暑，我在帽子下面衬了一块大绸巾，同时为安全起见，我还提前将两把手枪都装好弹药。小船一靠岸，我就一跃而出，撒腿狂奔。

还没跑上一百码，我就来到了寨子前的栅栏旁。

这个围着栅栏的寨子是这个样子的：在小山丘的顶上有一股清泉汩汩涌出，在这座小山丘上，有人用原木围着泉水造了一间十分结实的木屋，大小可以容得下四十个人。木屋的每一面墙上都有供防御用的射击孔。围绕着木屋，有一片不知由谁整理出来的开阔的空地，并用大约六英尺高的栅栏将这片空地和木屋围了起来。奇特的是，这圈栅栏没有设任何入口或出口，而且十分牢固，若想要拆毁它，着实需要费些时间和力气。栅栏的四面十分开阔，进攻者没有任何地方可以隐蔽。木屋里的人则恰恰相反，他们可以踞守在屋内，从任何一个方向像打鹧鸪似的向进攻者开枪。对于坚守木屋的一方来说，他们所需要的只是得力的岗哨和充足的食物。除非是偷袭，打他个措手不及，否则一个团的兵力都攻不下这个据点。

那股泉水令我十分高兴。因为"伊斯帕尼奥拉"号上尽管有着舒适的房舱，还备有充足的武器和弹药，以及丰富的食物和上好的朗姆酒，但我们忽略了一件事——我们没有淡水。我正在聚精会神地考虑这件事时，一个人临死前凄厉的惨叫声突然响彻小岛上空。对于暴力杀害我并不陌生，因为我曾在坎伯兰公爵麾下服役，在丰特努瓦一役中我还负过伤。[①]这声突如其来的惨叫令我心跳加速，当时，我脑中出现的第一个念头就是："吉姆·霍金斯完了。"

一个老兵自然不容小觑，更何况我还是个医生。干我们这一行向来没有时间供你磨磨蹭蹭、犹犹豫豫，因此我当机立断，毫不迟疑地返回岸边，跳上了小船。

幸亏亨特是个得力的桨手。我们用尽全力，划得水花四溅，很快便回到了大船旁边。我们随即登上了"伊斯帕尼奥拉"号。

我发现他们每一个人都很震惊，想来这也是很正常的反应。乡绅沉默地坐在那里，脸色苍白得如同一张白纸，思量着他连累我们遭遇此种危险，这个老好人！在那六个人当中，其中有一个明显感到很不轻松。

"就是那个人，"斯莫利特船长朝着他的方向扬了扬下巴，"对这种肮脏的勾当还不习惯。当他听到那声惨叫时，简直快要晕厥过去了。医生，只要好好劝说一下，他就会站到我们这一边。"

我把我的计划向船长讲述了一遍，于是我们俩就开始讨论实施这

---

① 坎伯兰公爵为英王乔治二世的第三子。1745年，英法军队在丰特努瓦交战，坎伯兰公爵率领的军队战败。

个计划的细节。

　　我们让老雷德拉斯带上三四支装好弹药的火枪，把守在房舱和水手舱之间的过道里，还给了他一张垫子做掩蔽。亨特负责把舢板划到大船左侧的后舷窗下，乔伊斯和我则负责把火药桶、火枪、干粮袋、几小桶腌肉以及一桶白兰地等物资装到小船上去。当然，我那宝贵的医药箱是无论如何都不能落下的。

　　与此同时，乡绅和船长留在甲板上。船长将留在船上的那帮强盗的头目也就是副水手长叫了过来。

　　"汉兹先生，"船长说，"我和特里劳尼先生站在这里，每个人都有两把火枪，要是你们有谁胆敢向岸上发出信号，我们就立即要了他的命！"

　　他们大吃一惊，交头接耳商量了一会儿之后，一起从前升降口向下冲，毫无疑问，他们是想抄我们的后路。但是，雷德拉斯正端着火枪，虎视眈眈地站在过道里等候着他们，他们一见就缩了回去。过了一会儿，一个水手又伸出脑袋，探头探脑地向甲板上张望。

　　"给我下去，狗东西！"船长吼道。

　　那个脑袋便立刻缩了回去。此后的一段时间，这六个被吓破了胆的水手再也没有发出任何声响。

　　这时，我和乔伊斯已经将小船装得满满的了。我们上了小船，拼命向岸上划去。

　　岸边的两个守望者第二次见到我们，显然大惊失色，更加紧张了。《勒里不利罗》的调子再次戛然而止。然而，就在我们准备再次绕过岸上凸起的小尖角，逃出他们的视线范围的时候，他们中的一个突然拔腿向陆地方向跑去，一眨眼就不见了踪影。看到这种情景，我很想改变计划，趁机将他们的小船砸毁，但又担心过于贪心会坏事，因为西尔弗他们很可能就在附近。

我们在上次那个地方上了岸，开始迅速地把食物、弹药等往木屋里搬。第一趟我们三个人全都背了很重的东西，到寨子前把它们从栅栏上方扔过去。然后，留下乔伊斯看守这些物资——虽然只留下一个人看守，但是他带着半打火枪——亨特和我则又返回舢板上，准备搬运第二趟。就这样，我们一秒钟都不休息，一口气搬运完所有的物资。最后，安排两个仆人在木屋蹲守，我独自一人拼尽全力划着小船返回"伊斯帕尼奥拉"号。

我们决定再运一趟物资过去。的确，这个决定看起来十分冒险，实际上并不尽然。尽管那些坏蛋在人数上占优势，但我们拥有更多武器。在岸上的那帮家伙一支枪都没有，所以，只要他们步入射程之内，我们至少可以干掉五六个。

当我返回的时候，乡绅正在船艉的舷窗那里等候，这时，他先前的沮丧已一扫而光。他紧紧抓住我抛过去的缆绳，把小船牢牢固定住，我们便开始拼命装船。这一次主要装的是猪肉、火药和面包干。此外，为乡绅、我、雷德拉斯以及船长每人各配了一支火枪和一柄弯刀，船上其余的武器弹药全部被我们扔进了有两英寻深的海水中。把多余的武器毁掉后，我们清楚地看到在下面清澈的沙底那些雪亮的铁器在太阳的照射下发出刺眼的光。

这时已经开始退潮，"伊斯帕尼奥拉"号绕着铁锚开始摇晃起来。从岸上那两只舢板停靠的方向隐约传来了一阵互相呼喊的声音。尽管我们并不担心乔伊斯和亨特，因为他们在离得很远的东面，但是这一阵呼喊也在警告我们，必须尽快离开这里了。

雷德拉斯从过道上撤离，跳上了舢板。紧接着，我们划着舢板绕到大船的另一侧去接斯莫利特船长。

"喂，你们那帮家伙，"斯莫利特船长喊道，"听得到我讲话吗？"

水手舱里没有任何声音。

"亚伯拉罕·葛雷，你听着，我现在是对你讲话。"

还是没有任何声音。

"葛雷，你听着，"斯莫利特船长略微提高了声音，继续说道，"我马上就要离开这艘大船，现在，我命令你跟我一起走。我知道你本质善良，是个老实人，而且我还敢断定，你们当中的一些人也没有表面看起来那么可恶、坏心眼儿。现在，我正拿着我的表，给你三十秒钟的时间加入我们这边。"

接着是一阵短暂的沉默。

"过来吧，我的朋友，"船长接着说，"已经没有时间了。在这里等候你的每一秒钟，我和那些好心的先生都是在冒着生命危险呢。"

突然，一阵打斗声从水手舱里传来，紧接着，亚伯拉罕·葛雷像一条狗听到哨声一般飞速跑到船长身边，一侧的面颊上还带着刀伤。

"先生，我跟你走。"他说。

他和船长一起迅速地跳进了我们的小船，我们当即出发，向岸边划去。

至此，我们算是安全地从"伊斯帕尼奥拉"号上脱了身，但是还没有安全地进入寨子。

第17章
小船的最后一趟行程

> 就在这时，炮声响了。这正是吉姆听到的第一声炮响，他并没有听到乡绅击中海盗的枪声。炮弹究竟落到了哪个方位，我们谁都不知道，我猜它是从我们的头顶飞过去的。此次炮击所带来的巨大气浪给我们造成了最直接的灾难。

（由利夫西医生叙述）

这一次上岸与之前完全不同。首先，我们乘坐的小船本身就小得如同药罐一般，而且现在又严重超载。仅仅是五个成年人，就已超出了小船的载重量，再加上火药、腌肉和面包袋等，尤其是特里劳尼先生、雷德拉斯以及船长这三个人都身强力壮，身高都超过了六英尺。所有这些，使得小船尾端的舷边几乎与水面齐平。还没等划出一百码远，小船就进了好几次水，我的裤子和外套的下摆全都湿了。

船长让我们调整了一下人和物品的位置，小船这才平稳了一些。即便如此，我们坐在小船上，还是连大气也不敢出。

此外，这时正赶上退潮。一道泛着细浪的湍流经过海湾向西流去，然后再穿过我们早晨通过的那个海峡，向南流去。那些起伏不定的小细浪就足以对我们这只超载的小船构成致命的威胁，然而，更糟糕的是，我们被它冲得偏离了航向，无法到达小尖角后面那个合适的登陆点。如果不克服湍流的冲力，我们最后就会在强盗的那两只小船旁边靠岸，而强盗随时都可能在那里出现。

"船头根本无法对准寨子的方向，先生，"我对船长说。我在掌舵，尚未消耗过多体力的船长和雷德拉斯正在摇桨，"船一直被潮水往旁边推，你们能再加把劲儿吗？"

"过度用力会把小船弄翻，"船长说，"你必须顶住，先生，想尽一切办法顶住，直到最后成功。"

我又做了一番努力。此时，潮水正把我们推向西边，最后，我把船头对准东方，使船身与我们应当去的方向成为一个直角。

"按照这样的速度，我们永远都靠不了岸。"我说。

"既然除了这个方向，我们都受到潮水的冲击，那么保持这个方向也未尝不可，先生。"船长答道，"你看，先生，我们必须逆流而上，"他接着说道，"一旦我们被冲得错过了那个登陆点，那就很难说清最后会在什么地方靠岸了，恐怕只能在那两只小船边上停船。反之，如果我们保持现在的方向，坚持住，那么潮流总会有减弱的时候。到那个时候，我们就可以趁机沿着海岸退回来。"

"水流已经减弱了一些，先生。"这时，水手葛雷说道，他一直坐在船头，"你可以稍微将舵偏过来一点儿。"

"谢谢你，朋友。"我说。我们都显出什么都没有发生过的样子，因为大家都很默契地把他当成是自己人看待。

忽然，船长开口了，声音显得有些异样。

"啊，大炮！"他说。

"噢，这一点我已经考虑过了。"我一面注视着水面，一边说。我以为他想的是敌人可能会炮击寨子这码事。"他们不可能把大炮弄上岸，即使真的这样做了，他们也无法拖着沉重的大炮穿过树林。”

“回头看，医生。”船长说。

我们竟然把“伊斯帕尼奥拉”号上面的大炮忘得一干二净。此时船上那五个坏蛋正急急忙忙地给它脱去“夹克”——夹克就是炮衣，是水手们给航行时套在大炮上的油布罩子取的别称。同时，我猛地想起，供大炮使用的圆炮弹和火药也全部留在了船上。这帮坏蛋只需要拿把斧子劈一下锁头，那些弹药就全部属于他们了。

“伊斯雷尔曾经是弗林特手下的炮手。”葛雷哑着嗓子说道。

我们不顾一切地将船头对准登陆点。现在，我们已经完全不受潮流左右了，所以我让船头准确地对准目的地。但是，这样做的一个致命的坏处在于：在调整了航向之后，我们的小船不是船艉而是船舷正对着“伊斯帕尼奥拉”号，这几乎是为他们提供了一个活靶子，恐怕连瞎子也能击中我们。

我听见甚至看见那个猛灌了朗姆酒的伊斯雷尔·汉兹正满脸通红地把一颗圆铁蛋顺着甲板滚过去，一直滚到大炮的旁边。

“谁的枪法好？”船长问。

“特里劳尼先生，毫无疑问。”我说。

“特里劳尼先生，干掉他们中的一个好吗？最好一枪毙了那个伊斯雷尔·汉兹。”船长说。

特里劳尼冷静得如同一块冷冰冰的铁，他检查了一下枪膛里的火药。

“但是，先生，”船长急忙提醒说，“动作不要过于激烈，否则你会把船弄翻的。当他瞄准的时候，其余的人要注意保持船身的平衡。”

乡绅端起枪瞄准，桨停了下来，我们几个都侧向一边，努力保持船身的平衡。一切都控制得很好，一滴水都没有进到小船里来。

　　这时，那几个强盗已将大炮转好位置对着我们。汉兹拿着通条^①站在大炮的旁边，因而成了最显眼的目标。可是，我们的运气并不怎么好——就在特里劳尼开枪的那一刻，汉兹正好弯下了身子，子弹从他的头上呼啸而过，击中了另外四个人中的一个。

　　那个人应声倒地，大叫了一声。在他的惨叫声之后，另一些人也发出了叫喊。我们发现，不仅他船上的同伴发出惊呼，在岸上也引起了一番吵嚷。我们朝岸边望去，只见听到声音的海盗正成群地从树林里钻出来，慌慌张张地立刻跳上了小船。

　　"他们向这边划过来了，先生。"我说。

　　"再加把劲儿！"船长叫道，"现在我们顾不上会不会翻船了。要是不能及时上岸，大家就全完了。"

　　"他们只派了一只小船过来，先生，"我说道，"看来，其他人极可能是打算从岸上包抄过来，想要抓住我们。"

　　"那可够他们跑的，先生，"船长答道，"有经验的人都知道，水手们上了岸可就没那么神气了。现在让我担心的倒不是他们，而是'伊斯帕尼奥拉'号上的圆铁蛋！恐怕我家的女用人都能击中我们。特里劳尼先生，你一旦看到他们点火，就立即通知我们，我们就停桨。"

　　此时，我们这只超载严重的小船以令人满意的速度飞快地行进着，而且在这个过程中几乎没有进水。现在，我们离岸已经很近，只须再划上三四十下就能够上岸了，因为潮水已经渐渐退去，树丛下也已经露出一条狭长的沙滩。海盗的小船对我们已构不成威胁，因为那个小尖角将它同我们隔开，还有刚刚无情地耽搁我们前进的退潮，此时在给我们补偿，正耽搁着敌人的行进。现在，摆在眼前的

---

① 用来通炉子或枪、炮等的铁条，一头较尖。

危险就是大炮了。

"如果可以的话，"船长说，"我真想再停下来干掉他们中的一个。"

但是，显然什么都阻挡不了他们放炮。我分明看到刚刚中枪的那个海盗还没有死，正挣扎着向一旁爬去，可这帮冷漠的家伙竟然对他们负伤的伙伴瞧都不瞧一眼。

"准备！"乡绅叫道。

"停桨！"船长立刻应声发布命令。

接着他和雷德拉斯一齐猛地向后倒划一桨，使船的尾部一下子没入水中。就在这时，炮声响了。这正是吉姆听到的第一声炮响，他并没有听到乡绅击中海盗的枪声。炮弹究竟落到了哪个方位，我们谁都不知道，我猜它是从我们的头顶飞过去的。此次炮击所带来的巨大气浪给我们造成了最直接的灾难。

小船的尾端慢慢地下沉，一直下沉到水下约三英尺的地方。我和船长站在水里面面相觑，另外三个人则全部倒栽入水中，不一会儿，又像落汤鸡一样纷纷露出水面。

到目前为止，大炮还没有对我们造成太大的损害。五个人都安然无恙，毫发未损，反正已经临近岸边，我们都能涉水安全上岸。只是我们的物资全部沉入了水底，更糟糕的是，原本的五支枪，现在只有两支还可以继续使用。出于本能，我在进水时一把将枪从膝上抓起，并高高举过头顶。船长则是用一条子弹带将枪背在了肩上，并且明智地把枪机朝上。而另外三支枪都跟着小船一起翻到了海里。

这时，从岸上树丛中传来的人声已经越来越近，这令我们十分焦急。因为我们不仅面临着被截断去往寨子的路的危险，还担心一旦亨特和乔伊斯遭到袭击，他们是否能够抵挡得住。亨特性格坚毅，这一点我们是了解的，但乔伊斯就不好说了——他是一个讨人喜欢的、有礼貌的侍从，刷刷衣服之类的活儿他干得非常好，但是不适合当一名

可以奋勇杀敌的战士。

　　种种忧虑悬在我们心头，催促着我们尽快蹚水上岸，向寨子跑去。而对于那只可怜的小船和足有一半的弹药和给养，只好无奈地抛弃。

第18章
第一天战斗的结果

> 我们正为暂时的胜利而欢呼，突然听见一声枪响，一发子弹擦着我的耳际飞了过去，可怜的汤姆·雷德拉斯身子一晃，便直挺挺地倒在了地上。

（由利夫西医生叙述）

我们以最快的速度穿越那片丛林，向寨子跑去。我们每往前跑一步，海盗们的吵嚷声也跟着更近一步。很快，我们就能听到他们奔跑时杂沓的脚步声，连树枝被他们横冲直撞而折断的断裂声也听得清清楚楚。

我开始意识到一场真刀真枪的遭遇战在所难免，于是便检查了一下我的枪膛，看火药是否已经装好。

"船长，"我说，"特里劳尼先生枪法极准。把你的枪给他，他自己的被水弄湿了。"

他们交换了枪支。特里劳尼先生自出乱子起就一直保持着沉默和冷静，到现在仍然如此。他停下脚步，站了片刻，检查了一下船长递给他的武器。这时，我注意到葛雷没有武器，便将我的弯刀递给了他。他的表现令大家精神振奋起来——只见他往手上啐了口唾沫，将眉头皱起，利落地挥舞了一下手中的弯刀，带起一阵凉风。从种种迹象来看，我们的这位新朋友绝不是个孬种。

我们又向前跑了四十步左右，来到了树林的边缘地带，那个寨子出现在我们眼前。我们靠近的正好是南边的栅栏中央，就在这时，七个海盗叫嚣着在寨子的西南角出现，带领他们的小头目是水手长约伯·安德森。

他们猛地见到我们，不由自主地停顿了一下，似乎要往回退。在他们反应过来之前，不仅仅是乡绅和我，踞守在木屋里的亨特和乔伊斯也都抓住时机开了枪。这四枪形成了一次颇有力度又十分零乱的扫射，但所幸没有落空——只见一个海盗倒了下去。其余的海盗则趁此机会立即转身逃回到林中。

重新为枪装上弹药之后，我们小心地沿着栅栏向那个倒在地上的海盗走去。经过一番查看，发现他已经断了气——一发子弹击中了他的心脏。

我们正为暂时的胜利而欢呼，突然听见一声枪响，一发子弹擦着我的耳际飞了过去，可怜的汤姆·雷德拉斯身子一晃，便直挺挺地倒在了地上。乡绅和我立即回击，但由于我们根本没有看清目标，这一枪打空了，也就相当于白白浪费了弹药。我们又迅速装好弹药，才得以关注可怜的汤姆。

船长和葛雷已经扶起他，在察看他的伤势。我只消看一眼，心中便已明白——他是没救了。

可能是我们迅速的回击将那些反叛分子吓得不轻，他们再次溃散而逃。我们将可怜的猎场老总管托过木栅、抬进木屋期间，再没受到他们的骚扰。

可怜的老管家血流不止，痛得一直呻吟。自从我们遇到麻烦开始，一直到现在，这个令人敬佩的老管家始终没有说过任何一句表示惊奇、抱怨或恐惧的话，而现在，我们把他抬进木屋里等待死神降临，他依然沉默不语。他曾经仅仅用一块垫子做掩护，像个勇猛的特洛伊人那样坚守着过道；对于每一道命令，他总是默默地、忠诚地并且十分出色地执行；他的年龄最大，比我们这些身强力壮的人大出二十岁以上；而现在，这位忠心耿耿、沉默寡言、总是面带怒色的忠仆就要离开我们了。

特里劳尼跪在他的身边，吻着他的手，像个小孩子似的悲伤地哭着。

"我要死了吗，医生？"他问道。

"汤姆，我的朋友，"我说，"你要回家去了。"

"真想再对着那帮强盗放上几枪再走。"他说。

"汤姆，"特里劳尼说，"你愿意宽恕我吗？"

"先生，要我宽恕你，这是不是不合乎礼仪？"汤姆答道，"不管怎样，反正遵照你的意思办就是了，阿门！"

片刻的沉默之后，老汤姆说希望能有人给他念上一段祈祷文。

"那是规矩，先生。"他补充道，似乎是在辩解。没过多久，他就咽了气，再也没说一句话。

早在之前，我就注意到船长胸前的口袋里鼓鼓囊囊的，不知道装了什么东西。在这期间，他掏出了一大堆东西——一面①英国国旗、一本《圣经》、一卷十分结实的粗绳、一支钢笔、一小瓶墨水、一本航海日志，还有几磅烟草。在栅栏内的空地上，他找到了一棵砍好并削去枝条的枞树树干。他和亨特一起把它竖在了木屋的一角，然后，他又爬上屋顶，亲手把国旗系好并升了起来。

看起来，他对自己所做的这一切感到十分满意。升好国旗后，他

---

① 原文如此。按后文叙述，实际应为两面。

又回到木屋开始清点物资，好像身边的一切都不存在一般。他忙着手上的事，偶尔向临终的汤姆望上一眼。老管家一咽气，他就拿着一面国旗走过来，毕恭毕敬地将它盖在已逝的老管家身上。

"不要过于悲伤了，先生，"他说，握着乡绅的手，"你不必为他的灵魂担心，他忠诚地执行了船长和他的主人给他的命令，在此过程中被打死。我这么说也许不太合乎教义的精神，但却是铁一般的事实。"

然后，他把我拉到了一旁，说："利夫西医生，你和乡绅所指望的那艘接应船大概几个星期后能过来？"

我回答说，不是几个星期后，而是几个月后。按照行前商量好的，如果我们八月底尚未返航，勃兰德里就会来找我们。同时按照约定，他既不会提前也不会推迟。

"还有很长时间，你自己也算得出来还有多少时日。"我说。

"啊，是啊，"船长搔着脑袋答道，"即使把天赐的一切全部考虑进去，在我看来，我们的处境也十分危险，并且困难重重。"

"船长，此话怎讲？"我问道。

"先生，对于丢弃的第二船物资，我感到十分可惜。我说的就是这个，"船长答道，"我们的弹药还算充足，可是食物并不够，事实上，是非常短缺。利夫西医生，从另一个角度讲，我们少了一个人，也许并不是一件坏事。"

说着，他用手指了一下躺在国旗下面的尸体。

正在这时，轰隆一声巨响，原来是一发炮弹呼啸着从我们的木屋上空高高飞过，落到了远处的树林当中。

"哟嗬！"船长大声说，"使劲儿打吧！把你们的炮弹都打光，反正也没多少，浑蛋们。"

第二次的发射瞄得比上一次准，圆铁蛋落到了栅栏里面，但是，除了扬起一大片沙土，并没有造成什么损坏。

"船长，"乡绅说，"在'伊斯帕尼奥拉'号上是无论如何也看不到这座木屋的，想必他们是瞄准了那面国旗。我看，把它降下来会是个明智之举。"

"降下来？！"船长叫了起来，"不，先生，这可不行！"他刚说完这句话，我想我们大家都会一致赞同他。因为它不仅体现出了一种顽强、深厚的感情，体现出了海员的真正气魄，更是一种高明的心理策略。通过这面英国国旗，我们向敌人宣告：对于他们的炮轰，我们根本没有放在眼里。

整个晚上，强盗们不断地放炮，圆铁蛋一颗接一颗地飞来，不是打过了头，就是还没打到，最厉害的只是在栅栏里扬起一片尘土。他们不得不发射得很高，再加上距离较远，所以圆铁蛋落下时几乎没有什么力量，大部分只是一头栽进松软的沙土里。对于流弹，我们也并没有感到有多可怕，尽管有一颗圆铁蛋砸穿了木屋顶，又从地板下面钻了出去。很快，我们就习惯了这个吵人的玩意儿，只把它当作玩板球，不以为意。

"如此连续的炮击倒也算是件好事，"船长边观察边说，"因为慑于大炮的威力，我们前面的树林里应该不会有敌人埋伏了。现在潮水也已经退去，被我们丢弃的物资应该已经露出水面，有人自告奋勇去把猪肉弄回来吗？"

葛雷和亨特立刻站了出来。他们全副武装，悄悄翻出栅栏，但此次行动最终无功而返。因为那些海盗大胆得出乎我们的意料，或者是他们对于伊斯雷尔的炮弹攻击充分信任。总之，葛雷和亨特看见有四五个海盗正忙碌地把我们的物资从水中捞起来，并涉水搬到旁边的一只船上。小船上面的人必须不时划两下桨，以抵消水流的冲力，使它在水中保持稳定。在船艉指挥的是西尔弗。现在，他们每一个人都

有一支火枪，也许是从他们的秘密军火库里弄来的。

　　船长趁此时间，坐下来书写航海日志，下面正是其所记内容的开头部分：

　　　　船长亚历山大·斯莫利特、随船医生大卫·利夫西、水手亚伯拉罕·葛雷、船主约翰·特里劳尼、船主的仆人约翰·亨特和理查·乔伊斯（非水手）——以上是船上所剩下的忠诚的全体船员。今日，众人带着仅够维持十天的口粮登岸，并在藏宝岛的木屋屋顶升起英国国旗。船主的仆人托马斯·雷德拉斯①（非水手）被反叛者枪杀；客舱侍应生詹姆斯·霍金斯②——

　　我正在担忧可怜的吉姆·霍金斯的安危，不知他情况如何，忽然从陆地的方向传来了一声呼唤。

　　正在放哨的亨特说："那边有人在喊我们。"

　　"医生！乡绅！船长！亨特，是你吗？"有人接连喊道。

　　我奔到门口，刚好看见吉姆·霍金斯正从栅栏外翻进来。谢天谢地，他安然无恙。

---

① 托马斯即汤姆，汤姆是昵称。
② 詹姆斯即吉姆，吉姆为昵称。

第19章
驻守寨子的人们

他的喋喋不休被一声巨响打断，原来是一颗圆铁蛋落到了附近的沙地上，距离我们俩还不到一百码。我们俩立刻各自朝着不同的方向拔脚就跑。

（以下仍由吉姆·霍金斯叙述）

一看到国旗，本·冈恩就停下了脚步，他不但自己停了下来，还拉住我的胳膊叫我止步，并且一屁股坐到了地上。

"瞧，"他说，"肯定是你的朋友们在那里。"

我有些怀疑，说："我看更像是那些海盗。"

"他们？！"他叫道，"不可能。在这种地方，除了碰运气先生，谁都不会来，所以西尔弗一定会悬挂海盗的骷髅旗，这是毫无疑问的。在那边的一定是你的朋友们。刚才的一仗我猜是你的朋友们占了上风，现在他们肯定待在岸上那个老寨子里。那个老寨子是弗林特在很多年以前修建的。啊，说起来，弗林特可真是个头脑聪明的家伙！除了朗姆酒，谁都杀不死他。他从来没有怕过什么；不过，相比较而言，西尔弗——西尔弗是那么斯文，那么和气。"

"可能正如你说的那样。"我说，"既然如此，那我更应该抓紧时间同他们会合了。"

"不，朋友，"本拉住我不放，"你先别忙着走。你是个好孩子，我是不会看走眼的。可是话说回来，你毕竟还只是个孩子。本·冈恩可不是个傻乎乎、容易上当的人，就算是朗姆酒也不能把我骗到你要去的那个地方，除非——除非我亲自见到你们那位真正的绅士老爷，并且亲耳听到他的保证。对了，你可千万不要忘了我跟你说的那些话！你一定要对他说，本·冈恩'对真正的绅士绝对信任'（记住，你得说'绝对信任'）。说完以后，别忘了像我这样再捏他一下。"

他脸上带着那种俏皮的神情，又捏了我一下——这可是他第三次捏我了。

"记住，当你们用得着本·冈恩的时候，你们就来找我。你知道到哪里能找到我，就是在你今天第一次见到我的地方。来找我的时候，来人手上要拿一件白色的东西，而且还得一个人来。噢！你还得对绅士说这句话：'本·冈恩提出这样的要求，自有他的道理。'"

"好吧，"我说，"我想我理解你的意思。第一，你有一些主意，你想同乡绅或者医生见面；第二，如果要找你，就到第一次见到你的地方去找。还有别的吗？"

"还有时间，你还没和我约好时间呢。"他又加上一句，"这样吧，就从正午时分到下午三点之间。"

"好的。"我说，"那么，现在我可以走了吧？"

"你不会忘记吧？"他显得很不放心，"你要说'绝对信任'和'自有他的道理'，尤其不要忘了'自有他的道理'这句，咱们可得像男子汉对男子汉那样。"他仍紧紧拉住我，嘴上却说，"好吧，你可以走了，吉姆。还有一点，假如你遇见西尔弗的话，吉姆，你该不会把本·冈恩给出卖了吧？就算是野马拖着你，你也不会出卖我，对不对？你快向我保证呀！吉姆，如果他们在岸上宿营，那么到了第二天

早上，我就会让他们的老婆变成寡妇，你信不信？"

　　他的喋喋不休被一声巨响打断，原来是一颗圆铁蛋落到了附近的沙地上，距离我们俩还不到一百码。我们俩立刻各自朝着不同的方向拔脚就跑。

　　频繁的炮声整整持续了一个钟头，圆铁蛋接连不断地飞越丛林，猛烈地震撼着这座小小的荒岛。我一路东躲西藏，心里总觉得那些飞在空中的圆铁蛋会随时击中我。不过，在炮击接近尾声的时候，我虽然还是不敢冒险向遭受炮击最严重的寨子方向跑，但已经在一定程度上恢复了勇气。于是，我向东迂回前进，绕了一大段路，终于悄悄摸到岸边的树林中。

　　太阳刚刚西沉，海风呼呼地掠过树林，将树叶拂动得簌簌作响。锚地灰色的水面被微风吹得波光粼粼；潮水早已远远地退去，露出了大片大片的沙滩。随着夜晚的到来，白天的酷热逐渐消退，冷空气穿透外衣，侵袭着我的肌肤，令人感到丝丝寒意。

　　"伊斯帕尼奥拉"号仍旧稳稳地停泊在锚地，我张望了一下，它的樯顶上果真升起了一面海盗旗——黑底白色骷髅旗。就在这时，我看到船上红光一闪，接着是一声炮响，引得四面回声阵阵——又是一颗圆铁蛋在空中呼啸而过。这是当天的最后一炮。

　　停止炮击后，我趴在地上偷偷观察了一会儿，发现海盗们异常忙碌。我看到他们在离寨子不远的岸上用斧子砍着什么，后来才发现，原来他们是在劈那只可怜的小船。在更远一些的地方，一堆篝火正在树林里熊熊燃烧着；同时，在小尖角与大船之间，他们划着一只小船不断往来穿梭。坐在小船上面的那些人，就在上午，我还看见他们个个阴沉着脸，而现在像孩子似的兴奋得大吵大叫。看到他们这种不断大呼小叫、推推搡搡的状态，我估计大概是集体喝了朗姆酒。

　　我想，这时可以朝寨子的方向往回走了。目前我所处的地方是一个从东面围住锚地、伸入海中相当远的沙尖嘴，它半没入水中与骷髅岛相连。我站起来，顺着沙尖嘴向下面望去，发现在更远的地方有一面孤零零的岩壁矗立在低矮的灌木丛上。那面岩壁非常高，在大海与树木的映衬下，呈现出刺眼的白色。我马上意识到，这面白色的岩壁很可能就是本·冈恩说的那面。什么时候需要小船，我想我知道该到哪儿去找了。

　　然后我就转身往回走，沿着树林的边缘一直走到寨子的后方，也就是朝着陆地的那一面。很快，我便在那里受到了忠实的朋友们的热烈欢迎。

　　向大家讲完我的经历后，我才开始打量起四周来。这间木屋是用未经锯方的松树树干钉成的，屋顶、墙壁和地板都是如此。地板有几处高出沙地表面一英尺或一英尺半。门口有个门廊，在门廊下面有一股细泉不断向上涌，一个看起来非常古怪的人工蓄水池被安置在细泉上。仔细一看，这个蓄水池是一个敲掉了底的船用大铁锅。大铁锅被埋到沙地里如船长所说的"齐吃水线[①]"的位置。

　　除了四面的墙壁，这间木屋里面几乎什么都没有。仅在一个角落里有一个用石板垒起来的类似炉灶的东西，还有一只锈迹斑斑的铁篓子，柴火就放在这里烧。

　　外面，小山丘斜坡上的树和寨子里的树全都被砍光了，所得的木材应当是用于修建这间木屋。从残留在那里的树桩可以看出，他们毁掉的是一片多么繁茂的林子。树木被砍掉后，附近的大部分泥土都已经被雨水冲走，只有从大锅中溢出的细流附近长有一些苔藓、羊齿植物和小灌木丛，在这光秃秃的沙地上摇曳着一片碧绿。此外，栅栏

------

① 　吃水线表示轮船没入水中的深度。通常在船旁用油漆画上很多水平横线，用以表示不同载重时的吃水深度。

四周则是高大茂盛的树林，那些郁郁葱葱的树木紧紧环绕在寨子周围——朝着陆地的那一面都是枞树，朝着海滩的那一面则夹杂着许多常绿栎树——据船长他们说，作为防御工事来说，这些树林与寨子靠得太近了。

我之前提到过的冰冷的夜风此时从木屋的每一道缝隙里钻进来，这间草草修建的房屋根本无法抵御寒冷。被风卷起的细沙也透过缝隙钻进来——洒在地板上，飞到我们的眼睛和牙缝里，落到我们的晚饭里，还飞到大锅上的泉水中跳舞，看起来就像是快要煮熟的麦片粥。

烟囱修建得十分粗陋，仅仅是在屋顶留下一个方洞。只有一小部分的烟能从那个方形的洞钻出去，绝大部分的烟只能憋在屋子里，不停地打旋，把我们呛得一边咳嗽，一边流眼泪。

此外，我们的新朋友葛雷的脸上还缠着厚厚的绷带，因为在同那些海盗决裂时，他的脸上挨了一刀。可怜的老汤姆·雷德拉斯还直挺挺地躺在墙边，身上盖着英国国旗。

要是我们一直这样无所事事地闲坐下去的话，势必会影响士气，斯莫利特船长绝对不允许这种情况发生。于是他给我们每一个人都布置了任务，把我们分成两班轮流守卫。利夫西医生、水手葛雷和我为一组；特里劳尼先生、亨特和乔伊斯是另一组。尽管我们都十分疲惫，可还是派了两个人去砍柴，两个人为老管家雷德拉斯挖掘坟墓，医生被指定为厨子，我负责站在门口放哨，船长则不停地到处转，给大家鼓劲儿打气，哪里需要帮忙，他就帮上一把。

医生被屋里的烟熏得直流泪，他隔一会儿就要走到门口去透透气，让他的眼睛休息一下。每次他走过来的时候，总是要跟我说上几句话。

"要我说，斯莫利特那个人，"有一次他说，"比我高明。我这绝对不是凭空得出的结论，吉姆。"

又有一次，他走过来后沉默了半晌，然后侧过头看着我说：
"本·冈恩靠不靠得住？"

"我不知道，先生，"我说，"我不能肯定他的精神状况是否正常。"

"事实上，我对他多少有些不放心。"医生答道，"你想，一个人
在荒岛上孤零零地生活了三年，吉姆，我们不能指望他拥有同你我一
样健全的头脑，这是不合乎人类本性的。你说，他特别想吃干酪？"

"是的，先生，他想吃极了。"我答道。

"好吧，吉姆，"他说，"这回你能够知道在食物上讲究一些的好
处了。我有一只鼻烟盒，你见过吧？但是你从来没有见过我嗅鼻烟，
对不对？那是因为我在那只鼻烟盒里面放了一块巴马干酪。巴马干酪
可是产自意大利的一种营养丰富的干酪。我要把它送给本·冈恩！"

赶在晚饭前，我们在沙地上埋葬了老汤姆。我们围住他，站在风
中脱帽致敬了片刻。柴火已经砍了很多，但船长还是嫌少，他摇着头
对我们说："明天还得拿出更大的干劲儿，必须得多弄些柴火回来。"
然后，我们吃了一些猪肉，每个人又来了杯兑了水的烈性白兰地。吃
完晚饭，三个头头儿便聚在角落里商讨起我们的未来，并开始着手制
订计划。

他们似乎并没有什么好的办法，搬运过来的食品太少了，恐怕挨
不到接应船到来，我们就会因为挨饿而被迫投降。我们获胜的最大希
望就是：尽全力歼灭海盗，直到逼迫他们降下海盗骷髅旗，或是驾
着"伊斯帕尼奥拉"号跑掉。现在，他们的人数已经从十九个减少到
十五个，其中有两个受了伤，而在大炮旁边被乡绅击中的那一个，即
便没送了性命也是重伤。所以，我们每一次同他们交锋，都得十分小
心，一定要尽力保存我方的力量。除此之外，我们还有两个得力的盟
友——那些海盗离不开的朗姆酒和炎热的气候。

首先是朗姆酒。虽然海盗的宿营地远在半英里之外，我们依然能

够听到他们吵吵嚷嚷、又唱又跳地喧闹到深夜。然后是气候。利夫西医生十分肯定，甚至敢拿他的脑袋打赌，那些坏蛋晚上在沼泽地里宿营，又缺医少药，不出一个星期，他们中间肯定会有人病倒。

"所以，"他说，"只要我们坚持下去，他们迟早会驾船逃离此地的。但是'伊斯帕尼奥拉'号毕竟是一艘不错的船，我估计他们还会重操旧业，继续以当海盗为生。"

"那将是从我手中失去的第一艘船。"斯莫利特船长说。

经过这一整天的折腾，你可以想象我是多么疲劳，翻了几下身，我便睡得像根木头一般。

第二天早上，我被一阵忙乱声和说话声惊醒。在这之前，别人早已经起身并吃过早饭，抱了比昨天几乎多出一半的柴火回来。

"是白旗！"我听见有人说，紧接着又是一声惊叫，"是西尔弗本人！"

我一下子跳了起来，使劲儿揉了揉眼睛，扑到墙上的一个射击孔前向外张望。

第20章
西尔弗前来谈判

　　"呸！"他恶狠狠地叫道，"你们在我眼里就像这口唾沫一样！一个钟头之内，我就要把你们的老木屋砸个支离破碎，就像砸朗姆酒桶那样！笑吧，笑吧！不出一个钟头，我会让你们再也笑不出来，让你们生不如死！"

　　果然，有两个人来到了寨子外面。一个人拼命挥舞着一块白布，另一个则气定神闲、不动声色地站在一边，那正是西尔弗本人。

　　天色尚早，那是我出海以来遇到过的最冷的一个早晨，寒气直入骨髓。天空晴朗无云，晨光下的树梢泛着玫瑰色。但西尔弗和他的手下所处的位置依然阴暗，尚未接受到阳光的照射。从沼泽地蔓延过来的白色雾气紧紧贴着地面，将他们的膝部以下包裹其中。寒气和雾气同时侵袭着人的身体，这也正好解释了这座岛荒无人烟的原因，显然，这里既潮湿又闷热，很容易染上热病。

　　"不要出去！"船长对大家说，"这十有八九是个圈套。"

　　然后，他向站在栅栏外面的海盗喊了一声："是谁？站住，否则就开枪了！"

　　"打着白旗呢！"西尔弗大声说。

　　船长站在台阶上，十分谨慎地选择了一个隐蔽的地方，以防对方打冷枪。他扭过头来对我们说："医生那一班负责警戒守卫，一定要守好射击孔。利夫西医生，请你负责守住北面；吉姆，你负责东面；葛雷负责西面。另外一班负责安装弹药。大家的动作要快，手脚麻利些，一切都要小心。"

然后，他又转向了西尔弗他们。

"你们举着白旗过来，到底想干什么？"他喊道。

这次，是另外一个人答的话。

"先生，我们的西尔弗船长来跟你们谈判啦。"他嚷道。

"西尔弗船长？他是谁？我没听说过。"船长叫道。接着我们听见他小声念叨："船长，哼，升职可够快的！"

这时，高个儿约翰开口了："是我，先生。我被这些可怜的家伙推举为船长，因为先生你抛下我们离开了。"他在"抛下"一词上特别加重了语气，"如果我们双方能够谈妥条件，那么我们愿意服从你的指挥，绝不反悔。我现在有一个请求，斯莫利特船长，就是希望你能保证我平安无事地离开这个寨子，在射程之内不要开枪。"

"这位朋友，"斯莫利特船长说，"我根本就没有任何兴趣跟你谈判。假如你想说些什么话，尽可以走过来，不要站在那里啰唆。但是如果想要耍花招儿，你就要承担严重的后果，到时候可不要怪我不客气。"

"这就够了，船长，"高个儿约翰高兴地叫道，"你这么说就足够了。西尔弗是分辨得出什么样的人是真正的正人君子的。"

我看到那个挥舞着白旗的家伙想要阻止西尔弗。这不足为奇，因为船长的回答非常不客气。但是西尔弗大笑起来，并用手拍了拍那个人的后背，好像在告诉他根本无须如此提防。接着，西尔弗走到栅栏跟前，先把他的拐杖扔了进来，然后一条腿十分有技巧地但也着实费了一番力气翻越了栅栏，安全地落到地面上。

我必须承认，眼前发生的事将我完全吸引住了，根本忘了站岗放哨这件事。事实上，我早已离开了东边的射击孔，趴在船长身后看热闹。船长此时正坐在门槛上，用胳膊肘抵住膝盖，手掌托着头，一边注视着泉水从那只旧铁锅中冒出来，一边吹着口哨，他吹的是《来吧，姑娘们和小伙子们》的调子。

西尔弗费了好大的劲儿才爬上小丘。面对陡峭的斜坡、密密麻麻的粗大树桩、松软的沙土，他的拐杖就像搁浅的船那样束手无策。但是，他还是硬撑着走了过来，终于来到了船长面前，然后用洒脱、优雅的姿势彬彬有礼地行了个礼。显然，他精心打扮了一番：身上穿了一件宽松的、下摆垂到膝部的蓝色外套，上面威风凛凛地钉着很多铜扣子；还戴了一顶镶着花边的漂亮帽子。

"来了？"船长抬起了头，"那就坐下吧。"

"难道你不邀请我到里面去坐坐吗，船长？"高个儿约翰抱怨道，"这么冷的大清早，就这坐在沙地上可不好受，先生。"

"听着，西尔弗，"船长说，"要是你是个守规矩的人，你现在应该正安分守己地坐在你的厨房里。所有的一切都是你咎由自取。所以，你要么选择当我的厨子——我自然不会亏待你；要么选择当你的西尔弗船长——无论怎么说，你都是一个叛乱者、一个海盗，那么你就应该被送上绞架！"

"行了，行了，船长，"这个曾经的厨子边说边坐到了沙地上，"坐在这儿也无所谓，只不过待会儿你得拉我一把。啊，你们这里可是个好地方。啊，吉姆在这里！早上好，我的朋友。啊，利夫西医生，向你问好。你们大家都在这里，简直就像俗话所说的那种团结快乐的大家庭。"

"有什么话你就直说，快点儿！"船长不客气地说道。

"说得对，斯莫利特船长，"西尔弗答道，"公事公办，这没错儿。

好吧，昨天夜里你们的人干得很漂亮，甚至连我都不得不承认。你手下的人挥舞起棍棒来还真是厉害。我也必须承认，我手下的一些人——很可能是全体——都被打了个措手不及，我本人也是如此。你瞧，这就是我亲自上门来谈判的原因。但是我敢发誓，船长，这样的事绝对不会发生第二次了！我们会加强警戒，安置岗哨，我也会叫手下的那帮家伙少灌点儿朗姆酒。你们大概是以为我们全都烂醉如泥了吧？但是我可以告诉你，我并没有喝醉，我只不过是太累了，所以睡得像一条死狗。如果我能早点儿睁开眼睛，你们可就没那么容易逃脱了，我会当场抓住你们的。我跑到他跟前的时候，他还没咽气呢！"

"是吗？"斯莫利特船长说道，尽可能地保持一贯的沉着冷静。

事实上，对于西尔弗所说的一切，船长根本不知所云，但是他掩饰得很好，从他的口气中完全察觉不到这一点。而我倒是有些明白究竟是怎么回事了。我想起本·冈恩在同我分手前最后说的那句话。我猜，一定是他趁着海盗们酩酊大醉地倒在篝火旁的时候，悄悄溜进了他们的营地。现在，我们高兴地知道：我们只剩下十四个敌人需要对付了。

"嗯，是这样的，"西尔弗说，"对于藏在岛上的那些宝藏，我们势在必得——说到底，我们就是为了它而来的！而你们呢，想必是只要保住性命就会满意了，这是你们的目标。你们有张藏宝图，不是吗？"

"可能有。"船长答道。

"行了，我知道你们有。"高个儿约翰说，"对人讲话何必这么生硬呢？这可没什么好处，你要明白这一点。那么我就打开天窗说亮话：把那张藏宝图给我们。至于我个人，跟你们没有什么恩怨，绝对不会跟你们过不去、伤害你们的。"

"少跟我来这一套，我的朋友，"船长打断了他的话，"你究竟想干什么，我们知道得清清楚楚。至于你想要的东西，我们不会给你的，门儿都没有。"

船长说完这番话，平静地看了他一眼，开始装一斗烟。

"那个亚伯拉罕·葛雷——"西尔弗突然开始发作。

"住口！"斯莫利特船长吼道，"葛雷什么都没有跟我说，我也没有问他。说老实话，我可是衷心希望你们连同这座该死的小岛一起沉到地狱里去。以上就是我对你们的看法。"

船长小小地发了一通脾气，这让西尔弗冷静了几分。他本来有些冒火，但马上又恢复了常态。

"也许是这样。"他说，"各位先生根据自己的是非观念来判定是非曲直，认为哪些是对的、哪些是错的，关于这个我并不打算加以限制。啊，船长，既然你准备抽上一斗，那么我也就不拘礼节地抽上一斗啦。"

于是他也装上一斗烟，开始吸了起来。就这样，两个人坐在那里，默默地抽了会儿烟，一会儿抬起头来看看对方的脸色，一会儿伸长了脖子向旁边吐口唾沫，一会儿伸出手指压一压烟丝。看那两个人的样子，简直比看戏还有趣。

过了半晌，西尔弗重新挑起了话头儿："我说，船长，你把藏宝图交给我们，并且不再开枪射杀我那可怜的水手，也不趁着他们熟睡去砸碎他们的脑袋。如果你们同意的话，我们可以提供两条路供你们选择。第一条：等到把金银财宝装上船后，你们和我们一道乘船离开这里，我用人格担保，让你们在某个地方安全上岸，如果你们要求，我甚至可以立下字据。倘若这条路不合你们的意，同时也考虑到我的手下都比较野蛮粗暴，对于你们这番折腾心里或多或少都存有怨气，记你们的仇，基于这个原因，你们也可以选择留在此地。所有吃的东西我都会按照人头平分，而且我发誓，一定把你们的消息告诉给我遇到的第一艘船，请他们来把你们接走。这个办法很不错，你得承认。而且你们不可能得到比这更优厚的条件了，绝不可能。"他提高了嗓门儿，接着说，"在这间木屋里的所有人，我希望大家都能好好考虑我刚刚说的话，我对船长所说的话，同时也是对大家说的。"

斯莫利特船长站了起来，在他的左手手掌上磕了磕烟斗里的灰。

"你要说的就是这些吗？"他问道。

"这些话都是我掏心窝儿说的，我发誓！"约翰答道，"但是，如果你们拒绝的话，那么你们就等着吃枪子儿吧。我以后不会再来谈判了。"

"很好，"船长说道，"现在轮到你听我说了。倘若你们放下武器，一个一个地到我这里来，我就把你们全都铐起来，送回英国进行公正的审判。倘若你们不这样做，那么，我就以我头上的国旗起誓，要让你们全部下地狱，否则我就不叫亚历山大·斯莫利特！至于宝藏，你们是根本找不到的。'伊斯帕尼奥拉'号不是你们能够驾驶得了的，你们没有这个本事。真刀真枪地打仗？哼，你们是打不过我们的——昨天你们五个人也没能挡住葛雷一个。西尔弗先生，你我都知道，你们现在是处于进退两难的境地。你现在处在下风岸上，你自己心里十分清楚。今天我在这里对你所说的话，是我对你最后的忠告。以上帝的名义起誓，下次再让我见到你，我就要用子弹打穿你的脊背。开步走，我的朋友，快点儿离开此地！越快越好！"

西尔弗脸上的表情难以形容，因为愤怒，一双眼睛睁得大大的，眼珠向外鼓着。他使劲儿抖掉了烟斗里的灰。

"拉我一把！让我站起来！"他叫道。

"我不会伸手的。"船长答道。

"谁过来拉我一把？"他吼道。

我们都没有理会他的吼叫。他只好一边在沙地上爬，一边咆哮着

发出最恶毒的咒骂。他一直爬到了门廊前面，抓住了门柱子，才用拐杖把自己撑起来。之后，他愤愤地向泉水里吐了一口唾沫。

"呸！"他恶狠狠地叫道，"你们在我眼里就像这口唾沫一样！一个钟头之内，我就要把你们的老木屋砸个支离破碎，就像砸朗姆酒桶那样！笑吧，笑吧！不出一个钟头，我会让你们再也笑不出来，让你们生不如死！"

他又怒气冲天地骂了几句，才艰难地拄着拐杖，一瘸一拐地踩着沙地往下坡走去。到了栅栏旁边，尝试了四五次，才在那个打白旗的强盗的帮助下翻了过去。之后，一眨眼的工夫，两个人就消失在了树林里。

第21章
敌人发动强攻

> 突然，一小群海盗一边呐喊，一边从北面的树林里蹿出来，朝着寨子狂奔。紧接着，其他三个方向也有人向我们开火。一发子弹从门外飞进来，击中了医生的火枪，枪立即成了碎片。

西尔弗刚消失在树丛中，一直紧盯着他背影的船长便反身走进屋内。突然，船长发现除了葛雷以外，其他的人全都不在自己的岗位上。船长勃然大怒——这是我们第一次见他冲我们发火。

"各就各位！"他大吼。等我们小心地溜回到自己的位置之后，他接着说："葛雷，我要把你的名字写进航海日志：你是一名真正的水手，自始至终忠于职守。而特里劳尼先生，你的行为令我吃惊。利夫西医生，据我所知，你是穿过军装的！如果你当年在丰特努瓦服役时就是如此的话，先生，那你最好回到你的铺位去躺好。"

医生那一班的人都回到了自己看守的射击孔旁，其余的人给备用枪支上好弹药。说实话，我们每个人都面红耳赤，耳朵火辣辣地发烧。

船长默默地看了我们片刻，开口说道："诸位朋友，"他说，"西尔弗被我狠狠抢白了一顿，我故意使劲儿地挖苦他，就是想把他激怒。就如同他刚刚所说的，不出一个钟头，他们就要发动进攻。我们在人数上处于劣势，这一点我想大家都十分清楚，但是，我们是在木屋里面作战，这个寨子就相当于我们的防御工事。而且，就在不久前，我还会说我们是一支有纪律的队伍，并且骁勇善战。只要大家愿意，我确信一定能够给他们一次迎头痛击。"

接着，他又巡查了好几遍，直到认为达到如他所说的万事俱备才作罢。

在木屋稍窄的那两面墙上——也就是东面和西面——各有两个射击孔；在门廊所在的南面墙壁上，也有两个射击孔；而北面的墙壁上则有五个。我们七个人共有二十支火枪。我们把柴火整整齐齐堆成四堆，弄成四个"柴火桌子"。四个"柴火桌子"分别位于四面墙壁的中间位置，然后在上面分别摆放了四支装好弹药的火枪和一些弹药，以供守卫者取用。在屋子正中间的地方，则放置了一排弯刀。

"把炉火熄灭，"船长说，"寒气已经消散了，我们不能被炉子里的烟熏得睁不开眼睛。"

于是那只装着烧柴的铁篓子被特里劳尼先生整个儿拎了出去，木炭的余烬在沙子里灭掉了。

"霍金斯还没有吃早饭。霍金斯，你自己去拿早饭，回到你的岗位上去吃。"斯莫利特船长继续说，"动作快一点儿，我的孩子，待会儿就没有时间吃饭了。亨特，你来给大家每人倒一小杯白兰地。"

在这段时间里，船长一直在脑子里构想着最周密的防守计划。

"医生，你来负责守住门，"他说，"注意一定不要让自己暴露在外面。身子要尽量在里面，从门廊里往外射击。亨特，你来负责东面。乔伊斯，我的朋友，你到西面去。特里劳尼先生，因为你的枪法最好，所以由你和葛雷一起来负责北面，那里有五个射击孔，一定要小心，这里也是最危险的地方。假如他们迫近这一面，通过我们的射击孔从外向里开枪，那就大事不妙了。霍金斯，我们两个的枪法都不怎么样，就站在一边为大家装弹药，协助他们。"

寒气已经慢慢消散，就像船长所说的那样。太阳刚刚爬到树梢的高度，就不遗余力地将它的热力倾泻到地面上，雾气消散得干干净净。没过多久，地上的沙子便开始发烫，木屋房架上木头里的树脂也被太阳烤化了。我们把外套和上衣扔到一旁，解开了衬衫领口，坚守在各自的岗位上。炎热的天气和焦灼的内心，两者内外夹攻，一起折磨着我们。

一个钟头过去了。

"该死的家伙！"船长说，"简直快把人闷死了。葛雷，你吹吹口哨招来一点儿风吧。"

然而就在这时，出现了敌人即将开始进攻的信号。

"先生，请问，"乔伊斯突然说，"如果有什么人出现，我就应当立即开枪，是不是？"

"当然！你必须开枪！"船长大声回答。

"谢谢你，先生。"乔伊斯一如往日那般彬彬有礼。

半天没有声响。但是刚刚那句话使我们都紧张起来，警惕地竖起耳朵、睁大眼睛——枪手们将手中的火枪端得稳稳的；船长如指挥官一般伫立在屋子的中央，嘴巴紧闭，双眉紧锁。

木屋里落针可闻，又是几秒钟过去了。乔伊斯突然举起枪开了火。这一枪余音未落，回敬的枪声便接踵而至，从寨子的四面八方飞来，一枪接着一枪。有几发子弹打在了木屋的墙上，所幸没有穿透。过了一会儿，硝烟逐渐散去，寨子及其周围的树林又恢复了安静，显得空荡荡的。阳光下，没有一根树枝有一丝一毫的晃动，也没有任何一支闪光的枪管暴露敌人的踪迹。

"你看见的那个人，打中他了吗？"船长问。

"没有，先生，"乔伊斯答道，"应该是没有打中，先生。"

"无论如何，讲实话总是一种美德。"斯莫利特船长咕哝着，"霍金斯，给他的枪装上弹药。医生，你那边放了几枪？"

"我看得很清楚，"利夫西医生说道，"这边是三枪。因为我看到三次火光，其中两次距离很近，另外一次距离稍远，方向是西边。"

"三个人！"船长计算着，"那么，特里劳尼先生，你那边总共有多少呢？"

这边的情况就不太容易回答了。从北面打来了很多枪——乡绅认为是七枪，葛雷则觉得有八九枪。东面和西面只各打了一枪。显而易见，敌人进攻的主要方向是北面，他们对其他三个方向只是进行了一些虚张声势的骚扰。鉴于此种情况，斯莫利特船长并没有改变原来的部署。他认为，如果那群海盗成功地翻过栅栏的话，他们就会占领任何一个无人防守的射击孔。到那时，我们就会像老鼠一样被他们堵在堡垒里一只只打死。

实际上，我们也没有多少时间考虑。突然，一小群海盗一边呐喊，一边从北面的树林里蹿出来，朝着寨子狂奔。紧接着，其他三个方向也有人向我们开火。一发子弹从门外飞进来，击中了医生的火枪，枪立即成了碎片。

海盗们敏捷地爬上了栅栏，如同灵巧的猴子。乡绅和葛雷一次接一次地射击——有三个海盗被击中，一个向前扑倒在寨子里面，另外两个朝后倒在栅栏外面。但是，倒在外面的两个并不是全部被击中，其中一个显然只是受了惊吓，因为他又一骨碌爬起来，拼命跑进了树林里。

两个海盗当场毙命，一个逃跑了，四个成功地翻过了栅栏。另外，还有七八个人隐蔽在树林里，不断地向木屋进行猛烈却没有杀伤力的射击——显然，每个人都配备了好几支枪。

翻过栅栏的四个海盗颇为勇猛，他们呐喊着直奔木屋而来。躲在树林里的同伴见状，也跟着呐喊，为他们助威。我们的几位枪手连续开了好几枪，但是由于过于慌乱，似乎一个都没有击中。一眨眼，四个海盗已经冲上小丘，向我们扑来。

水手长约伯·安德森的脑袋出现在中间的一个射击孔中。

"杀了他们，一个活口都不留——一个不留！"他恶狠狠地大声咆哮着。

几乎就在同时，另一个海盗抓住了亨特的枪管，猛地一拉，把亨特的枪从他手中夺过去了，然后又用枪托狠狠地将这个可怜的人打昏在地。紧接着，第三个海盗毫发无伤地绕过屋角，突然出现在门口，举着弯刀向医生砍去。

现在，敌我双方的处境完全颠倒过来。就在刚才，我们还躲在木屋里面向暴露在外的敌人射击，可是现在，却将自己完全暴露在敌人面前。

之前说过，木屋修建得过于粗陋，导致里面的硝烟排不出去，而现在，多亏了这些烟雾，总算多少为我们提供了一些遮蔽。呐喊和骚乱、火光和枪声，还有很大的呻吟声充斥着我的耳朵。

"冲出去！到外面的开阔地去！跟他们拼刀子！"船长大喊。

听到指令，我立刻从柴火堆上抓了一把弯刀，另一个人也抓起了一把，刀锋在我的手指关节上划了一下，而我几乎没有感觉到疼。我向门外冲去，冲到了炙热的阳光下。我只感到有人紧跟在我后面，却不知道是谁。在我的前面，医生正在追赶那个攻击他的海盗，就在我看见医生的一瞬间，他已经突破了对方的防守，打掉了对方的武器，在他的脸上狠狠地来了一刀，那个家伙仰面朝天地倒在地上。

"绕到屋子后面，伙伴们！绕到屋子后面！"船长叫道。我感到

他的声音有些异样，尽管当时一片混乱，我还是注意到了这一点。

我机械地服从命令，向东边跑去，举着弯刀绕过屋角，没想到与安德森面对面地直接遭遇了。他一见到我就大吼一声，把弯刀高高地举过头顶，在阳光下，我只看到刀光一闪。在这千钧一发之际，我连害怕都来不及，只是本能地向旁边跳去，脚踩在松软的沙子上，一下没站稳，摔倒在地，一骨碌滚下了斜坡。

当我从木屋里冲出来的时候，一直隐蔽在外面的那部分海盗正抓紧时机，一窝蜂地往栅栏上爬，企图冲进来将我们全部了结。其中有个戴了一顶红色睡帽的家伙，口里衔着弯刀，几乎就要翻过栅栏，一条腿已经跨了过来。这段时间如此短促，当我从斜坡上滚落，重新站起来的时候，一切看起来还是刚才的样子。那个戴红色睡帽的家伙仍旧一条腿在内一条腿在外，另一个家伙仍然只是在栅栏顶上露出半个脑袋。然而就在这短短的一瞬，战斗结束了，胜利属于我们这一方。

原来，紧跟在我后面冲出门去的葛雷，趁着大个子水手长劈空愣神儿的空当，一刀结果了他。另外一个冲到射击孔跟前的海盗，还没来得及向里面开枪，自己就吃了枪子儿，这会儿正躺在地上痛苦地挣扎，而他手里的枪还在冒烟。第三个，就像我看到的那样，被医生一刀砍翻。翻过栅栏的这四个人中，只有一个还毫发无损，见到同伴们纷纷倒地，他丢了弯刀，吓得抱头鼠窜，正想翻出栅栏逃命。

"开枪，从屋里开枪！"医生大喊，"你们两个快回到里面去！"

但是，没有人注意他的话，一枪也没发。于是，四个海盗中的最后一个便趁机逃脱了，和其他同伴一起消失在林子后头。在短短的几秒钟内，这群进攻者全都逃走了，只留下五个倒在地上的同伴：栅栏里边四个，栅栏外面一个。

医生、葛雷和我迅速地跑回木屋，因为那些逃走的海盗一定会回

去取枪，也许很快就会卷土重来。

屋内的硝烟已经稍稍散去，我们一下子便看出，为了获得此次胜利，所付出的代价有多大。亨特昏倒在他的射击孔旁，还没有醒来。乔伊斯被射穿了脑袋，一动不动地倒在一旁。而就在屋子正中，乡绅正扶着船长，两个人都面色苍白，全无一丝血色。

"船长受伤了。"乡绅说。

"他们跑掉了？"斯莫利特先生有些虚弱地问。

"有一部分已经跑掉了，"医生回答道，"不过你放心，有五个永远都跑不了了。"

"五个！"船长叫了起来，"瞧，我们的战绩不错。他们死了五个，我们少了三个，现在，剩下我们四个对他们九个。看来目前的形势要远远好过最初，那时是我们七个对他们十九个。想想那时的处境，可真是够糟糕的。"①

----

① 实际上，只剩下八个海盗了，因为那个在大船甲板上被特里劳尼先生打中的海盗当天晚上就死了。当然，我们是后来才知道这件事的。——原注

第五部
我在海上的惊险奇遇

第22章
海上惊险奇遇的开始

终于，我等到了绝佳的机会。乡绅和葛雷正忙于帮船长缠绷带，逃跑的路畅通无阻。我一个箭步冲了出去，以最快的速度翻过栅栏，钻进了茂密的树林。

海盗们没有卷土重来，也没有任何枪声再在树林中响起。按照船长的推测，这帮家伙已经"领到了当天的口粮"，不会再回来了。所以，我们有足够的时间来察看伤员的伤势，准备午饭。为了不再被那可怕的烟呛到，我和乡绅宁愿冒着生命危险到门外去做饭。然而，伤员痛苦的惨叫声和呻吟声不绝于耳，令人不忍卒听。

在这次枪战中，倒下的八个人中有三个人还有呼吸——一个是在射击孔旁中弹的海盗，另外两个是亨特和斯莫利特船长。其中海盗和亨特已经没有活下去的可能了。那个海盗最终死于利夫西医生的刀下。而亨特，尽管我们尽了最大的努力，却始终没有再睁开眼睛。他整整拖了一个白天，就像曾经住在本葆将军旅店的那位中了风的老海盗那样大声喘息，拼命挣扎。但是，他的肋骨被打断了，跌倒时又撞碎了颅骨，这个可怜的人在夜里就悄无声息地见上帝去了。

至于船长，虽然那道伤口给他带来不少痛苦，但所幸未被击中要害部位，暂时没有生命危险。他是中了约伯·安德森的一枪，子弹穿透他的肩胛骨，差点儿伤了肺，幸好情况并不严重。第二发子弹打中了他的小腿，但只是伤到部分肌肉。利夫西医生说，并没有大碍，他肯定可以复原，但是在接下来的几个星期内，他不能走路，一只胳膊也不能动弹，甚至连说话都要尽可能地减少——如果他能控制住自己的话。

我指关节上的小伤并不算什么，利夫西医生给我贴上了膏药，还顺便扯了扯我的耳朵，以示安慰。

吃过午饭，乡绅和医生在船长身旁坐了下来，一同商讨军情。等他们商议妥当，正午已过。只见利夫西医生戴上帽子，揣起手枪，将弯刀挂在腰上，把地图装进口袋，肩上还扛了一支枪，一下子就翻过北边的栅栏，消失在树丛中了。

当时，我和葛雷一起坐在木屋的另一头，根本听不到他们三个在商议些什么。利夫西的举动令我们大吃一惊，葛雷竟然忘记把烟斗再放回嘴里，只是呆呆地望着利夫西医生离开的方向。

"天，我的海神爷！"他说，"利夫西医生这是疯了吗？"

"绝对不会，"我说，"即使我们大家都发了疯，恐怕最后一个才会轮到他，我想。"

"可能吧！小家伙。"葛雷说，"如果他没有发疯，照你说的，那就是我发疯了。"

"医生自有他的打算，"我答道，"如果我没猜错的话，他应该是去见本·冈恩。"

事后证明我猜中了。但是现在，在正午的炎炎烈日下，木屋里面闷得十分难受，栅栏里边的一小块沙地被晒得滚烫，几乎要冒出火来。慢慢地，一个新的念头在我的脑中出现，客观地说，这个念头实在是有些无理。一想到利夫西医生离开了寨子，我就开始羡慕他能够在阴凉的树荫下行走，小鸟也会在他的身边歌唱，松树散发出特有的清香，而我，只能苦命地坐在这里接受太阳的烘烤，被汗水打湿的衣服贴在身上黏糊糊的。周围全是血，还有好几具尸体横在地上——对这个鬼地方，我越来越感到厌恶，也越来越感到恐惧。

我手脚不停地洗刷木屋里的血迹和午饭的餐具。洗得越多、越久，我就越发讨厌这里，打心眼儿里羡慕医生可以到外面去。终于，趁没人注意，在装有面包干的袋子旁，我迈出了离开这里的第一步：往我外套的两只口袋里塞满面包干。

显而易见，我打算做的事情是愚蠢可笑、鲁莽冒失的，我是一个大傻瓜，对于这一点我一点儿都不否认，但我决心尽可能小心谨慎地去做。无论发生什么事，这些面包干至少能够保证我在两天内有足够的食物。

然后，我拿了两把手枪，再加上之前就有的一筒火药和一些子弹，我对自己的武装感到很满意。

至于在脑子里设想的计划，我想并不算太坏。我打算到把东面的锚地和海隔开的沙尖嘴上去，找到我昨天傍晚发现的那面陡峭的白色岩壁，看看那里是否真的藏有本·冈恩的小艇。直到现在，我还相信他说的是真的。我十分清楚他们肯定不会允许我离开寨子，所以，唯一的办法就是不辞而别，趁没人注意的时候偷偷溜出去。实际上，这种做法是非常错误的，使得本身是对的事情也由于做的方式不对而变成错的了。谁让我当时只是个毛孩子呢？只管下定决心，不论对错都不再犹豫了。

终于，我等到了绝佳的机会。乡绅和葛雷正忙于帮船长缠绷带，逃跑的路畅通无阻。我一个箭步冲了出去，以最快的速度翻过栅栏，钻进了茂密的树林。在伙伴们发觉我不见了之前，我早已到了听不到他们呼喊声的地方了。

　　这是我第二次擅自离开队伍，这一次行动比上一次更加草率，因为我不计后果，撇下了两个没有受伤的人守卫木屋。然而，这次行动也同上次一样，又一次救了我们大家的命。

　　我径直朝海岛的东岸跑去，因为我决定沿着沙尖嘴靠海的一边下去，以免被驻守在锚地里的海盗发现。这时已经是下午了，但太阳尚未落山，仍然十分暖和。我在高大茂密的树林中穿行，听到前方不远处传来持续不断的轰鸣声，那是海浪在不知疲倦地拍打着岩石，风吹树叶的沙沙声也一直在我耳边回响——这表明今天的海风比平日里更强一些。很快，一阵又一阵凉风开始吹来。又走了没多远，我便来到树林边缘的开阔地带，看到蔚蓝色的大海在阳光下向远方伸展，一直延伸到地平线上，而近处的浪花则在一个劲儿地翻腾，在海滩上激起许多泡沫。

　　我从来没有见过藏宝岛周围的海水有平静的时候。即便烈日当头，空气闷热滞重，没有一丝风，蔚蓝色的海面波平如镜，藏宝岛周围的海岸也总是浪花奔腾，波涛滚滚，日夜喧嚷不休。我想，在整座岛上恐怕都找不到一块地方是听不到这种浪花飞溅的声响的。

　　我怀着愉快的心情，沿着翻滚的浪花向前走去。直到我估计已经向南走得足够远了，才在茂密的灌木丛的遮蔽之下，警惕、小心地攀上沙尖嘴的斜坡。

　　我的背后是大海，前面是锚地。海风大概是累了，慢慢趋于平静，接替它的是从南面、东南面飘拂而来的轻柔气流，随之而来的是大团大团的浓雾。在骷髅岛的下风处，水面呈铅灰色的锚地十分平静，连细小的波纹都没有，同我们初次到来时一样。"伊斯帕尼奥拉"号在这平滑如镜的水面上停泊着，从桅顶到吃水线再到悬挂的海盗旗，都无比清晰地倒映在水中。

　　在"伊斯帕尼奥拉"号的旁边，停靠着一只小船，西尔弗——无论什么时候我都能认得出他来——坐在小船的尾端，他正在同两个自大船的后舷墙探出身子的家伙交谈。在大船上的那两个家伙，其中一个头上戴着一顶红色的睡帽，他正是那个在几小时前试图翻过栅栏的坏蛋。他们三个人谈笑风生，但是由于隔得太远——大约有一英里的距离，我听不清楚他们在谈些什么。突然，一声极其可怕的怪叫把我吓了一大跳，简直难以相信世界上还有这种恐怖的声音。很快，我反应过来是那只名叫"弗林特船长"的鹦鹉在叫。根据颜色鲜艳的羽毛，我清楚地看到它正蹲坐在主人西尔弗的手腕上。

没多久，小船撑离大船，向岸边划去。那个戴红色睡帽的家伙和他的同伴也从船舱升降口走了下去。

这时，太阳已经西沉，落到了望远镜山的后面。由于雾气聚集的速度很快，天已经开始黑了。我十分清楚，如果想要在今晚找到本·冈恩的小船，必须抓紧时间。

到达露出灌木丛的白色岩壁那里，还有大约八分之一英里。为了到达那里，我着实花费了不少时间，我在树丛中潜行，时不时需要手脚并用地在地上爬。当我伸出手能够触到粗糙的岩壁时，天已经全黑了。在岩壁的正下方有一小块长有绿色草皮的洼地，被高及膝部、长得十分茂盛的矮树丛所掩盖。在洼地中间，我果然看到了一顶用山羊皮做的小帐篷，样子有点儿像吉卜赛人在英国流浪时所携带的那种帐篷。

我跳进洼地，掀开帐篷的一角，本·冈恩的小船正安安稳稳地躺在那里。这简直是世界上最简陋的小船，木料粗糙无比，船架是用毛朝里的山羊皮包起来的。小船小得可怜，即便是我坐在里边也感到很挤，令人担心它究竟能否载得起一个大人。一块坐板装得极低，船头装有脚踏板，还有一柄双叶桨。

我从来没有见过如此简陋的小船，就好像是我们的祖先不列颠人造出来的。对于这只船，我实在难以形容，只能说这是人类手工制作的船只中最原始、最拙劣的一只。然而，作为简单的手工作品，它也无疑具有轻巧、方便等优点。

现在，小船既然已经找到，我也该回到自己擅自离开的岗位上去了。可是此刻我的脑中又出现了一个新的主意，并且感到十分得意，非要想方设法去实现它不可，恐怕即使是斯莫利特船长也无法阻挡我。这个主意就是：我决定趁着夜色，偷偷地划着小船靠近"伊斯帕尼奥拉"号，然后砍断锚索，任它随波逐流，在大海上漂荡。我相信，当海盗们早上醒来看到这一幕的时候，一定想及早出海。我暗自思忖，如果成功的话，就可以阻止他们逃跑，那该有多好啊！尤其是看到海盗们连一只小船都没有留给守卫在大船上的人，我更加坚信做这件事的风险不是很大。

我坐了下来，掏出面包干饱餐了一顿，等待夜幕完全降临。浓雾已经遮蔽天际，对于实施我的计划，这样的夜晚可以说是提供了千载难逢的有利时机。当最后一丝光亮消失以后，藏宝岛完全被黑夜吞噬了。我终于把那只小船扛在肩头，摸索着离开了我休息用餐的那块洼地。现在，整个锚地只有两处发出亮光：一处是岸边的篝火。那是被击退的海盗们在沼泽地附近燃起篝火，饮酒作乐，大声吵闹。另一处隐约可见的微光来自于"伊斯帕尼奥拉"号。这点微光清楚地为我指明了大船停泊的位置。船在落潮时被水流推动得转了一个方向，现在船头正朝向我，船上唯一的灯光在房舱；我看到的仅是从尾窗中射出的强光在浓雾中的反射罢了。

落潮已经开始了一段时间，我必须跋涉过一段长长的沙滩，有好几次，我的脚整个儿陷进了泥沙中，费了好大劲儿才走到正在退下去的水边。在水中蹚了几步后，我稍稍用了点儿力，就利索地把那只简陋的小船平放在了水面上。

第23章
潮水急退

我回头一看，吓得心脏差点儿蹦出胸腔——我的背后就是海盗们通红的篝火。潮水已向右转了个弯，把体积庞大的"伊斯帕尼奥拉"号和弱不禁风的本·冈恩的小船一并带走了。

对于像我这样体重和身高的人来说，本·冈恩的那只小船是非常安全的，对此我有切身体会。它既轻便又灵活，但划起来又十分别扭，总是偏向一边。无论你怎样努力，它总是比其他船只更容易偏向下风方向，它最常出现的状态是在水中来回打转。本·冈恩自己也认为这只小船不那么好划，说它"不好对付，除非你摸透它的脾气"。

第一次谋面，我当然还摸不透它的脾气。它能在水面上转向任何一个方向，就是不肯去我指挥的方向。大部分时间，它都是侧向行进的，若不是在潮水的推动下，我想我这辈子都无法靠近"伊斯帕尼奥拉"号。算我运气好，无论我怎样折腾，潮水始终把我往下冲，而"伊斯帕尼奥拉"号恰恰就在航道上，所以我不会走偏了方向。

一开始，大船在我眼前是黑乎乎的一团。渐渐地，桅杆、帆桁和船体慢慢开始显现。随着退潮水流越来越急，小船很快就靠近了锚索，我立刻伸出手把它紧紧抓住。

锚索像弓弦一样紧紧绷着，可见船在使用多大的力量想要摆脱锚的控制。夜色中，泛着细浪的潮水在船身周围汩汩作响，就像山间倾泻而下的小股泉水。此刻，我只要用刀把锚索砍断，"伊斯帕尼奥拉"号就会同潮水一起流走。

到目前为止，一切都十分顺利，但我忽然想到，如果我冒冒失失地提刀就砍，绷紧的绳索突然断裂，我的小船就会在反作用力的影响下，像被马蹄踢了一样立刻翻倒。

想到这个后果，我不得不停了下来。假如不是幸运之神再次眷顾我，我很可能会干脆放弃砍断锚索的计划。恰巧就在此时，开始时从东南面、稍后从南面吹来的微风，日落后转成了西南风。在我正迟疑不定的时刻，这样的一阵风吹来，把"伊斯帕尼奥拉"号逆流高高托起。我惊喜地感觉到绷得紧紧的锚索松了一下，有那么一瞬间，我抓住锚索的手浸入水中。

于是我当机立断，迅速掏出折刀，用牙齿把它拉开，便开始用力一股一股地割断绳索，只剩下最后两小股绳的时候，船身又重新被拉紧了。于是我暂停下来，静静地等候下一阵风吹来，好利用锚索再次松弛的时机把最后两股割断。

在刚才的这段时间内，一直有高声谈话的声音从房舱里传出来。但是，由于我集中了全部的注意力在锚索上，所以根本没仔细听。而现在我除了等待无事可做，便竖起耳朵，开始留心他们的谈话。

我听出其中一个声音是副水手长伊斯雷尔·汉兹的，他曾经在弗林特手下做过炮手。另一个声音显然是属于那个戴红色睡帽的家伙。这两个人已烂醉如泥，但还在继续喝酒。因为在我凝神细听的时候，不知是他们两个中的哪个，一把推开尾窗，甩出一件东西来，我猜那是一只空酒瓶。看起来，他们不仅仅是喝醉了酒，还暴跳如雷，互相咒骂，对对方的攻击像雹子一样洒落，还不时跌宕起伏。我总以为他们快要动起手来，却每次都渐渐平息，声音由高至低，最后转为小声嘟囔。不久，危机又会重新爆发，直至再次平息。

我还可以看到岸上那一大堆熊熊燃烧的篝火，红光透过岸边的树丛，忽明忽暗。有人在唱一首年代久远、调子单一的水手歌谣，唱到尾音时，每一句都要压低、颤抖，没完没了，直到唱歌的人自己不耐烦了才会停止。在航行途中，我曾经听到过几次，记得其中有两句是这样唱的：

> 七十五个汉子驾船出海，
> 只有一个活着回来。

我想，对于这群海盗来说，今天早上的交火让他们伤亡惨重，此时唱起这首悲伤的调子的确再合适不过了。可是，接下来我所看到的一切，证明这群海盗同大海一样对此毫无感觉。

终于又有一阵风吹来了，"伊斯帕尼奥拉"号在黑暗中侧着船身向我挨近了一些，我感觉到手中的锚索又松了一下，就连忙用力割断最后两小股绳索。

风只是轻轻推了小船一下，我就感到几乎要向"伊斯帕尼奥拉"号的船头撞去。与此同时，大船在水流的作用下开始慢慢转身，首尾掉转了方向。

我拼命划起桨来，担心自己随时会被大船带翻。过了一会儿，我发现无论怎样努力，都无法将小船从大船旁边划开，就撑着它向大船尾部推去，如此才暂时逃离险境。就在我撑罢最后一桨时，我的手忽然碰到一根从后舷樯上垂下来的绳子。我条件反射般一下子把它牢牢抓在手里。

　　为什么要抓住这根绳子，我自己也说不清楚。最开始这只是一个下意识的动作，但既然抓住了，就开始研究一番。我发现绳子的另一端是固定住的，好奇心便被激发，我决定冒险张望一下房舱，察看一下里面的情况。

　　我两手交替拉住绳子，一点点地往大船上靠。当我觉得靠得足够近时，便冒着被发现的危险抬高了身体，看到了房舱的舱顶和舱内的一个角落。

　　这时，大船和小船正以很快的速度顺着水流向下滑，我们的位置已经同岸上的篝火相齐。用水手的行话来说，"大船的嗓门儿大"，意思是溅起的水声很大，哗哗哗不绝于耳。在我的眼睛没有越过窗棂看清里面之前，我始终无法理解为什么留守的人迟迟不向同伙发出警报。但是最后，只看了一眼我就全明白了，在如此不稳当的小船上，我也只敢看上一眼：原来，汉兹和他的伙伴互相用手掐住了对方的脖子，两人扭作一团，正在进行殊死搏斗。

　　我及时跳回小船的座板上，差一点儿就栽进了水里。有那么一小段时间，我什么都看不见，只有两张通红的脸面目狰狞地在熏黑了的灯下晃来晃去。我闭上眼睛，让它们重新适应黑暗。

　　岸上那没完没了的歌谣终于停了下来。篝火旁为数不多的几个海盗又一齐唱起了那首我早已听了无数遍的调子：

　　　　十五个汉子扒着死人箱——
　　　　哟嗬嗬，朗姆酒一大瓶，快来尝！
　　　　酒精和魔鬼让其余的人把命丧——
　　　　哟嗬嗬，朗姆酒一大瓶，快来尝！

　　我正在走神儿，想着在"伊斯帕尼奥拉"号的房舱里，酒和魔鬼也正忙得不可开交，没料到小船突然一斜，来了个大幅度的急转弯，似乎要改变方向。这时，我发现水流的速度变得更快了。

我立刻睁开双眼，周围只有刺耳的流水声和波光粼粼的细浪。我还没有摆脱"伊斯帕尼奥拉"号后面几码的漩涡，而摇摇摆摆的大船好像也在缓慢地转变方向。因为，在漆黑的夜幕中，我看见大船的桅杆颠了一下。我观察了片刻，断定大船也正朝南转弯。

我回头一看，吓得心脏差点儿蹦出胸腔——我的背后就是海盗们通红的篝火。潮水已向右转了个弯，把体积庞大的"伊斯帕尼奥拉"号和弱不禁风的本·冈恩的小船一并带走了。水流越来越急，浪花越飞越高，潮声越来越响。潮水一路旋转着，冲过了那个狭小的口子，一直向宽阔的海洋退去。

突然，我前面的大船猛地歪了一下，转了一个大概二十度的弯。就在这时，船上传来两声叫喊。沉重的脚步匆忙登上了升降口的梯子，我听得清清楚楚，于是知道那两个醉鬼终于中断了那场搏斗，意识到灾难已经来临。

我紧紧贴在小船的底部，把我的灵魂虔诚地交给上帝。我相信，等到了海峡的尽头，我们一定会被汹涌的波涛所吞噬，到了那时，所有的烦恼都将永远消失。我并不害怕死亡，可是，眼睁睁看着厄运临头，着实令人感到饱受折磨。

我就这样趴了好几个小时，不断地被巨浪抛过来抛过去，衣服早已被浪花溅湿，每一个大浪打来时都担心自己会被抛入海中。渐渐地，疲劳战胜了一切，我在惊恐万状的情况下竟然困得睁不开眼睛，最后终于睡着了。在惊涛骇浪中，我躺在一只小小的船上，梦见了家乡和我的本葆将军旅店。

第24章
小船巡航

有许多可怕的、软乎乎的怪物出现在我的眼前，它们就像是硕大无朋的软体蜗牛，有的在陡峭的岩壁上自如爬行，有的则毫无顾忌地扑通扑通跳进海里。这些怪物成群结队，有五六十只之多。它们的嘶叫声在悬崖峭壁之间激起阵阵回声，久久地回荡在我的耳边。

我醒来时，天早已大亮，我发现自己被水流带到了藏宝岛的西南端。太阳已经从东方升起，但还是被望远镜山这个庞然大物遮挡，看不见那轮红日。望远镜山这一边的山坡几乎伸到了海里，在岸上形成一面面巉岩峭壁。

帆索海角和后桅山就在眼前。后桅山是一座颜色较深的秃山，帆索海角被四五十英尺高的峭壁和崩塌的大块岩石所包围。海岸与我的距离最多只有四分之一英里，所以我的第一个念头是划着小船靠岸。

可是这个想法很快被证实不可行。巨浪不断翻滚着，猛烈拍击岩石后又被反弹回来，咆哮着化成一股股水柱四处飞溅。如果我傻乎乎地靠岸，那么，很可能不是被大浪拍死在嶙峋的岩石上，就是在攀登悬崖峭壁时因筋疲力尽而掉下来摔死。

问题不限于此。有许多可怕的、软乎乎的怪物出现在我的眼前，它们就像是硕大无朋的软体蜗牛，有的在陡峭的岩壁上自如爬行，有的则毫无顾忌地扑通扑通跳进海里。这些怪物成群结队，有五六十只之多。它们的嘶叫声在悬崖峭壁之间激起阵阵回声，久久地回荡在我耳边。

后来我才知道那并不是怪物，而是海狮，它们根本不会伤人。但在当时，它们的怪模怪样令我畏惧，再加上海岸的陡峭和四处溅起的浪花，使我根本不敢在此登陆。我宁愿在海上饿死，也不愿意冒这么大的风险。

这时，另一个办法摆在我面前，这也是我认为比较好的选择。帆索海角北面的陆地在退潮时会露出一长条黄沙滩。在沙滩以北又有另一个岬角——地图上标注这个地点为森林岬角，它隐蔽在岸边高大葱郁的松林背后。

我还记得西尔弗曾经说过，沿着藏宝岛的整个西海岸有一股由南向北的水流。就我目前所处的位置来观察，我已经受其影响了。于是，我决定把帆索海角抛到身后，积聚体力向那看起来温驯得多的森林岬角靠近。

从南面吹过来的风柔和而有力，令海面泛起成片的涟漪。这股风与水流的方向一致，因此海浪有节奏地一起一伏，十分平稳。

倘若不是这样，我早就被海浪吞没了。即便有如此有利的条件，我那只弱不禁风的小船能够闯过一道道难关，一次次地化险为夷，也着实够令人惊叹了。我躺在船底，睁开一只眼睛从船边向上望去，常常看到一道蓝色的巨浪耸立在我的头顶。但是小船就像装上了弹簧一般，轻轻一跳就滑进波谷，如同一只轻盈的小鸟。

不久，我的胆子逐渐大了起来，开始试着坐起来划桨。但是只要重心稍有改变，小船就会被严重影响。我刚一挪动身子，小船就立刻失去了轻柔、优美的舞姿，顺着海浪的坡面猛地坠落，令我头晕目眩。紧接着，小船一个猛子扎进下一个浪头深处，激得浪花飞溅。

我浑身湿透，惊恐万分，急忙像之前那样老老实实躺好。片刻，小船似乎恢复了宁静，带着我在海浪中温柔地前行，就像先前那样。看来划桨是一个愚蠢的举动，只会妨碍它正常前进。可是，这样我就无法调整航向，那又怎么能靠岸呢？

想到这里，我开始慌乱起来，好在头脑还十分清醒。我先是小心翼翼地用水手帽舀出小船底部的海水，然后重新观察周围，看小船是如何平稳地在海浪中滑行。

过了一会儿，我发现，从岸上或大船甲板上看来，每一个浪头都像一座平整光滑的大山，实际上，它们像陆地上起伏的丘陵，有峰顶，有平地，还有山谷。不被外力干扰、漂在大海上的小船自会保持自己的平衡，它会从一个浪头滑向另一个浪头，会自行避开浪头的陡坡和险峰，在浪涛中自如穿梭。

"看起来，"我思忖着，"我必须老老实实躺着，不能乱动，以免破坏小船的平衡。不过，我也可以把桨伸出船边，偶尔在平浪处向岸边划两下。"打定主意，我便立刻开始行动。我用胳膊肘支住身体，以某种极其别扭的姿势躺着，不时轻轻划上一两下，调整方向，使船头慢慢朝向陆地。

尽管这样做起来又累又慢，但效果显著。当我靠近森林岬角时，虽然看得出我已经错过了它，无法在那里靠岸，我还是向东划了几百码远。实际上，我离陆地已经不太远，已经能够看见被风吹得歪向一边的树梢。见此情景，我暗暗下定决心：一定不能错过下一个岬角。

现在必须找一个阴凉的地方，因为我已口干舌燥，渴得快要虚脱了。毒辣的太阳经过波浪的反射后，几乎要散发出一千倍的光和热。溅到脸上的海水在烈日下蒸发，剩下的盐霜刺得嘴生疼。所有的一切加在一起，令我喉干如焚，头痛欲裂。眼看着树林近在咫尺，却无法到达，这更令我觉得煎熬。水流很快把我冲过了岬角，当下一片海面

出现在眼前后，我立刻改变了原来的想法。

因为就在我正前方不到半英里处，我看见"伊斯帕尼奥拉"号正在海上航行。我自然清楚那两个海盗会把我抓住，但我实在口渴难耐，几乎无法判断这件事是好还是坏。然而，还没等我得出结论，一种惊愕的感觉已将我紧紧攫住，我不知该如何是好，只是睁大眼睛呆呆地望着前方。

"伊斯帕尼奥拉"号的主帆和两张三角帆已经扯开，白帆在阳光下发出耀眼的光，十分美丽。我看到它的时候，船上所有的帆都鼓满了风。它正在向西北方向航行，我估计船上的人是打算绕过小岛转回锚地去。但是紧接着，我发现它开始越来越向西偏离，刚开始我以为他们发现了小船，想要追过来抓住我。可是后来，它竟然将船头扭转过来，对准风吹来的方向，彻头彻尾地处于逆风状态，无能为力地在原地挣扎了好一会儿，船帆贴着桅杆不住地颤动。

"一群笨蛋！"我自言自语道，"他们一定还醉着，完全像死猪一样。"我心想，如果这件事被斯莫利特船长知道了，一定会好好教训他们的。

这时，大船逐渐偏向下风处，重新鼓满风掉转航向，快速向前航行了一分钟左右，然后又再次处于逆风状态，寸步难行。如此周而复始，几次三番地折腾。"伊斯帕尼奥拉"号向前后左右、东西南北横冲直撞，总是在大转弯后又恢复原状，只是让船帆噼里啪啦地空飘一阵。我忽然反应过来，也许船上根本就没有人驾驶。那么人都去哪儿了呢？是依然烂醉如泥，还是早已离开大船？我思量着，如果我能登上大船的话，那么也许就能把它重新交回船长手中。

水流以同样的速度推动着大船和小船向南滑行。但是大船的航行着实令人摸不清头绪，它每次都在风口以逆风状态停留很长时间，即便没有倒退，也没有前进一步。如果我敢坐起来使劲儿划船的话，肯定能追得上它——这个惊险成分颇高的主意刺激着我，再想到放在前升降口旁的淡水桶，更令我勇气倍增。

我刚坐起来，便又立刻被溅了一身水。但我不管不顾，下定决心要登上"伊斯帕尼奥拉"号，于是我使出全身力气但又小心翼翼地朝着无人驾驶的大船划去。有一次，一个大浪翻卷过来，一下子就把很多水打进小船中，我不得不停下来往外舀水，紧张、焦急得像是心头有一只正在扑棱翅膀的鸟儿。几次三番之后，我已慢慢适应，甚至能够划着小船乘风破浪，只是偶尔有少量的水从船头涌进来，一股飞沫溅到脸上。

现在，我正以很快的速度靠近大船，已经可以看到舵柄在碰撞时闪现的铜光。甲板上依旧空无一人，我猜想船上的人都跑光了，要不然就是醉得一塌糊涂，瘫倒在房舱里。如果是那样，我也许可以把他们锁在里面，然后就可以随心所欲地处置"伊斯帕尼奥拉"号了。

有一段时间，大船的状态对我来说十分糟糕——它不再打转了。船头几乎朝向正南方，当然不时略有偏差。它每次偏离方向，风就鼓起一部分帆，这样就又导致它对准风向。我刚刚所说的对我来说十分糟糕的情况，是指"伊斯帕尼奥拉"号尽管看起来依然处于无能为力的境地，船帆在风的吹动下发出噼里啪啦的响声，就像放炮一样，滑车也在甲板上滚来滚去，乒乓乱响，但是，它不仅仅是以水流的速度继续往北漂移，还加上了很大的风压，因此速度变得很快，我无论怎么拼命都追不上。

不过，我终于等到了一个机会。有那么一阵，风几乎停止了，"伊斯帕尼奥拉"号在水流的作用下又开始慢慢打转，我终于看到了船艉。房舱的窗子大敞着，挂在桌子上方的一盏灯在大白天仍然点着。主帆耷拉下来，如果不是水流的作用，船就会停滞不前。

刚才有一阵子它几乎已漂出我的视线，现在我拼命划船，再一次

猛追过去。

当我距离"伊斯帕尼奥拉"号不到一百码时，该死的风又猛地刮了起来。船帆鼓满了风，向左舷一转，又开始滑行起来，仿佛一只燕子掠过水面。

我先是感到一阵失望，继而转忧为喜。"伊斯帕尼奥拉"号竟然掉转了船身，使它的一面船身向我靠近，把它和小船的距离缩短了一半、三分之二、四分之三。很近了，我已经看到波浪在它的龙骨前端下翻腾的白沫。我坐在小船上，抬头仰望大船，觉得它异常高大。

待了几秒钟，我才突然意识到大事不好。但我已来不及考虑，也来不及采取措施保护自己。当大船俯身越过一个浪头时，我的小船正处于另一个浪头上。船头倾斜的桅杆正好在我的头顶。我纵身一跃，将小船踩入水中。我一只手攀住了三角帆，一只脚被夹在支索和转帆索之间。就在我悬在那里吓个半死的时候，一下并不猛烈的撞击提醒我，威武的大船已经把那弱不禁风的小船撞沉了。自此，我被切断了后路，别无选择，只能留在"伊斯帕尼奥拉"号上了。

第25章
降下了骷髅旗

我赫然看到了那两个留守的海盗。戴红色睡帽的家伙躺在那里一动不动，仰面朝天，面目狰狞，向两旁长伸着胳膊，仿佛被钉在了十字架上。伊斯雷尔则背倚舷墙坐着，两腿笔直地向前伸着，下巴耷拉在胸前，双手无力地摊放在甲板上，本来棕黑色的脸膛此时已苍白如蜡。

我刚攀上船头的斜桅，三角帆就啪的一声鼓满了风，随之便转向另一个方向。当大船转弯的时候，我感到船身上下无一处不在震动。紧接着，三角帆又哗啦一声被风刮回，无力地垂了下来。

这一震差一点儿把我抛到海里，我赶紧顺着斜桅爬去，终于一头跌落到甲板上。

我的位置处于水手舱背风的一侧，扬开的主帆挡住了我的视线，使我无法将后甲板全部看清。一个人都没有。自海盗叛乱便再未洗刷过甲板，上面留有许多杂沓的脚印；一只空酒瓶从颈口处被摔断，骨碌碌地在排水孔之间滚个不停。

突然，"伊斯帕尼奥拉"号又把船头正对着风口。三角帆在我身后啪的一声，接着是舵砰然巨响，整个船猛地抖了一下，我的五脏六腑都快被翻出来了。就在这一瞬间，主帆桁向舷内一晃，帆脚索的滑车呻吟了一声，下风面的后甲板一下子全部暴露在我面前。

　　我赫然看到了那两个留守的海盗。戴红色睡帽的家伙躺在那里一动不动，仰面朝天，面目狰狞，向两旁长伸着胳膊，仿佛被钉在了十字架上。伊斯雷尔则背倚舷墙坐着，两腿笔直地向前伸着，下巴耷拉在胸前，双手无力地摊放在甲板上，本来棕黑色的脸膛此时已苍白如蜡。

　　突然，大船腾空跃起，就像一匹毫无技巧的劣马。帆鼓满了风，一会儿向这边，一会儿又向那边。帆桁来回摇晃，直到帆樯难以承受，发出各种响声。船头和波浪狠狠地互相撞击，使得浪花不时飞过舷墙。现在我发现，这艘装备精良的大船在无人驾驶的情况下晃得实在过于厉害，相比较而言，还是我那只已沉入海底的简陋的小船更加稳当。

　　船身每震动一下，戴红色睡帽的家伙就随之左右滑动，令我感到恐怖的是：无论船怎样摇晃，他的姿势和狰狞的面目始终没有改变。同样，船身每震动一下，汉兹的腿就向前伸得更远，整个身体越来越向船艉倾斜。渐渐地，我无法再看到他的脸，只能看到他的一只耳朵和一把蓬松的胡子。

　　这时，我发现在他们俩附近的甲板上，能够清晰地看到斑斑血迹。我开始推测他们一定是酒后斗殴，在狂怒中自相残杀，同归于尽了。

　　我正在为所看到的一幕而惊讶，船停了下来。就在这片刻的安宁中，伊斯雷尔·汉兹侧过半边身子，嘴里发出一声很低的呻吟，挣扎了一下后，又恢复了我刚刚看到他时的姿势。那声痛苦的呻吟表明他极度虚弱。见到他无力地张着嘴、耷拉着下巴的样子，我不禁心生怜悯。但是，一想到我躲在苹果桶里偷听到他说的那些狠毒的话，顿时就不再可怜他。

我朝船艉走去，到主桅前边停了下来。

"汉兹先生，我来向你报到。"我用嘲弄的口气说道。

他费力地转动眼珠，一副筋疲力尽的样子，已经顾不上惊讶，只挤出了一句："白兰地！"

我清楚地知道自己不能耽误哪怕是一分钟。在帆桁再次摇晃着掠过甲板时，我一闪身溜到了船艉，顺着升降口的梯子进入了房舱。

呈现在我眼前是一片混乱的景象，其混乱程度简直令人难以接受。凡是上锁的地方都被野蛮地撬开了，显然是为了寻找那张地图。一层厚厚的泥浆黏糊糊地糊在地板上，也许那群恶棍从营地那边的沼泽地里跑来，就不守规矩地坐在这里喝酒或是商量。肮脏的泥手印刺眼地印在漆成纯白、嵌着金色珠粒的舱壁上。好几打空酒瓶随着船的上下颠簸而互相碰撞，叮当作响地从这个角落滚到那个角落。桌子上平放着一本利夫西医生的医学书，其中一半的书页已经被撕掉，想来是这帮愚蠢的家伙拿去卷烟抽了。挂在桌子上方的灯已经被熏成咖啡色，还在努力发着微弱的光。

走进窖舱，我发现所有的酒桶都空了。空酒瓶被扔得到处都是，数量多得令人惊奇。很显然，自从叛乱以来，海盗们没有一个人能保持头脑清醒。

经过一番翻找，我发现一只酒瓶里还剩下一丁点儿白兰地，准备拿去给汉兹喝。然后，我还找到一些面包干、水果干、一大把葡萄干和一块乳酪，打算填饱肚子。我把这些东西都拿到了甲板上，放在舵柄后面——那位副水手长够不着的地方，接着走到淡水桶旁畅饮了一番。最后，才把那点儿白兰地递给汉兹。

他一口气喝了至少四分之一品脱，才大喘一口气，放下酒瓶。

"唉！"他叹了口气，"他妈的，我刚才就是缺几口这东西！"

我已坐在角落里开始吃起来。

"伤势严重吗？"我问他。

他咕哝了一句，听起来更像是吠叫。

"如果那个医生在船上，"他说，"我不用多久就会恢复健康，可是，你瞧，我不走运，现在落得这般田地。好在那个狗杂种已经死了，"他用手指了指戴红色睡帽的那个家伙，"这个浑蛋，一点儿水手的气派都没有。对了，你是打哪儿来的？"

"哦，"我说，"我是来接管这艘船的，汉兹先生。在没有接到进一步的指示之前，请你把我看作这艘船的船长。"

他轻蔑地看了我一眼，透着酸溜溜的神气，但是一句反驳的话也没有说。喝了酒之后，他的两颊恢复了些许血色，但还是很虚弱，大船颠簸的时候，他的身体还是控制不住地继续侧向一边，贴着甲板。

"对了，汉兹先生，"我继续说，"我不喜欢这面旗，请允许我把它降下来。宁可什么都不挂，也绝不能挂它。"

于是我再次躲过帆桁跑到旗索前，几下便降下了那面令人憎恶的黑色海盗旗，并一把扔出船外。

"上帝保佑吾王！"我挥着帽子喊道，"让西尔弗见鬼去吧！"

汉兹十分狡诈，他一直留心窥探着我，下巴一直在胸前耷拉着。

"我看，"他终于开口道，"嗯，霍金斯船长，你一定是打算到岸上去吧？咱俩好好谈一谈吧。"

"好啊，"我回答说，"我非常乐意，汉兹先生，请你继续说下去。"我回到角落里继续大口大口地吃东西，简直美味极了。

"这个家伙，"他向那个死去的家伙点了点头，示意我说，"这个该死的家伙名叫奥布赖恩，是个臭爱尔兰人。他跟我扯起了帆，打算把船开回去。可是现在他死了，散发着臭味。我不知道该由谁来掌舵。没有我的指点，霍金斯，你是应付不了这个庞然大物的。现在我们来谈谈条件：只要你给我提供吃喝，再给我一条围巾或手绢把伤口包扎起来，我就指点你怎样驾船，如何？这可是公平交易。"

"汉兹先生，我可以告诉你一件事，"我说，"我并不准备回到基德船长锚地去。我的计划是把船开进北汊，再慢慢地在那里靠岸。"

"那好啊！"他叫了起来，"再怎么说，我也不是个笨蛋，难道我不懂吗？我赌了一次运气，结果输了，让你小子占了便宜。你说把船开进北汊，那就开进北汊，反正我也无能为力！要知道，就算是让我帮你把船开到正法码头，我也只能照办，他妈的！"

他的话听起来很有道理，于是我们的交易顺利达成。三分钟后，我已使"伊斯帕尼奥拉"号沿着藏宝岛的西海岸轻松地顺风航行。在中午以前绕过北角并不是很难的事，然后再折向东南方向，趁着尚未涨潮赶紧开进北汊，然后等到涨潮时，利用高涨的潮水把船安全平稳地冲上浅滩，再等到退潮后上岸。

于是我拴牢舵柄，走进船舱，从我自己的箱子里取出一块柔软的丝绸手帕，这是我母亲送给我的。之后，汉兹在我的帮助下用这块手帕包扎好大腿上还在流血的伤口，那是被一把锋利的弯刀捅的。随后，他吃了点儿东西，还喝了几口白兰地。他的状况已明显有所好转，身体已经可以挺直，说话的嗓门儿也高了，吐字也比之前清晰，跟刚才简直判若两人。

风还是很帮我们的忙。"伊斯帕尼奥拉"号像鸟儿一般乘风飞翔，岛岸在一旁以很快的速度掠过，美丽的景色一直在转换。不久，我们就驶过了高地，在稀疏地点缀着几棵低矮小松树的沙地旁滑行。不一会儿，我们把沙丘也抛在了后面，并且绕过了海岛最北端的一座岩石丘。

我对自己的这项新职务感到扬扬得意。阳光明媚，景色宜人，我的心情也无比轻快。现在我有足够的淡水和食物，之前那种因不辞而别而产生的愧疚已减轻不少，取而代之的是因获得如此大的胜利而生出的欣慰之情。此时，我早已心满意足。只是副水手长总是以一种嘲弄的眼神盯着我；我在甲板上来来回回地走着，我走到哪里，他的目光就跟到哪里，脸上还不由自主地带着一种皮笑肉不笑的表情。

这是一个无力的老头子的微笑，在某种程度上反映出他受伤的痛苦和身体的虚弱；但是，除此之外，他的微笑似乎总是隐含着一丝讽刺的味道，蒙着一层心怀叵测的阴影。我忙碌不停，他则始终以一种阴险狡诈的目光注视着我，一直注视着。

第26章
伊斯雷尔·汉兹

也许我是听到了甲板嘎吱嘎吱的声音，也许是眼角的余光扫到他移动的影子，再不然就是一种类似猫儿的本能。总之，当我转过头去的时候，握在汉兹右手里的那把短剑已经快要逼到我的眼前了。

曾经一直捣乱的风，现在好像是在故意讨好我们，在我们需要的时刻忽然转成了西风。我们不费吹灰之力，便从藏宝岛的东北角驶到了北汉的入口处。只是，因为没有锚，我们不敢让船冲上岸滩，必须等潮水涨得再高些。等待的时间很难熬。副水手长伊斯雷尔开始教我如何掉转船头向风停驶，经过很多次尝试，我们终于成功地把船停下来。然后，我们坐了下来，相对无言地吃了一些东西。

"船长，"伊斯雷尔终于开口了，脸上带着让人感到不舒服的笑容，"我的老朋友奥布赖恩就在那边的地上躺着，要我说，你还是把他丢到船外去吧。这其实没什么大不了的，虽然是我亲手结果了他，但我也没觉得良心上有什么不安。我只是觉得，任由他躺在那里，总是很碍眼，不是吗？"

"我可搬不动他，再说我也不愿意干这种事。照我说，就让他在那儿待着吧，没什么大不了的。"我答道。

"这可真是艘不吉利的船，'伊斯帕尼奥拉'号不吉利，吉姆，"他眨了眨眼睛，继续说道，"你瞧，这艘船上死了多少人！自从我们离开布里斯托尔以来，多少倒霉的水手送了命！在这之前，我可从来没遇到过这种事。就说这个奥布赖恩吧，他不是也死了？吉姆，我大字不识几个，而你是个能读会算的小家伙，那么，你能否直截了当地告诉我——一个人死了，他就这样完了吗？还是再有来世？"

"汉兹先生，你可以把一个人的肉体杀死，但是无法杀死他的灵魂——这一点，你应该是早就知道的。"我答道，"奥布赖恩已经到了另外一个世界，他也许正在那里看着我们呢。"

"啊！"他说，"那可真是晦气。那么说起来，杀人简直就是浪费时间。不管怎样，我始终觉得鬼魂根本不算什么。我跟鬼魂打过交道，吉姆。你已经清楚回答了我的问题，现在，我想让你到房舱里去帮我拿——妈的！那东西叫什么名字来着——去给我拿一瓶葡萄酒过来吧。吉姆，白兰地太烈，我的头都开始疼了。"

副水手长突如其来的健忘显得不太自然，他说自己想喝葡萄酒而不是白兰地，这一点我是绝不相信的。这一切只不过是他编造的借口罢了。他的意图很清楚，就是想把我支开。但是他究竟想干什么，我怎么也猜不到。他总是东张西望，左顾右盼，一会儿抬头望望天，一会儿瞥一眼死去的奥布赖恩，尽可能地避免与我的视线相遇。这会儿，他始终满脸堆笑，还不时伸一伸舌头，做出抱歉或不好意思的样子，以显示自己十分听话。连小孩子都能看出来这个家伙心里一定怀着什么坏心思。不过，我还是爽快地答应了他的要求，因为我清楚自己占据优势。这个家伙的脑袋并不比木头高明多少，对付起来轻而易举，在他面前，我能够很容易做到不流露出任何疑心。

"葡萄酒吗？"我说，"好的。红葡萄酒还是白葡萄酒？"

"随便哪一种都可以，我的朋友，"他回答说，"只要烈一些、多

一些就好，其他的都不重要！”

“那好，”我答道，“我下去给你拿红葡萄酒过来，汉兹先生。不过里面太乱了，我估计要找一阵子才行。”

说完，我便从升降口跑了下去，一边跑，一边使劲儿制造出很大的响声。然后，我轻轻脱下鞋子，蹑手蹑脚地穿过走廊，爬上水手舱的梯子，从前升降口探出头去。我料到他根本想不到我会躲在那里，不过为了保险起见，我还是尽可能地小心谨慎。果然不出所料，我的怀疑得到了证实。

伊斯雷尔已经离开原来所在的地方，在用两只手和两个膝盖爬行，显然，他向前爬行时一条腿疼得厉害——我能听到他竭力把呻吟声压在嗓子眼儿，但他还是能够以很快的速度爬过甲板。只用了半分钟的时间，他就已经横越甲板，爬到左舷的排水孔旁边，伸出手在盘成一堆的绳子底下东摸西摸，摸出一把长长的刀，甚至可以说是一把短剑，刀上沾满了血，一直染到了刀柄上。汉兹抬高下巴，端详了一会儿，又用手指试了试刀尖，然后急忙把它藏在怀里，又转身爬回他一直倚靠着的老地方。

我看到了想要知道的一切——伊斯雷尔现在能够爬行；他又有了可以杀人的武器；既然他想尽办法支开我，很显然他对我不怀好意。那么，接下来他会干什么呢？是从北汉爬过海岛，回到沼泽地中的营地？还是想放炮通知他的同党来救他，并且抓住我呢？说实话，我不知道。

不过有一点我可以确信，那就是我们在如何处置“伊斯帕尼奥拉”号的问题上没有利害冲突，至少目前如此。我们都希望能把它安全搁浅在一个避风的地方，到时候才可以无须费多大的劲儿、不必冒多大的危险把它带回去。在达到这个共同的目标之前，我想他还不至于威胁我的生命。

脑子里在盘算着这些念头的时候，我的身体并没有闲着。我小心地溜回船舱，轻手轻脚地穿上鞋子，又随手拿了一瓶酒，回到甲板上。

汉兹仍像我离开他时那样老老实实地躺着，努力把全身缩成一团，眼皮没精打采地耷拉着，好像虚弱得怕见阳光似的。不过，当我走到他跟前时，他还是抬起头瞧了我一眼，用熟练的动作砸去瓶颈，照例说了一声"万事顺意"，仰起脖子咕咚咕咚喝了个痛快。然后，他又重新躺好，掏出一条烟草，让我切下一小块给他嚼。

"快给我切一块下来，"他说，"我没有刀子，恐怕就算有也没有力气切。唉，吉姆，我的吉姆，这一次我可算是彻底完蛋了！来，给我切一块，这兴许是我嚼的最后一口烟了。用不了多久，我就要回老家了。"

"好的，"我说，"我给你切下一块来。不过，如果我现在是你这副样子，自己预感到大限将至的话，我一定会跪下来虔诚地祷告忏悔，这才像个真正的基督徒。"

"为什么？"他问，"我为什么要忏悔？"

"为什么？"我惊讶地叫道，"就在刚才，你还问我人死后会怎么样，你背弃了你的信仰，犯了许多不可饶恕的罪，手上沾满了鲜血。你看，在你的眼前，就躺着一个被你杀死的人，你竟然还问为什么要忏悔？！乞求上帝宽恕你吧，汉兹先生，这是你应当做的。"

我显得有些激动，因为我一边说，一边想到此时他怀里揣着一把沾满血的短剑，正寻找机会要结果了我。而他也许是喝多了葡萄酒，也用一种少见的严肃口吻回答我。

"已经有三十年了，"他说，"我一直在海上航行，好事、坏事，幸运的、倒霉的，一帆风顺和大风大浪，争抢粮食，死命拼刀子，我看见的可多了，什么没见识过？要说经验，我告诉你，我从来就没

金银岛
Treasure
Island

见到过好人会有好报。我相信'先下手为强，后下手遭殃'，也相信
'死人不咬活人'——你瞧，这些就是我的看法。好了，"他忽然变了
腔调，"扯得太远没什么好处。现在潮水已涨得够高了，只要你听我
的指挥，霍金斯船长，咱们一定能把船顺利地开进北汊。"

顶多再走两英里，我们就能够到达目的地了。可是这段路航行起
来不是那么容易。北锚地的入口又窄又浅不说，还十分曲折，如果没
有高超的驾驶技术，大船是很难开进去的。我相信自己是一个精明强
干的执行者，也相信汉兹是一个经验丰富、非常出色的领航员。我们
东躲西闪，左拐右绕，擦过一个个浅滩，走得既平稳又灵活，干得很
不错。

船刚通过两个尖角，立即就进入陆地的包围中。北汊的岸上同南
锚地沿岸一样，地面被茂密繁盛的树林所覆盖。但相较而言，这里的
水域更加狭长，实际上很像一个河湾。在船头正前方的南端，我们
看见一艘船腐朽的残骸，好像马上就要崩塌。那是一艘很大的三桅帆
船，待在这里有些时日了，不断的风吹、日晒、雨淋，使它的全身挂
满湿漉漉的海藻，甲板早已腐烂，灌木已在上面扎根，美丽的鲜花在
上面盛开，更显出一片凄凉。这一切表明，锚地与世隔绝，但也是平
静而安全的。

"你瞧，"汉兹说，"从那里冲上岸滩最合适了。沙地非常平滑，
没有一点儿风浪，周围都是树林，那艘破船上的花开得真好看，跟花
园似的。"

"可是一旦上了岸滩，"我问道，"怎样才能再把船开出去呢？"

"那再简单不过了，"他答道，"你在落潮时拉一条缆绳到那边岸
上去，把绳子绕在一棵足够坚固的大树上，再拉回来绕在绞盘上，然
后就什么都不用做，只管躺下来等涨潮。等到水涨船高，大伙儿再一
起拉绳子，船就会像个美人似的扭扭捏捏地挪动起来。注意，孩子，

准备好了。现在我们已经靠近沙滩，船走得太快了。向右一点儿——对——一直往前走——右舵——再向右——一直往前走——一直往前走！”

他发号施令，我全神贯注地认真执行，直到他突然大叫："注意，我的宝贝，转舵向风！"

我拼命转舵，"伊斯帕尼奥拉"号猛地来了个急转弯，直冲向长有矮树的低岸。

在这之前，我一直时刻注意着副水手长的一举一动，但是刚才那一连串的紧张动作使我分了心，将注意力全部集中到停船靠岸的事上，几乎忘了副水手长对自己构成的威胁。停好船后，我把头探出右舷墙，看船头下方不断翻腾的浪花。若不是心头突然闪过一丝不安，促使我本能地转过头去的话，我也许来不及挣扎就彻底完蛋了。也许我是听到了甲板嘎吱嘎吱的声音，也许是眼角的余光扫到他移动的影子，再不然就是一种类似猫儿的本能。总之，当我转过头去的时候，握在汉兹右手里的那把短剑已经快要逼到我的眼前了。

我们四目相对，两人同时发出一声叫喊。只不过，从我嘴里发出的是恐怖的叫声，从他嘴里发出的则是一种类似蛮牛进攻时的吼声。一眨眼的工夫，他已经扑了过来，我往船头方向一闪，躲开了。我逃开的那一刹那，松开了舵柄，它立即反弹回来，正是这一下救了我的命——舵柄猛地弹到汉兹的胸膛，想必是突如其来的疼痛使他一时无法动弹。

在他尚未回过神儿之前，我已经从那个不安全的角落逃开。现在，我可以在整个甲板上跑跳躲闪。我在主桅前站住，把手枪从口袋里掏出来。此时他已经转过身来，再一次向我发动攻击。我没有立即逃跑，而是镇定地瞄准后扣动扳机。撞针已经落下，可是既没有火光，也没有任何响声——原来火药被海水弄湿了。我十分懊恼，气自

己不该如此粗心大意，为什么不事先检查一下武器，给枪上好弹药呢？！如果早点儿做些准备，也不至于现在如此狼狈，活像是一只待宰的羔羊。

汉兹虽然受伤了，但他的动作出乎意料地快，令我大感震惊。他花白的头发零乱地披散着，脸因气急败坏而涨得通红。我没有时间再去试第二把手枪，事实上，我也不想试，因为我知道十有八九也是打不响的。对于当前的情势，有一点我看得很清楚，那就是我不能一味地退让，否则他将很快把我逼到船头上去，正如他刚刚几乎把我逼到船舷一样。一旦被他逼到角落，他那把沾满鲜血的短剑就会很容易刺中我，而那把九或十英寸的钢刃将是我此生尝到的最后一种滋味。我绷紧了神经，抱住又高又粗的主桅同他对峙着。

他看到我有躲闪的意图，也停了下来。有一阵子他佯装要从这边或者那边兜过来抓我，我就相应地一下躲向左边，一下躲向右边。在家乡黑山湾时，我经常在岩石旁做这种游戏，但是，那时当然不像现在这样惊心动魄。然而，正像我说的，这说到底也是一种小孩子的把戏，我想我绝不会输给一个腿上受了伤的老水手。很快，我恢复了勇气，开始盘算着如何打败伊斯雷尔。我确信自己可以同他周旋很长时间，但不知道如何才能最终逃生。

突然，"伊斯帕尼奥拉"号猛地一震，摇摇晃晃冲上了浅滩。船底擦到了沙地，船身迅速向左舷倾斜，直到甲板呈45°竖了起来。在这种情况下，一下子从排水孔涌进来大约一百加仑的水，积聚在甲板和舷墙之间，形成了一个很小的水池。

猝不及防，我们两个都失去了平衡，一起滚向了排水孔，戴红色睡帽的那个家伙也伸着胳膊，直挺挺地跟着我们滑了过去。我和伊斯雷尔挨得那么近，我的头猛地撞在了他的脚上，差点儿把我的牙撞掉。尽管被撞得眼冒金星，我还是先站了起来，汉兹则被尸体缠住了。船身的突然倾斜，使甲板上已经无处可以躲闪，我必须找到新的逃生渠道，并且一秒钟都不能耽搁，因为那个凶狠的坏蛋马上就会向我扑来。说时迟，那时快，我一跃身攀住了后桅支索的软梯，两手交替着一节节地向上爬，一直爬到桅顶横桁上，才坐下来松了一口气。

这次能够脱身，多亏了我动作敏捷。我在向上爬的时候，余光看到短剑在我脚下不足半英尺的地方唰地闪了一下，刺了个空。伊斯雷尔·汉兹张口结舌地站在那儿望着我，呆住了。

我终于得到了一个喘息的机会，于是抓紧时间给手枪换上弹药。一把已经上好，为了保险起见，我决定把另一把也重新装上弹药，做好万全的准备。

汉兹做梦也没料到我会来这一手，他开始明白现在的局势对他十分不利。他站在下面犹豫了一会儿，竟然费力地抓住软梯，把短剑衔在口里，忍住疼痛往上爬。他的速度很慢，那条受伤的腿把他折腾得够呛，几乎忍不住就要哼出声来。他刚刚爬了三分之一，我就已经把两把手枪都重新装好了弹药。于是我两手各拿一把枪，开始对他讲话。

"汉兹先生，"我说，"你若是再敢往上爬一步，我就一枪打烂你的脑袋！你知道死人是不咬活人的。"我忍不住揶揄了一句。

他一听，立即停了下来。根据他的面部表情，我知道他正在费力地动脑筋。可是，他想得那么费力、那么慢，我倚仗着自己处于优势地位，禁不住大笑着嘲笑他。他吞了几口唾沫，脸上还带着困惑的表情。为了开口说话，他取下衔在口里的短剑，但仍保持着向上攀登的姿势。

"吉姆，"他说，"看来你我都着实费了一番心思，咱们定个君子协定吧。要不是这艘倒霉的船突然倾斜，我早就利落地把你干掉了。可我实在不走运，倒霉透了。看来我只有投降这一条路了。我这样一个久经沙场的老水手，竟然败在你这样一个毛孩子面前，真是让人不好受，吉姆。"

我陶醉于他的这番讨好中，像一只飞上墙的扬扬得意的小公鸡。忽然，我看见他的右手使劲儿一挥，一件东西像支箭似的嗖地飞来。我感到一阵剧痛，知道自己挨了一击，一只肩膀竟然被钉在了桅杆上。这突如其来的剧痛令我大吃一惊，两把手枪顷刻间一齐射响，接着都从我手中掉了下去。我不知道自己是否是有意识地扣动了扳机，但我敢肯定自己并没有有意识地去瞄准。幸好，掉下去的不仅仅是那两把手枪。伊斯雷尔的一声叫喊卡在了喉咙里，抓住软梯的手也随之松开，他一头栽到了水里。

第27章
八个里亚尔

我慢慢爬到门口站了起来。屋里漆黑一片，什么都看不清。除了传来有规律的呼噜声外，似乎还有一种不寻常的响动，好像是某种鸟类在扑扇着翅膀或啄食。我百思不得其解。

由于船身的倾斜，桅杆伸出水面上方很远。我坐在桅顶横桁上，下面只有一湾海水。汉兹刚才爬得不高，或者说离甲板不远，因此掉在了我和舷墙之间的水里。

他周边的海水已被鲜血染红，他曾经浮起过一次，但随后又沉了下去，再也没浮上来。等水面恢复平静后，我看见他在澄净的沙底缩成一团，躺在船身的侧影中，有几条鱼从他身旁悄悄游过。有时，水面微微颤动，他好像也稍稍动几下，仿佛想要站起来。但是他肯定是活不成了——不是被枪打死，就是掉进水里淹死。本来他是打算在这个地方把我杀死的，没料到自己倒留在这里喂了鱼。

我刚确信这一点，便开始感到头晕恶心，内心恐慌。温热的血从背上和胸前流下来。把我钉在桅杆上的短剑像烙铁一般灼热。然而，倒不是这点儿皮肉之苦令我惶恐不安，老实说，这种皮外伤我可以一声不哼地挺过去，最使我担心的是可能会从桅顶横桁上掉到水里去，然后就紧挨在副水手长的尸体旁。

　　我死死地抓住横桁，指甲都抓疼了。我闭上眼睛，不敢正视眼前的险境。过了一会儿，我镇定下来，心跳也恢复了正常。

　　我首先想到的是把短剑拔出来，但也许它钉在桅杆上过于牢固，或者是我力不从心，总之最后只好作罢。我猛地打了个寒战。说起来也真是奇怪，正是这个寒战起了作用。事实上，那把短剑差一点儿就根本伤不到我，它只钉住了我一层皮，我一哆嗦就把这层皮撕断了。当然，撕断了以后，血流得更厉害了，可是我终于又自由了，只有上衣和衬衫还被牢牢钉在桅杆上。

　　我使劲儿一扯，把衣服从桅杆上扯了下来，然后小心地从右舷软梯回到了甲板上。我被刚刚发生的事吓得够呛，忍不住浑身颤抖，无论如何都不敢从这时垂在船外的软梯上下去，伊斯雷尔就是从那里掉下去的。

　　我下到房舱，去想办法包扎伤口。肩膀很疼，血还在不停地流，但伤口并不深，没有什么危险，也不太妨碍我使用胳膊。我环顾了一圈，从某种意义上说，"伊斯帕尼奥拉"号现在属于我了。我开始思考如何清除船上的最后一名乘客——奥布赖恩。

　　我刚才说过，他已经滑到舷墙边，像一个丑陋可怕的木偶直挺挺地躺在那里，虽然跟真人一样，却没有一丝活人的生气。这样的他很容易对付。对于惊心动魄、险象环生的悲惨境地，我早已习惯了，见了尸体也不再害怕。我抓住他的腰，一使劲儿就把他举了起来，像抛一袋麸皮那样把他用力扔出船外。只听见扑通一声，他掉进了水里，那顶一直戴在头上的红色睡帽终于掉了下来，漂浮在水面上。水面平静下来后，我看到他跟伊斯雷尔紧挨着躺在一起，两个人都在水的颤动下微微晃动。奥布赖恩虽然年纪并不大，头却秃得厉害。他直直地躺在那儿，光秃秃的脑袋枕在杀死他的那个人的膝盖上；一群小鱼在

他们俩上方飞快地游来游去。

现在，船上只有我一个人了。潮水刚开始转回，太阳眼看就要落山，西海岸的松影开始向锚地渐移渐近，最终映在甲板上。晚风吹了起来，虽然有东面的双峰山挡着，船上的索具还是开始和着晚风呜呜地轻吟浅唱，无所事事的船帆也轻轻晃动，发出啪啦啪啦的响声。

短暂的宁静后，我开始觉察到大船面临着危险。我迅速把三角帆放下并扔到甲板上，主帆却不好对付。船倾斜时，主帆的下桁当然斜到了船外，桅杆头连同两英尺左右的帆平垂在水下。这使得船更加危险。但是帆篷绷得太紧，这使我不知所措，毫无办法。后来，我终于掏出刀子将升降索割断。桁端的帆角立即落下，松弛的帆张开大肚子在水面上漂浮。但是无论我怎么用力，也无法拉动帆索，所以我也只能做到这个程度了。除此以外，"伊斯帕尼奥拉"号只好听天由命，就像我一样。

当时，整个锚地都笼罩在薄暮中，夕阳的最后一点儿余晖穿过林间空隙，洒在开满鲜花的破船残骸上，在我的印象中，仿佛宝石一般璀璨夺目。

寒意渐渐袭来，潮水很快退回大海，发出哗哗的响声。大船也越来越倾斜，眼看就要彻底翻倒。

我爬到船头，向舷外看了一下。水已经很浅了，我用两只手牢牢抓住断了的锚索以确保安全，然后小心谨慎地翻到船外。沙地十分坚实，水深仅及我的腰部，波浪来回起伏着。我留下在海湾水面上张着主帆、歪倒在一旁的"伊斯帕尼奥拉"号，精神抖擞地上了岸。这时，太阳已经完全落下去了，在苍茫的暮色中，晚风吹动松林，发出沙沙的响声。

不管怎么说，我总算是从海上回到了陆地，而且不是两手空空。船上的海盗已被消灭，而且船现在就横在那里，随时可以载着我和同伴们返航。我恨不得立即冲回寨子，向大家夸耀我的功劳。可能我会因擅离职守、不辞而别受到大伙的批评，但是夺回"伊斯帕尼奥拉"号则是将功补过。我想，就算是一向严格的斯莫利特船长也会认可我的功劳的。

我这样想着，心情变得非常愉悦。于是我加快速度，一刻不停地朝着木屋——也就是我的同伴们所在的方向出发。我记得流入基德船长锚地的几条小河中，最东面的一条发源于我左边的双峰山，于是我便折回那座小山，打算在源头水比较浅的地方蹚过小河。这里的树木没有那么茂盛，我沿着较低的斜坡走，不久就绕过山脚。又过了一会儿，我蹚着仅及小腿一半深的水过了小河。

这里是我第一次遇到被放逐的本·冈恩的地方。天现在完全黑下来了，我留意着两边，走得更加小心谨慎。当我通过双峰之间的裂谷时，注意到天幕前有闪烁不定的反光，我便猜想是那个岛上人本·冈恩在一堆很旺的篝火前做晚饭。虽然这样猜想，但也觉得有些不同寻常：他怎么能如此粗心大意？连我都能看到火光，难道在岸边沼泽地里宿营的西尔弗就看不到吗？

夜色越来越深，我只能大致判断方向，摸索着朝目的地前进。背后的双峰山和右侧的望远镜山的轮廓也越来越模糊，稀疏的星星挂在天空，发出暗淡的光。我深一脚浅一脚地走在低地上，时常被灌木绊倒，滚进沙坑里。

忽然，我的周围变得亮了一些。我抬头望向天空，看到一片苍白的月光照在望远镜山的山峰上。随后，一只银色的大盘子从树丛后很低的地方徐徐升起——月亮出来了！

我想借着明亮的月光赶快将余下的路走完，就急急忙忙地走一阵、跑一阵，急于回到寨子。不过，当我走入栅栏外围的树丛时，则放慢了脚步，不敢冒冒失失地出现，心里担心万一被自己人误伤的

话，我那惊心动魄的冒险历程就要以一个悲惨的结局来画上句号了。

月亮越升越高，自树林上方随意地洒下清辉，将斑驳的白光印在地上。然而，在我正前方的树丛中，出现了一种色彩与之完全不同的亮光。这是一种炽热的红光，忽而暗淡，忽而明亮，像是篝火的余烬尚未完全熄灭。

我终于来到寨子所在的林中空地边上。包括木屋在内的部分全都笼罩在黑影中，但也被一道道银色的月光穿透，光与影交织在一起，就像是黑白相间的棋盘。在木屋的另一面，一大堆火已经烧得只剩下灰烬，反射出通红的光，与柔和恬淡的月光形成了强烈的对比。一个人影也没有，除了风声，一片寂静。

我停住脚步，心中十分疑惑，也许还有点儿害怕，我们怎么会点这么大的一堆火？船长不是下达命令要我们节约柴火吗？我开始隐隐担心，在我离开的这段时间是不是出了什么事。

我尽可能地躲在阴暗中，选择了一处最暗的地方小心地翻过栅栏。

为了确保安全，我趴在地上，用双手和膝盖悄无声息地爬向木屋。当我挨近木屋的时候，一下子就放下心来。打鼾声本来并不好听，在平日里我也时常抱怨别人打呼噜，但是此时此刻，听到我的同伴们一起在熟睡中发出这象征安宁的鼾声，我觉得这简直像是美妙的音乐。即便是夜航时值班的人报告"平安无事"的喊声，也没有这鼾声令人宽心。

不过，有一点是肯定的，那就是他们的警卫工作做得太差了。假如西尔弗那帮人现在发动突然袭击，他们肯定没有一个人能活下来。我认为这是船长负了伤的结果，于是我又一次深深自责，不该在人手短缺、几乎派不出人守夜的时候撇下他们，让大家面临这样的险境。

我慢慢爬到门口站了起来。屋里漆黑一片，什么都看不清。除了传来有规律的呼噜声外，似乎还有一种不寻常的响动，好像是某种鸟类在扑扇着翅膀或啄食。我百思不得其解。

我伸手摸索着走进木屋，打算不声不响地躺回自己的位置上，心中暗自得意，准备欣赏伙伴们明早发现我之后惊讶的表情。

我的脚绊在了一个软乎乎的东西上，那是一个熟睡的人的腿。他翻了个身，嘴里嘟囔了几句，但是没有醒来。

这时，黑暗里忽然响起一个尖锐刺耳的声音："八个里亚尔！八个里亚尔！八个里亚尔！八个里亚尔！"

这个刺耳的声音持续不断地叫着，既不停止，也不变调，如同一架机械的风车没完没了地转个没完。

天！这是"弗林特船长"——西尔弗的绿鹦鹉！我刚才听到的奇怪声音原来是它在啄一块树皮发出的。原来它是在放哨，而且执行得比任何人都要好。它就是用这样持续不断的重复来发出警报，告诉大家有不速之客到来。

我根本来不及反应到底发生了什么事，西尔弗的鹦鹉为什么会在这里，睡着的人就都被这刺耳的叫声惊醒了，他们一个接一个跳了起来。我听到西尔弗咒骂道："该死的，是谁？"

我转身想跑，但猛地撞到一个人身上，刚退回来，又撞到另一个人身上，那个人立即紧紧地把我抱住了。

"狄克，把火把拿过来，快！"西尔弗吩咐道。

我就这样被俘了。

有人跑出木屋，很快带回来一支火把。

第六部
西尔弗船长

第28章
身陷敌营

"那就送他进地狱！"摩根恶狠狠地说。

他拔出刀子向我冲来，就像血气方刚的二十岁小伙子那样激动。

　　燃烧的火把照亮了木屋，我所担心的最糟糕的局面此时正呈现在我面前。木屋已被海盗占领，所有的补给品——一桶白兰地、猪肉和干面包等——都放在老地方。没有见到一名俘虏，这是最令我惊惧的事。事已至此，我只能假定他们已全部遇害。我为自己没有与他们共同杀敌而受到良心的强烈谴责。

　　木屋里一共有六名海盗，除此之外，就再没有活着的了。有五个被突然从醉梦中惊醒，满脸通红，怒气冲天。第六个海盗用胳膊肘支撑起身子，面如死灰，血迹从缠在头上的绷带上渗出来，表明他受伤不久，而包扎伤口的时间则更近一些。昨天他们发动进攻时被击中后逃回树林里去的，可能就是这个人。

　　鹦鹉用嘴梳理着身上的羽毛，悠闲地蹲在高个儿约翰的肩膀上。西尔弗的脸色似乎比往常更加苍白，脸使劲儿绷着。他依旧穿着跟我们谈判时所穿的那套绒面礼服，但上面沾了不少泥，还被有刺灌木扯破了好几个地方，气派大打折扣。

"啊，"他说，"原来是吉姆·霍金斯呀！来拜访我们吗？好啊，热烈欢迎！"

他一屁股坐在白兰地桶上，开始往他的烟斗里装烟丝。

"狄克，帮我点个火。"他说。烟斗点着之后，他又说："行了，伙计，还是把火把好好地插在柴堆上吧。伙计们，你们可以躺下接着休息，不必站在那里迎接霍金斯先生，我想他是不会介意的，相信我。喂，我说，吉姆，"他吸了一口烟，"你能到这里来，可怜的老约翰感到很高兴，我第一次见到你就看出你是个机灵的小伙子。可是你这个时候来拜访，我真是摸不着头脑。"

我觉得自己还是沉默为好，便一言不发。他们把我推过去，叫我背靠着墙壁站着。我直视西尔弗的脸，脸上毫无惧色，但心里已经陷入了绝望。

西尔弗不动声色地吸了几口烟，又接着说起话来。

"吉姆，既然你已经来了，"他说，"我们就聊聊心里话。你知道，我一向很喜欢你，你是个脑子灵光的小伙子，就跟我年轻英俊的时候一模一样。我一直希望你能加入我们这一伙，找到财宝算你的一份，担保你一辈子吃穿不愁。现在你终于来了，我的好孩子。斯莫利特船长是一个真正的、优秀的航海家，我一直是这样说的，可是他太墨守成规了，他管得太严。他常说'尽职尽责'，这句话的确有道理。可是你竟然一个人逃走了，撇下你们受伤的船长。利夫西医生骂你是个'没良心的小流氓'，恨你恨得牙痒痒。你自己心里也应该清楚，你是不能再回到那边去了，因为他们不欢迎你。除非你自立门户，做个光杆司令，否则就得加入我西尔弗这一伙了，你别无选择。"

真是太好了，我的朋友们还活着。对于西尔弗的一番话，某些部分我还是相信的，比如他说医生他们对我的擅自离开大发雷霆。听他

这样说，我与其说感到难过，不如说更感到安慰。

"现在，你落到了我们手里，这不用我再强调了，"西尔弗继续讲下去，"我想你自己心中有数。我向来主张大家坐下来心平气和地讲道理，始终认为逼迫和威胁没什么好处。你要是愿意，就加入我们这边；要是不愿意，吉姆，你就尽可以回答不干，我绝对不会强求。我的朋友，要是哪个水手能说出比我更公道的话，我就不得好死！"

"你要我回答吗？"我颤抖着声音问。我觉得在这番富有捉弄意味的言语背后，隐藏着置我于死地的威胁。我浑身发烫，心怦怦直跳。

"孩子，"西尔弗说，"没有人强迫你。你自己琢磨琢磨，我们不催你。吉姆，你瞧，跟你在一起的时候总是愉快的。"

"好吧，"我说，胆子渐渐大了起来，"如果让我做出选择，那么我想我有权知道究竟发生了什么事，我的朋友们去哪儿了？你们为什么在这里？"

"你问发生了什么事？"一个海盗低声嘟囔着，"鬼才知道究竟发生了什么事！"

"吉姆可没有问你！给我闭上你那张臭嘴，朋友。"西尔弗凶狠地开口喝道。但是一转身，他就用先前那种文雅的语调对我说："是这样的，霍金斯先生，昨天早上利夫西医生举着白旗来找我们。他说：'西尔弗船长，船已经开走了，你们被扔到这座小岛上了。'是的，也许是趁我们饮酒作乐的时候，他们偷偷把船开走了。这是我们的失职，这一点我不否认。我们谁都没有发觉。听到利夫西医生的话，我们马上跑到海边一看，船果真不见了！这群傻瓜只知道干瞪着眼，那种傻样别提有多愚蠢了，我从来没见过比他们更愚蠢的家伙。医生提议说，既然如此，双方就一起谈谈条件吧。我跟他讲妥了条件：我们要住到寨子里来，补给品、白兰地、木屋，还有多亏你们受累劈好的柴，用我们的话说，一艘船从桅顶到龙头都要归我们所有。至于利夫西医生他们，我只知道已经搬离此地，至于现在在哪儿，我可不清楚。"

他又吸了几口烟，一副不紧不慢的样子。

"为了免得你误会条约中规定的'搬离此地'也包括你在内，"他继续说，"我可以把当时我们所讲的最后几句话告诉你。我问：'你们一共几个人离开？'利夫西医生说：'四个，其中一个受了伤。至于吉姆那个孩子，谁都不知道他跑到哪儿去了，我也不管他了。一想起他，我们就气不打一处来。'你瞧，医生亲口说的。"

"就是这些吗？"我问。

"能够说给你听的，就是这些了，我的孩子。"西尔弗答道。

"那么，我现在必须做出选择了，是不是？"

"当然，现在就决定。"西尔弗说。

"好吧。"我说，"我不是个傻瓜，还不至于不知道该如何选择。但是我不在乎，随便你们怎么处置。自从认识你们这帮人以后，我亲眼目睹了很多次死亡。不过，我有几件事要对你们讲。"我说，情绪开始越来越激动，"首先，你们现在的处境很糟糕，船不见了，财宝也找不到，人也失踪了，你们所面临的一切都糟糕透顶。如果你们想知道是谁干的——好吧，告诉你们，是我！是我在发现陆地的那天晚上躲在苹果桶里偷听到你——高个儿约翰，还有你的伙伴狄克·约翰逊，还有现在正躺在海底的汉兹的谈话，你们以为神不知鬼不觉，只一会儿工夫，我就把你们所说的每一句话都报告给了船长。至于'伊斯帕尼奥拉'号，也是我割断了锚索，把你们留在船上的人杀死，把船开到了你们谁都找不到的地方。实际上，应该是我来嘲笑你们，而不是你们来嘲笑我，这件事我一开始就占了绝对的优势。在我眼中，你们并不比一只令人讨厌的苍蝇更可怕，杀了我或者是放了我，随你们的便。只是现在，我要提一句：假如你们把我放了，那么将来你们因当过海盗受到审判时，我将尽我所能救你们的命。好了，现在该轮到你们做出选择了，是再杀一个，还是把我放了。杀了我对你们并没有任何好处，而放了我，则可以留下一个证人，让你们将来免受绞刑。"

我停下来喘了口气。由于情绪激动，我已经说得上气不接下气。使我感到惊讶的是，这帮海盗动也不动，就像一群绵羊，眼睛一眨不眨地盯着我。趁他们还没有回过神儿，我继续讲了下去。

"西尔弗先生，"我说，"我知道你是这里最聪明的人。万一我有个三长两短，还请你转告利夫西医生我是怎么死的。"

"我不会忘记的。"西尔弗回答。他的语调令人费解，我无法判断他是在嘲笑我提出的请求，还是被我的勇气打动了。

"我可以为他添上一件事，"一个红脸膛的老水手说。他姓摩根，我在高个儿约翰开在布里斯托尔码头上的酒店里见过他。"就是他认出了'黑狗'。"

"还有，"船上的厨子补充了一句，"我还可以再加上一件：从比尔·彭斯那儿弄走地图的就是他。总之，所有的事都坏在这个吉姆·霍金斯手里。"

"那就送他进地狱！"摩根恶狠狠地说。

他拔出刀子向我冲来，就像血气方刚的二十岁小伙子那样激动。

"站住！"西尔弗喝道，"你算老几，汤姆·摩根？你大概是把自己当成船长了吧？我要让你受个教训，让你知道我的厉害！胆敢跟我作对，我就把你送到很多人比你先去的地方。三十年来，凡是跟我过不去的人，不是被吊上帆桁顶，就是被扔到海里喂鲨鱼，还没有哪个人得了善终。汤姆·摩根，不信就走着瞧！"

摩根不吭声了，但是其他几个人不以为然。

"汤姆说得有理。"一个人说。

"我可不愿再受人摆布了,"另一个人接着说,"要是再让你牵着鼻子走,约翰·西尔弗,我宁愿被绞死。"

"诸位还有什么话要讲吗?"西尔弗咆哮起来,使劲儿向前倾着身子,右手抓着尚未熄灭的烟斗,"有什么话就痛痛快快地讲出来,你们又不是哑巴。要说话的,站出来!我活到这把年纪,难道到头来让一个酒囊饭袋在我面前吵吵嚷嚷?你们既然称自己为碰运气先生,那么就应该懂得这一行的规矩。我准备好了,有本事就把弯刀拔出来比试一番!虽然我只有一条腿,但我可以在一袋烟的工夫搞清楚他的五脏六腑是什么颜色的!"

没人动弹,也没人吭声。

"你们可真是有种,是不是?"他接着说,把烟斗重新叼在嘴上,"看看你们那副样子,连站出来较量一下都不敢。难道我说的英语你们听不懂吗?我是你们推选出来的船长。我之所以能够当船长,是因为我比你们高明得多,足足高出一海里。既然你们没有胆量像一个真正的碰运气先生那样跟我较量,那么就老老实实听我的!现在我要告诉你们,我喜欢这个孩子,到现在为止,我还没见有哪个孩子比他更聪明呢。他比你们更像是一个男子汉,你们这群胆小鬼中任何两个加起来都不如他。我倒是要看看,看谁敢动他一下,别怪我没有提醒你们。"

接着是长时间的沉默。我昂首挺胸地站在墙边,心依然像敲鼓似的咚咚直跳,但内心已经生出一线希望。西尔弗倚墙而坐,双臂抱在胸前,斜叼着烟斗,就像在教堂里一样平静。然而,我看到他的两只眼睛滴溜溜地乱转,始终用眼角的余光监视着那几个不驯服的同伙。那些海盗渐渐退到木屋的另一端,把头聚在一起,小声地交谈着。他们交头接耳的低语声像小河流水般汩汩地传到我的耳朵里。时不时地，他们一个接一个地抬头向我们这边看上一眼，每当这个时候，火把的红光就会把他们的脸孔照亮，有一两秒钟能看到他们紧张的表情。不过，他们的视线焦点不是我，而是西尔弗。

"你们好像是有什么话要讲，"西尔弗说着，向老远的空中啐了一口，"那么，就痛痛快快地说出来让我听听，否则就老老实实地闭嘴。"

"请原谅，先生，"一个海盗应声答道，"对于这一行的很多规矩，你经常不遵守，也许有些规矩你最好还是不要打破为好。大家早就对你不满了，我们可不是什么好欺负的人，我们有同其他船上的水手一样的权利——我就是敢实事求是地这样说。根据你自己定下的规矩，我们是可以聚在一起商议事情的。请你原谅，先生，我承认，到目前为止，你是我们的船长，但是我们要行使自己的权利，所以我们决定到外面去商量一下。"

这是个身材魁梧的家伙，是个三十四五岁的黄眼珠丑八怪。他向西尔弗敬了个很像样的水手礼，迈着沉着的脚步走出门去。紧接着，其余的几个家伙也跟着他离开，向外走去。每一个经过西尔弗身边的海盗都向他敬个礼，并招呼一声。"按规矩办事。"有的说。"去开个水手会。"摩根说。他们就这样你一句、我一句地走了出去，把我和西尔弗留在火把旁。

他们一离开，船上的厨子就立刻把烟斗从嘴里拿出来。

"听着，吉姆·霍金斯，"他用我勉强可以听到的声音急切地说道，"你现在性命攸关，尤其可怕的是可能会对你用刑，即便是你想死，也不让你痛痛快快地死。他们现在正合谋把我推翻。不过，你也看到了，我正在想尽办法保护你的安全。老实说，刚开始我并没有这个想法，但是你的一番话提醒了我。来到这座岛上，我碰上了一大堆倒霉事，难道到头来还得上绞架吗？这简直令人失望透顶。但我觉得你说的话很有道理。我告诉自己：'约翰，你替霍金斯说句公道话吧，要知道，将来霍金斯也会替你求情的。你们两个彼此是对方的最后一张牌了，约翰，将来有一天，他会帮你的忙的！今天你救了他这个证人，明天他自会帮你把脖子上的绞索拿掉！'"

我渐渐开始明白他的意图了。

"你是说——一切都完了吗？"我问。

"完了，彻底完了，老天做证！"他说，"船不见了，脑袋也保不住了，就是这么一回事。那天我向海湾一看，发现我们的船不见了，吉姆·霍金斯，尽管我不是个轻易服输的人，但我也立刻知道这下全完了。至于那群只知道喝酒的家伙，相信我，他们商量不出什么高明的计策，我会想尽办法把你从他们的手里救下来。但是你看，吉姆——你可不能恩将仇报——你绝对不能对不起我老约翰。"

我简直不敢相信自己的耳朵。这个不折不扣的老海盗，即便是那么希望渺茫的稻草，他也要捞一下。

"只要是我能做的，我一定做到。"我说。

"那就一言为定！"高个儿约翰高兴地说，"你就像个一言九鼎的男子汉。他妈的，我有机会活着离开这座岛了。"

他一瘸一拐地走到插在柴堆上的火把旁边，重新把他的烟斗点着。

"相信我，吉姆，"他回来后说，"我是个聪明人。现在，我已经站到乡绅那一边了。我知道你把船藏到了一个安全的地方，我不知道你是怎么做到的，但有一点可以肯定，那就是船是安全的。如果我没猜错的话，汉兹和奥布赖恩已经变成海上的浮尸了。他们有这样的结果，我也不觉得奇怪，因为我一直信不过这两个家伙。你记着：我什么问题都不问，我也不希望别人向我提问题。我知道自己这次输定了，我也知道你是个值得信赖的小伙子。啊，你还这么年轻，将来一定可以和我一起干出一番大事业来的。"

他到酒桶旁倒了些白兰地。

"你要不要尝两口，我的朋友？"他问。

我摇头谢绝了。

"那我就自己喝上一口，吉姆，"他说，"我需要提提神，唉，麻烦事还多着呢！说起麻烦事，吉姆，我倒想问问你：你知道利夫西医生为什么把那张地图给我吗？"

我惊讶得目瞪口呆，看得出这绝非做作。他明白我也毫不知情，再问也没有什么必要了。

"千真万确，他把地图给我了，"他说，"不过这里面一定有问题，这是毫无疑问的。但是，吉姆，是好是坏就不知道了。"

他又喝了一大口白兰地，使劲儿晃了晃他的大脑袋，脸上的神情好像是在说：未来肯定凶多吉少。

第29章
又一张黑券

> 他们像是一群发现了老鼠的猫，没命地扑过去，你争我夺，撕来扯去，两眼发红地抢着那张地图。听他们穷凶极恶地不断咒骂、呼喊和大笑，你也许以为他们不但已经发现了金银财宝，甚至已经稳稳地把它们装上船，扬帆返航了。

几个海盗商量了很久，其中一个才返回木屋提出借用一下火把，并再次向西尔弗敬了个礼——尽管看起来彬彬有礼，但在我看来颇有些讽刺意味。西尔弗没有丝毫犹豫，爽快地同意了，于是这个使者又走出门外，把我们两个留在漆黑的木屋中。

"要起风了，吉姆。"西尔弗说。现在，他对我的态度已经十分友好和亲昵。

我走到最近的一个射击孔向外看去，发现那一大堆篝火的余烬也烧得差不多了，我这才明白那几个海盗为什么要进来借火把。他们聚在木屋和栅栏之间的斜坡上——一个负责举火把，一个跪在几个人中间，手里拿着一把刀不知道在做些什么。我看见那把刀一会儿反射出月光，一会儿反射出火光。其他几个人则俯身看着他。在夜色中，我只能看到他手里还有一本书。我正在奇怪他怎么这会儿竟拿出如此不合时宜的东西，跪着的那个人已经站了起来。随后，他们几个人一起向木屋走来。

"他们回来了。"说完，我赶紧回到原来的位置，免得他们发现我在偷看，这将有损我的尊严。

"让他们来吧，孩子，让他们来吧，"西尔弗轻松地说，好像还带着几分愉悦，"我这里还留着一手对付他们呢。"

门开了，五个人挤在屋门口，把其中一个往前用力一推。那个人慢慢地走过来，每迈出一步都要迟疑一下，他的右手攥得紧紧的，保持向前伸出的状态，如果他出现在其他任何场合，你一定会觉得十分可笑。

"过来，伙计，"西尔弗喊道，"我又不会吃了你。把你手里的东西递过来，你这个傻大个儿。我懂规矩，从来不会为难使者。"

经他这么一说，那个海盗胆子大了一些。他加快脚步走上前来，把一件东西放在西尔弗的手中，然后迅速返回同伴的身边。

厨子低头看了一眼交给他的东西。

"黑券！果然不出我所料。"他说，"不过，你们是从哪里弄来的纸？天哪，糟了，你们闯下大祸了。这张纸是从《圣经》上裁下来的，到底是哪个浑蛋，竟敢糟蹋《圣经》？"

"哎呀，糟糕！"摩根说，"糟糕！瞧瞧我说什么来着？这事没什么好结果，被我说中了，是不是？"

"哼，这一定是你们刚才一起商量才决定的。"西尔弗继续说，"你们现在每一个人都会遭到报应，个个都会被送上绞架。《圣经》是哪个浑蛋的？"

"是狄克的。"一个海盗说。

"狄克，是你的？那就让狄克赶紧祷告吧。"西尔弗说，"这回狄克的好运算是到头了，千真万确。"

但是这时，那个黄眼珠的高个子插嘴了。

"别说那样的鬼话吓唬人，约翰·西尔弗，"他说，"把黑券给你是大家按规矩共同决定的，你也得按规矩把它翻过来看看到底写了些什么。看了你就知道了。"

"谢谢你，乔治，"厨子应道，"论办事，你一向干脆利落，而且我发现你把我们的规矩牢记在心，这让我感到很高兴。好吧，无论如何，我先看看这上面到底写了些什么？啊，'下台'，是这样吗？

"这字写得很漂亮，就像铅印的一样，我敢保证。乔治，这是你的笔迹，对吗？在这群人当中，你的确是出类拔萃的人才，接下来推举你当船长，我丝毫不觉得奇怪。等一下，火把再借我一用，可以吗？这烟斗吸起来不大通畅。"

"行了，"乔治说，"别再糊弄人了。你凭借各种花言巧语装尽了好人，可现在不顶用了。你还是从酒桶上下来，让我们重新投票选举。"

"我还以为你真懂规矩呢！"西尔弗轻蔑地说，"如果你不懂，那么我教你。不要忘了，我现在还是你们的船长。我要先听你们说出对我不满的理由，然后再给你们答复。眼下这张黑券是一文不值的。在这以后，咱们走着瞧。"

"哦，"乔治答道，"你无须担心，我们一切都会按照规矩来。第一个理由，这趟买卖之所以搞砸，都是因为你，若是你敢推卸责任，算是一条好汉；第二个理由，你平白无故地放走敌人，让他们从这个进得来出不去的鬼地方离开，我不知道他们为什么要离开，但事情明摆着，这正是他们所希望的，而你竟然成全了他们；第三个，你还阻止我们跟踪追击，我们算把你看透了，约翰·西尔弗，你想脚踏两只船；还有最后一条，你竟然包庇霍金斯。"

"还有其他的吗？"西尔弗沉着地问道。

"这就足够了，"乔治反唇相讥，"你这样乱来一气，我们大家都不会落得什么好下场，迟早得因为你而被绞死，在烈日下被晒成鱼干。"

"好吧，现在我来一一答复这四条。你说这趟买卖之所以搞砸，都是因为我，是不是？你们在一开始就知道我的打算，你们也知道，如果都按照我的打算去做，那么今天晚上我们早就回到'伊斯帕尼奥拉'号上了，一个人都不会死，稳稳当当的，而且我保证金银财宝多到能将船舱填满！可是，到底是谁坏了我们的事？是谁逼着我这个由你们选出来的船长提前动手？是谁在我们上岸的第一天就把黑券塞到我手里，弄了一出鬼把戏？啊，这出鬼把戏我还要跟着你们一起表演，还真像伦敦城外正法码头上，那些脖子上套着绳圈跳舞的水手玩的把戏。你们说，这到底是谁领的头？是安德森、汉兹，还有你乔治·梅里！在这帮只会惹是生非的家伙中间，只剩下你还没有掉到海里去喂鱼。要我说，这趟买卖之所以搞砸，就是坏在你们几个手上！而你这个该死的家伙，竟然还厚着脸皮想谋权篡位当船长。老天在上！没有比这更荒唐的事了！"

西尔弗停顿了一下，我从乔治和其他同伙的表情上可以看出，西尔弗的这番唇舌没有白费。

"这是第一条，"被大家指控的西尔弗激动起来，伸手抹了一把头上的汗，嗓门儿大得出奇，"老实告诉你们，跟你们这群蠢货说话，我简直觉得恶心。你们头脑愚笨，还不长记性，我真搞不懂你们的父亲和母亲怎么会对你们如此放心，竟然敢让你们到海上来做水手、碰运气！依我看，你们只配做个裁缝。"

"接着说，高个儿约翰，"摩根说，"还有另外几条。"

"啊，另外几条！"约翰愤愤地反驳，"好像罪名非常大，是不是？你们说这趟买卖搞砸了，天哪，假如你知道事情已经糟到什么地步的话，你们就会明白了！伙计们，我们离上绞架的日子不远了，一想起这个我的脖子就发硬。你们也许见识过：戴着锁链的犯人被绞死在半空中，巨大的飞鸟绕着尸体乱飞。其他的水手在涨潮出海时会指着尸体问：'那是谁？'有人会回答说：'那个，是约翰·西尔弗，我跟他很熟。'这时，挂在尸体上的锁链被风吹得叮当直响，直到船开到下一个浮标还听得清清楚楚。我们每一个人都是父母亲的亲生骨肉，为什么要落到如此悲惨的下场呢？这可都要感谢乔治·梅里，感谢汉兹，感谢安德森，还要感谢另外一些只知道干蠢事的笨蛋。你们要我答复有关这个孩子的第四条，那就说给你们听！对于我们来说，难道他不是一个很好的人质吗？我们为什么要白白杀掉一个人质？不，不能这么干，杀掉他简直是愚蠢透顶。照我说，他也许是我们最后的一线希望，很有可能，伙计们！还有第三条，是不是？这第三条确实值得我们谈一谈。现在，一位真正的大学毕业的医生每天来看你们，这件事你们给忘了吗？杰克，你的脑袋被打得开了花；还有你，乔治·梅里，每隔六小时就要打一次摆子，直到现在，两只眼睛还黄得跟柠檬皮似的。难道你们不再需要他了？有一艘船到时候会来把他们接走，也许你们没料到吧？告诉你们，的确有这么回事，而且用不了多久船就会来了，到那时，你们才会知道手里面有人质是多么好的一件事。至于第二条，你们责问我为什么要做这笔交易，这明明是你们跪在地上爬到我面前求我答应的。你们忘了自己当时的样子了？要不是我做了这笔交易，你们早就饿死了！但这还是小事。你们往这儿看，告诉你们，我做这笔交易到底是为了什么，就是为了这个！"

说着，他把一张纸扔在地板上。我一眼就认出那正是我在比尔·彭斯的箱子里发现的那个用油布包着的地图，上面有三个红色的"×"。我想破脑袋也不明白，医生怎么会把这张地图给了西尔弗。

但是，如果说这件事对我来说难以置信的话，那么，那帮海盗看到地图时的表情则更令我惊讶。他们像是一群发现了老鼠的猫，没命地扑过去，你争我夺，撕来扯去，两眼发红地抢着那张地图。听他们穷凶极恶地不断咒骂、呼喊和大笑，你也许以为他们不但已经发现了金银财宝，甚至已经稳稳地把它们装上船，扬帆返航了。

"啊，是的，"其中一个说，"这的确是弗林特的地图。瞧瞧这'杰·弗'两个字，还有下面的一条线和丁香结，这正是他签名时爱耍的花样！"

"得到了地图当然很好，"乔治说，"可是我们没有船，怎么运走金银财宝？"

西尔弗猛地跳了起来，用一只手撑住墙面，呵斥道："乔治，我可要警告你一句，你若再敢啰唆一句，我就跟你决斗！怎么运走？我怎么知道怎么运走？倒是应该问问你们——你和另外那些只会瞎嚷嚷的废物把我的船给弄丢了！不过话说回来，问你们也没用，蟑螂都比你们要聪明。要记住，说话要讲点儿礼貌，乔治·梅里，不要等我教你，别忘了我说的话。"

"这话有道理。"老摩根说。

"当然有道理，"厨子说，"你们把到手的船给弄丢了，而我找到了宝藏，究竟是谁更有本事？现在我宣布辞职，不干了！你们愿意推举谁就推举谁。我早就受够了。"

"西尔弗！"那些海盗齐声叫道，"我们永远听'烤全牲'的指挥！'烤全牲'永远是我们的船长！"

"这才像话！"厨子大声说，"乔治，我的朋友，看来你只好等下一届了。算你走运，我是个不记仇的人，对人怀恨在心可不是我一贯的做法。那么，伙计们，这黑券现在怎么办？没用了吧？狄克真是倒霉，就这样把他的《圣经》白白糟蹋了。"

"以后，我是不是还可以吻着这本书宣誓？"狄克嘟着嘴问。显然，他为自己招来的祸端感到惴惴不安。

"你把《圣经》的书页裁掉了，还想用它宣誓？"西尔弗表示这个想法十分可笑，"那当然不行了！这跟凭着唱歌的谱子起誓一样，完全不能算数。"

"不算数？"狄克忽然高兴起来，"那我还是要留着它。"

"吉姆，让你见识一下这个玩意儿。"西尔弗说着，把一小片纸扔给我。

这是一枚银币大小的圆纸片。一面是空白的，一面印有文字，因为它本是《圣经》的最后一页。在印有文字的那一面，是《启示录》的最后几节，我还在本葆将军旅店时，对其中一句印象特别深刻："城内无狗和杀人犯。"有铅印文字的这一面用炭涂过，染黑了我的手指头；空白的一面用炭写着"下台"两个字。多年以后，我始终保存着这件纪念品，但上面的字已无法辨认，只剩下一些像是指甲刮出来的痕迹。

这场风波到此算是告一段落。不久，每人痛饮一番之后，便老老实实地躺下来睡觉。西尔弗想出了一个报复的方法——派乔治·梅里到外面去站岗放哨，并扬言，万一有什么反叛的行为，就要了他的命。

我始终睡不着。老天在上，我确确实实有太多的事需要好好思考。我在想下午我在性命攸关的紧要关头杀死的那个人；我在琢磨西尔弗现在玩弄的狡诈手段：一方面，他把那些愚蠢的海盗控制在手里；另一方面，他又不遗余力地抓住任何一个机会保住自己的狗命，不管是木头还是稻草，他都要尽量捞一把。他自己倒是睡得十分安稳，呼噜打得震天响。可是，一想到他处于如此危险的境地，等待他的又是上绞架这么可耻的下场，尽管他是个十恶不赦的坏蛋，我还是替他感到难过。

第30章
君子一言

医生一个挨一个地给他们发药。这帮家伙在听医嘱时那种乖乖听话的样子简直可笑极了，根本不像是杀人不眨眼的野蛮海盗，更像是贫民小学的学生。

一个从树林边缘传来的清晰、爽朗的声音把我——应该说是我们大家——都惊醒了，我看到靠在门柱上打盹儿的岗哨猛地跳了起来。

"听着，木屋里的人，医生来了。"

真的是利夫西医生！听到他的声音，我虽然很高兴，但高兴里也掺杂着别的滋味。想到自己不辞而别，偷偷溜掉，我感到非常惭愧；再看看自己现在的处境，落入强盗手里，身陷危险之中，我简直觉得没脸见他。

想必天还没亮他就起身了，因为直到现在，天还没有大亮。我跑到射击孔前往外看，只见他站在齐膝的晨雾中，那情形就跟之前西尔弗前来谈判一样。

"是医生啊！早上好，先生。"西尔弗一下子清醒过来，满脸堆笑地招呼，"你可真好哇，俗话说，早起的鸟儿吃个饱。乔治，打起精神来，我的乖乖，去扶利夫西医生一把，帮他跨过栅栏。一切都

好，你的病人都很好，都活得挺快活。"

他把拐杖夹在腋下，一只手撑在木屋墙上，笑容满面地站在山头上说了这么一堆废话，声音表情、行为举止还是原来的高个儿约翰。

"我们还为你准备了一件意想不到的小礼物。"他接着说，"有一位小客人昨天拜访了我们，这位新乘客或者说是新房客，身强体壮、精神饱满，昨天夜里还跟老约翰并排躺在一起睡了一整宿呢，睡得可香哩！"

这时，利夫西医生已经翻过栅栏，走到离厨子很近的地方。听了西尔弗的话，他的声音都变了，问道："难道是吉姆？"

"正是吉姆·霍金斯，千真万确。"西尔弗说。

医生立刻停住，但一句话都没有说，过了几秒钟，他才又向前走了几步。

"好吧，"片刻之后，他终于开口说话，"我们先办正事，再叙友情，这话好像是你说的，西尔弗。我先去看看你的病人状况如何。"

他走进木屋，不带丝毫热情地向我点了点头，便直奔向病人。他看起来坦荡自如，尽管他自己十分清楚，身处这群视背信弃义为家常便饭的魔鬼中间，生命随时都会受到威胁。他跟病人轻松随意地闲聊，就好像是在给一户安分守己的人家看病。他的泰然举止大概是影响了那些人，他们也显得自在多了，就好像他还是随船的医生，而他们还是安分守己、忠心耿耿的水手。

"你的情况有所好转，我的朋友。"他对头上缠着绷带的那个强盗说，"你可真是幸运，这条命简直就是白白捡来的，你的头就像铁打的一般结实。怎么样？乔治，好点儿了吗？你的脸色还是很差，肝功能紊乱得厉害。吃药了吗？喂，伙计们，他吃没吃药？"

"吃了，吃了，先生，他真的吃了。"摩根连忙应声。

"瞧，自从我当上了海盗的医生——我看还是叫狱医更合适，"利夫西医生以一种极其幽默而又令人愉快的口吻说，"我就要努力保全你们每一个人的性命，并且把它看成是同自己的荣誉息息相关，以便将来有一天把你们交给乔治国王和绞架。"

那些匪徒面面相觑，这句击中他们要害的话最终被他们默默吞了下去。

"狄克有些不舒服，医生。"有一个人说。

"是吗？"医生问，"那么到这儿来，狄克，伸出舌头让我看一下。嗯，他要是舒服才怪呢，他的舌苔能把法国人吓晕。他也得了热病。"

"那是遭到了报应，"摩根说，"因为他把《圣经》弄坏了。"

"就因为——像你们所说的那样——蠢得像头驴，"医生反驳道，"你们竟然连新鲜空气和瘴气、干燥的土地和传播瘟疫的臭泥潭都区分不出来。我估计你们所有人可能都得了疟疾——当然，这仅仅是一种猜测。在彻底治好之前，有你们的苦头吃。你们在沼泽地里宿营，对吗？西尔弗，我真是怎么都想不通，在这伙人中你算是最有头脑的，可是你竟然连最起码的卫生常识都不懂。"

医生一个挨一个地给他们发药。这帮家伙在听医嘱时那种乖乖听话的样子简直可笑极了，根本不像是杀人不眨眼的野蛮海盗，更像是贫民小学的学生。

"好了，"医生说，"今天就到此为止。现在，希望你们能够同意我跟那个孩子说上几句话。"

说着，他漫不经心地向我这边摆了摆头。

乔治·梅里此时正在门口吞服一种难吃的药，在那里乱啐。一听到医生的这个请求，他立即转过身大嚷道："不行！"还习惯性地说了句咒骂的话。

西尔弗猛地狠狠拍了酒桶一下。

"你给我闭嘴！"他吼叫起来，并且环顾了一圈，像一头正在气头上的雄狮。"医生，"他接下来又用平静的语调说，"这一层我早就想到了，因为我知道你很喜欢这孩子。对你的善举，我们都感激不尽，你也看到了，我们都对你十分信任，你给的药我们都当成甜酒大口大口地喝了。我有办法安排好这件事，霍金斯，你能不能用人格担保，像个年轻绅士那样发誓——虽然你生在穷人家，还称得上是个正人君子——发誓不逃跑？"

我立刻做了保证。

"那好，医生，"西尔弗说，"请你到栅栏外面去。你先去外面，我再把这孩子带过去，你们可以隔着栅栏尽情地聊。再见，先生，请代我们向特里劳尼先生和斯莫利特船长问好。"

海盗们的不满情绪被西尔弗的疾言厉色勉强压制着，等医生一走出木屋，他们一下子就爆发了，七嘴八舌地指责西尔弗耍两面派，说他企图出卖同伙而为自己谋求生路。总之，他们说得很有道理，实际上一点儿都没有冤枉他。事情是如此明显，我实在想不出这一次他还能找到什么理由来拨转他们愤怒的矛头。但是那帮强盗毕竟脑子不及他的一半好使，再加上他昨夜所获得的胜利足以压住他们的气焰。他大声咒骂，说他们是傻瓜、笨蛋，反正各种各样的词都用遍了。最后他说阻止我同医生谈话是非常愚蠢的行为，还把地图拿出来，在他们面前扬了扬，责问他们，今天他们就要去挖掘宝藏，难道他们会在这个节骨眼儿上撕毁协议？

他十分自信地说："等到时机成熟，我们自然要毫不留情地撕毁协议，但是现在，我要把那位医生哄得团团转，哪怕用白兰地给他刷靴子，我也会毫不迟疑地弯下腰去！"

然后，他吩咐他们开始生火做饭，自己则一手挂着拐杖，一手搭在我的肩膀上，趾高气扬、大模大样地走出屋子，丝毫不管他们是什么反应。那几个人也只是一时无言以对，心里仍然很不服气。

"慢点儿走，小老弟，慢一点儿，"他悄悄对我说，"要是他们看见我们急匆匆地往外跑，会一下子不顾一切地扑过来的。"

于是我们不慌不忙地穿过沙地，迈着稳重的步子向等候在栅栏外的医生走去。我们一走到可以听见对方说话的范围，西尔弗就停下了脚步。

"医生，请你把这些都记下来，"他说，"那孩子会告诉你，我是怎么救了他的命，又是怎样差点儿被赶下台的。你尽可以相信我的话，医生，当一个人像我这样豁出命来孤注一掷的时候，很想听几句贴心的话，我想你一定能够谅解。你要注意，不仅是我一个人的命，现在连这个孩子的命都搭上了。医生，说句公道话，行行好，给我点儿希望，让我坚持下去。"

西尔弗背对着木屋里的同伙，就立刻像变了一个人——他声音颤抖，脸色发灰，没有人比他演得更好了。

"难道你害怕了吗，高个儿约翰？"利夫西医生问。

"医生，我约翰绝不是个胆小鬼！一点儿都算不上！"说着他打了响指，"如果我是胆小鬼，就不会这样说了。老实说，一想到上绞架，我总是控制不住地浑身发抖。你心地善良，而且信守诺言，我从来没有见过比你还要好心的人。我相信，我做过的好事你一定会牢记在心，就像我做过的坏事你也不会忘记一样。你看，我马上就退到一边，让你跟吉姆单独聊聊。请你把这一点也记上一笔，我可是真的尽力了呀！"

说完，他退后一段路，直到听不到我们的谈话，才在一段树桩上坐下来，开始看似漫不经心地吹口哨，并不时转动身子察看四周，一会儿看看我，一会儿看看医生，一会儿再看看那几个在沙地上晃来晃去的不安分的强盗——他们正努力点燃一堆火，并从屋子里拿出猪肉和面包干等，准备做早饭。

"唉，吉姆，"医生难过地说，"你又回到了这里。我的孩子，这可真是自作自受，我实在不忍心再说责怪你的话。但是，有句话我必须得说，不管你愿意不愿意听：斯莫利特船长没有受伤的时候，你不敢逃跑；等他受了伤，不能阻挡你的时候，你跑了。真的，只有不折不扣的懦夫才会这样做。"

我承认并哭了起来。

"利夫西医生，"我说，"你别再责怪我了，我早把自己骂了一千遍、一万遍了，反正我只有用我的生命才能补偿。这一次，若不是西尔弗护着我，我早就被那几个强盗处决了。医生，请你相信我，我并不怕死，再说也是活该，可是我怕受到酷刑，万一他们对我严刑拷打——"

"吉姆，"医生急忙把我打断，他的声音完全变了，"吉姆，我不能让你受到那种折磨。你快跳过来，我们两个一起逃跑。"

"医生，"我说，"我对西尔弗做了保证，我不能逃跑。"

"我知道，我知道，"他的情绪有些激动，"现在顾不了那些了，吉姆，快点儿跳过来，谴责和耻辱全部由我承担，我的孩子，我可不能让你跟那帮强盗待在一起。快跳，你稍稍一用力就跳出来了，我们可以跑得比羚羊还快。"

"不，"我回答说，"你明明知道，如果换作是你，你也不会这么做的，不仅是你，乡绅、船长都不愿意这样做，我也一样。西尔弗相信我不会逃走，我也保证过，所以我必须回去。可是医生，你刚刚没有听我把话说完——万一他们对我严刑拷打，我怕我会招出'伊斯帕尼奥拉'号在哪儿。我已经把船弄到手了，既靠运气，也冒了生命危险。我把船停在了北汊口的南滩，就在高潮线下边。潮水不大时，它就搁浅在岸滩上。"

“船！”医生惊呼。

我匆匆叙述了一番自己惊险的历程，他默默地听我讲完。

“就像是命中注定，”听我讲完后，利夫西医生说，“每一次都是你救了我们大家的命，难道你以为我们就这么让你牺牲自己的生命？绝对不会，我的孩子。你揭穿了敌人的阴谋，你遇见了本·冈恩——要知道，这是你一生中所做过的最大的好事，无论现在和将来，哪怕你活到九十岁都算。哦，对了，提起本·冈恩，他可真是个调皮捣蛋的家伙。西尔弗！”他叫了一声，等厨子走近后，他继续说，“西尔弗，我要奉劝你一句，不要急不可耐地去寻宝。”

“先生，我一定尽可能地向后推迟，可是只怕做不到。”西尔弗说，“请原谅，除非尽快带着那帮家伙去寻宝，否则我就无法救自己和这孩子的命。你要相信我说的。”

“好吧，西尔弗，”医生说，“既然如此，我索性再走得远点儿。你们快要找到宝藏时，可要提防喊叫声。”

“医生，”西尔弗说，“我认为这件事太不公平了。你们搬出了这个寨子，又出乎意料地把那张地图给了我，这整件事难免让人心生怀疑。我不知道你们到底打的什么主意，难道不是吗？我一无所知地闭着眼睛按你说的去做，可直到现在，连一句给我希望的话都听不到。这太过分了！如果你不说清楚这到底是怎么一回事，我可不干了。”

“不，”医生若有所思地说，“我没有权利告诉你更多。你知道，这不是我个人的秘密，否则我会全部告诉你的，西尔弗。我敢告诉你的也就这些了，甚至还多了些。船长一定会骂我的，我没说谎！不过，首先我要给你一些希望：西尔弗，如果我们都能活着离开这个鬼地方，我一定会尽全力救你，只要不做伪证。”

西尔弗一听，立刻笑逐颜开。

　　"好的，先生，我相信你不能再多说了。谢谢你，先生，即使是我的亲生母亲也不能给我比这更大的安慰了。"他兴奋地说。

　　"这是我要告诉你的第一点，这也是一种让步。"医生又说，"第二点，就是再给你一句忠告：让这个孩子待在你身边，寸步不能离开；如果需要帮助，你就喊我。现在，我就回去想办法救你们出去。西尔弗，到那时你就会明白，我是不是说到做到。吉姆，再会吧。"

　　说完，利夫西隔着栅栏跟我握了握手，向西尔弗点了点头，转身快步离开了。

第31章
猎宝记——弗林特的指针

当我和西尔弗也到达那里时，发现根本不是发现了什么宝藏。原来，在一棵非常高大的松树脚下，有一具死人骨架突兀地横在那里，骨架被绿色的蔓草紧紧缠住，有几块较小的骨头甚至被局部向上提起，地上残留着一些没有腐烂的破布条。我相信，在场的每一个人都不寒而栗。

"吉姆，"等到只剩下我们两个人的时候，西尔弗说，"如果说昨天我救了你一命，那么你今天也救了我的命，老约翰是不会忘记的。刚刚我看到医生招手叫你逃跑，我是用眼角的余光瞧见的；我看见你拒绝了，就向你跟我保证的一样。吉姆，在这件事上你做得真是个正人君子。自从上次的强攻失败后，我今天才第一次看到了一线希望，这应该感谢你。吉姆，现在我们不得不带着那帮家伙去寻宝，凭感觉我总觉得此行很危险，你和我必须相互依靠，相依为命。那样的话，即使再倒霉，也不至于掉脑袋。"

就在这时，火堆那边的一个人招呼我们过去，说是早饭已经准备好了。大家散坐在沙地上吃面包干和煎咸肉。那几个人点起的火堆大得能烤熟一头牛，现在火苗很高，只能从背风面靠近它，但是即使这样也得加倍小心。对食物，海盗们也是同样浪费，他们准备了超出食量三倍的饭菜。一个海盗疯疯癫癫地一边笑，一边把吃剩的东西全都扔进火里；这不寻常的燃料添加进火堆里，顿时烈焰冲天，噼啪乱响。在这以前，我从来没有见过这样的人，只过今天不想明天——这样形容他们简直再恰当不过了。像这样糟蹋食物、站岗时呼呼大睡，尽管他们能凭着一股蛮勇去打仗，但一旦遭遇挫折，我看他们根本应付不了持久战。

西尔弗让鹦鹉"弗林特船长"蹲在他的肩上，独自坐在一旁吃早饭。对于海盗们的行为，他一句话也没说，对他们的鲁莽妄动并不开口责骂。这使我感到很惊讶，因为他现在比以往任何时候都显得老谋深算。

"我说，伙计们，"他说，"有我'烤全牲'用这颗聪明的脑袋为你们考虑，你们可真是好福气。我已经把想要了解的一切都打听到了。船的确在他们手上，不过我现在还不知道藏船的确切地点；但是只要我们找到宝藏，拼了命搜遍整座岛，肯定会找到船的。伙计们，再说我们现在手上就有两只小船，凭这一点就占了上风。"

他就这样大肆鼓吹着，嘴里塞满了热的煎咸肉。他在用这样的办法燃起他们的希望，恢复众人对他的信任。我猜，他同时也是在给自己打气。

"至于这个人质，"他继续说，"我想这应该是他最后一次同他亲爱的伙伴谈话了。在这次谈话中，我听到了一些消息，说起来还得感谢他呢！现在事情已经过去了。我们去寻宝的时候，我要用一根绳子把他牢牢拴住，要像保护金子那样看牢他，不能叫他跑了，你们要把这一点给我记住了。只要船和宝藏都到了我们手里，伙计们就高高兴兴地回到海上去。到那个时候，我们再跟霍金斯先生算总账，对他所干下的好事，我们可要好好答谢。"

听了西尔弗的一番话，海盗们个个兴高采烈。可是我的心一下子沉到了谷底。假如他刚刚所说的计划可行的话，西尔弗，这个两面三刀的叛徒，必将毫不迟疑地照着干。也就是说，他至今还是脚踏两只船。毫无疑问，他更乐于同海盗们一起满载金银财宝逍遥法外，而他寄托在我们这边的希望则仅仅是将脖子上的绞索拿掉而已。

再说，即使事态进展顺利，逼得他不得不履行向利夫西医生所做的承诺，我和他的处境也十分危险。一旦他的强盗同伙证实了对他的怀疑，那么我和他将不得不拼死搏斗，以保全自己的性命。可是，他是一个瘸子，而我又是一个孩子，怎么打得过五个身强力壮的野蛮水手呢？

除了这双重的担忧，我的朋友们所采取的行动也始终令人费解：他们为什么会舍弃这个寨子？为什么要交出藏宝图？这些举动都不符合常理，也始终没有得到解释。我又想起利夫西医生对西尔弗发出的警告："你们快要找到宝藏时，可要提防喊叫声。"读者如果站在我的位置考虑一下，就很容易理解为什么我吃早饭时食不甘味，为什么我跟在海盗后面出发寻宝是那般心惊胆战。

假如有其他人在场，一定会看到一个奇特的场景：所有人都身穿满是泥土的水手服，除我以外，人人都全副武装。西尔弗一前一后挎着两支步枪，还有一把大弯刀悬在腰间，他的两只外套口袋里各放了一把手枪。除了这些，更加突出他奇特形象的是，他的肩头还蹲着鹦鹉"弗林特船长"，不时发出难听的声音，无意义地跟着水手学舌。一条绳子牢牢拴在我的腰间，我顺从地跟在厨子的后面。他要么腾出一只手紧紧抓住松散的绳子的另一端，要么用牙齿咬住不放。无论怎么看，我都像是一头被牵去表演的狗熊。

其他的人也都扛着各种各样的东西：有的人扛着铁锹和镐头——这是他们早先从"伊斯帕尼奥拉"号上搬来的工具；有的人扛着猪肉、面包干和白兰地，这是准备午饭时吃的。看得出来，这些东西都是我们之前储备在寨子里的。由此可见西尔弗昨天晚上说的是真话，如果不是他跟医生达成协议，他和他的同伙们在大船不见了以后，就只能靠喝凉水和打猎来填饱肚子了。没滋没味的凉水当然不符合他们的口味，而水手又往往不是好猎手。再说，水手们连饭都吃不上的时候，弹药自然也不会充裕。

全体就这样带着装备出发，甚至连脑袋开花的那个也走在队伍中，按道理来说，这样在烈日下行走肯定不利于他恢复健康。我们一行七人拖拖拉拉地来到了停有两只小船的岸边。小船里还留有海盗们纵酒胡闹的痕迹：其中一只座板被砸断了；两只小船都沾满了泥，船内进的水都没有舀干。出于安全考虑，我们决定把这两只小船都带走，于是我们分坐在两只小船上，向锚地底部划去。

途中海盗们针对地图上的标记发生了争执，因为上面的红色"×"画得太大了，无法确定准确的地点。而背面的文字说明又含含糊糊。读者也许还记得，上面写着如下几行字：

望远镜山的山肩上有一棵大树，方位东北偏北。

骷髅岛，东南偏东。

十英尺。

我们首先需要找到大树。在我们的前方，锚地被一片高约两百至三百英尺的台地①挡住了。台地的北端与望远镜山的南坡相接，向南则逐渐拱起，形成崎岖多石的后桅山。高矮不一的松树星罗棋布地点缀在台地的上面，那里随处可见某一棵四五十英尺高的不同种类的松树凌驾于其他树木之上。所以，弗林特船长所说的"大树"究竟是指哪一棵，只能等到达现场后用罗盘才能准确地测定。

①　台地指四周有陡坡、直立于邻近低地、顶面基本平坦似台状的地貌。

实际情况尽管如此，可是我们还没走到半路，小船上的每个人都认定了自己倾心的一棵树，不断地吵吵嚷嚷。只有高个儿约翰不加入争论，耸了耸肩，建议到了现场再做打算。

按照西尔弗的指令，我们省着力气划船，以免过早将体力消耗完。经过一段相当长的路程后，我们在第二条河——也就是从望远镜山树多的那面斜坡上流下来的那条——的河口处上了岸，并从那里向左拐弯，开始沿着山坡攀登台地。

一开始，泥泞难走的地面和杂乱的沼泽植物大大影响了我们的速度。但坡面逐渐趋于陡峭，脚下的土质趋于结实，树木变得高大稀疏。我们正在靠近整座海岛最迷人的地方。草地上到处都是香味浓郁的金雀花和开满了鲜花的灌木丛，一丛丛碧绿的肉豆蔻同躯干深红、树荫浓密的松树掩映成趣，两者的香气相得益彰，一个是醉人的芳香，一个是雅致的清香。此外，空气新鲜得令人精神一振，在炎炎的烈日下，这无疑是一种难得的清心剂。

行进途中，海盗们呈扇形散开，他们大声叫嚷，兴奋地蹿来跳去。西尔弗和我处于扇面的中心和偏后一点儿的位置——我被绳子拴住，紧随其后；他气喘吁吁地在又松又滑的砾石中开路。我时不时就得拉他一把，否则他肯定会失足跌下山崖。

我们大约走了半英里，马上就要到达台地坡顶时，走在最左面的那个人忽然大叫起来，好像受到了什么可怕的惊吓。他一声接一声地叫喊，惹得其他人纷纷向他那边跑去。

"他绝对不可能是发现了宝藏。"老摩根边说边从右边跑过去，从我们面前匆匆经过，"现在还没到山顶呢。"

确实，当我和西尔弗也到达那里时，发现根本不是发现了什么宝藏。原来，在一棵非常高大的松树脚下，有一具死人骨架突兀地横在那里，骨架被绿色的蔓草紧紧缠住，有几块较小的骨头甚至被局部向上提起，地上残留着一些没有腐烂的破布条。我相信，在场的每一个人都不寒而栗。

"他也是一个水手。"乔治·梅里说道。他的胆子要大一些，敢走上前去仔细察看衣服的碎片，"至少，他身上穿的是水手服。"

"嗯，的确，"西尔弗说，"十有八九是个水手，不可能有主教出现在这个地方。只不过，这副骨头架子的姿势可真是奇怪，一点儿都不自然。"

确实如此，再仔细一看，简直令人想象不出这个死人怎么会保持这个姿势。除了有几个小地方稍显凌乱以外——也许是啄食腐肉的大鸟或是缠住尸体的蔓草向上生长造成的——这个死去的人笔直地躺着，脚指向一个方向，手像跳水时那样举过头顶，正好指向相反的方向。

"伙伴们，我这个死脑筋看出点儿门道来了。"西尔弗说，"拿出罗盘，那边是骷髅岛的岬角尖，像一颗牙似的突出来。只要顺着这骨头架子的一条线测一下方位大概就明白了。"

于是大家取出罗盘，照西尔弗所说的测量了一番。尸体直直地指向骷髅岛那一边，罗盘测得的方位正是东南偏东。

"啊哈，果然被我料中了！"厨子高兴地叫了起来，"这骨头架子就是一根指针，从这里对准北极星，一定能够找到金光闪闪的财宝。只不过，一想到弗林特，我就禁不住感到透心凉。这肯定是他的鬼把戏，千真万确。当初他带了六个人一起上岸，结果他们全都被他杀了。看来，其中的一个被他拖到这里，放在用罗盘对准的位置上当指针用。我敢打赌，事情肯定是这样的！你们瞧，这长长的骨头、黄黄的头发，肯定是阿勒代斯！汤姆·摩根，你对阿勒代斯还有印象吧？"

"是的，"摩根回答，"他还欠了我一笔钱没有还呢！上岸时还把我的刀子拿走了。"

"刀子？"另一个海盗说，"可是为什么没发现他的身上有刀子？弗林特不会掏一个水手的口袋，也不可能被鸟叼走了呀！"

"这话说得有道理，没错儿！"西尔弗大声说。

"这里干干净净的，什么都没留下。"梅里一边说，一边还在骨头架子旁边搜寻，"一个铜板都没有，甚至连烟盒也没有。我总觉得有点儿不太对头。"

"的确是有些不对头，"西尔弗表示同意，"还叫人有些不太自在。你们说，乖乖！假如弗林特还活着，那这里就极有可能是你我的葬身之地。他们那时是六个人，我们现在也是六个人。可是那六个人如今只剩下一堆烂骨头了。"

"我亲眼看见弗林特死了，"摩根说，"是比尔带我进去的。我看见他躺在那儿，两只眼睛上各放了一枚一便士的铜币①。"

"死了，他当真死了，已经下了地狱。"头上缠着绷带的那个人说，"不过，假如真有鬼魂这东西出来游荡的话，那一定是弗林特的鬼魂。天哪，他临死前可是经过了好一阵折腾！"

"是的，确实是那样，"另一个说，"他一会儿暴跳如雷，一会儿吵着要喝朗姆酒，一会儿又唱起歌来。他这一辈子只唱过一首歌，就是《十五个汉子》。老实说，我从此以后就对那首歌恨之入骨。当时天气闷得慌，窗子大开着，我清楚地听到那水手调子从窗子里飘出来，那个时候死神已经来带他走了。"

"行了，行了，伙计们，"西尔弗说，"别再谈论那些事了。他已经死了，不会再活过来了，这是毋庸置疑。再说，至少在白天，鬼魂是不会出来游荡的，你们可以相信我的话。提心吊胆反倒容易被吓坏。走，我们搬金币去！"

---

① 当地习俗，在死者眼睛上放上硬币，以让其瞑目。

　　经他这么一说，海盗们又赶快出发了。但是，尽管是烈日炎炎的大白天，这帮家伙也不敢再独自乱跑，也不敢在林中大喊大叫，而是互相靠拢，一起向前走，甚至说话都屏住呼吸，压低了声音。他们对那个死去的海盗头子怕得要死，至今还心有余悸。

第32章
猎宝记——树丛中的叫喊声

> 那群海盗立刻吓得魂飞魄散，我从来没有看到一个人会被吓成这副模样。他们像是中了邪似的面如死灰，睁大眼睛，有的人霍地跳起来，有的人拼命抓住别人，摩根干脆趴在地上。

一方面是因为心慌腿软，一方面是因为一条腿的西尔弗和那些生病的海盗想休息一会儿，这一伙人刚登上台地的坡顶，就一屁股坐了下来。

台地稍微有些向西倾斜，因此，从我们歇脚的地方向两边都可以望得很远。在我们的前方，越过树梢可以望见波浪翻腾的森林岬角；在我们的后方，不仅可以看见锚地和骷髅岛，还可以看到沙尖嘴和东岸低地以外大片开阔的海面。在我们的头顶上方，高高耸立着望远镜山，有的地方长有几棵孤松，有的地方是黑黝黝的悬崖峭壁。大家沉默了一会儿，四周一片寂静，只有惊涛拍击礁石的轰鸣声从远处传来，还有一些昆虫在灌木丛中窸窣作响。举目四望，一个人都看不到，海上也空空如也，没有任何船行帆动，这空旷的景象令人备感孤独。

西尔弗用他的罗盘测了几个方位。

"从骷髅岛到那边的直线上，一共有三棵'大树'，"他说，"我认为地图上所说的'望远镜山的山肩',指的就是那块凹地。得到了这些信息,现在看来连三岁的孩子都能找到宝藏了。要我说,我们先在这里吃点儿饭再说。"

"我不想吃,"摩根嘟囔道,"一想起弗林特就什么胃口都没有。"

"是呀,我的乖乖,他死了对你来说可是件大好事。"

"他长得就是个魔鬼样儿,"第三个海盗一边说,一边打了个寒噤,"脸色从来都是铁青铁青的。"

"那都是喝朗姆酒喝的,"梅里插了一句,"铁青的脸。的确是那样,他的脸的确是铁青的。"

自从发现了那副骨架,又回忆起弗林特凶恶的样子,这群海盗不由得沉浸在往日的恐惧当中,说话的声音越发低沉,后来甚至变成了耳语,这倒是对树林的寂静没有造成什么干扰。突然,一个又尖又高的声音从我们前方的树丛中传过来,嗓音发颤地唱起那首我们早已熟悉的曲调:

> 十五个汉子扒着死人箱——
>
> 哟嗬嗬,朗姆酒一大瓶,快来尝!

那群海盗立刻吓得魂飞魄散,我从来没有看到一个人会被吓成这副模样。他们像是中了邪似的面如死灰,睁大眼睛,有的人霍地跳起来,有的人拼命抓住别人,摩根干脆趴在地上。

"啊,是弗林特,我的——"梅里失声大叫。

歌声戛然而止,如同开始时那般突然,几乎可以说是唱到一半被打断的,好像是突然被人紧紧捂住了嘴。天空蔚蓝,阳光普照,这首古老的调子穿过苍翠的树林,在我听来悠扬动听,因此更加无法理解他们怎么会如此害怕。

"走，"西尔弗的嘴唇几乎变成灰色，勉强才说出话来，"这样可不行，我们必须立即出发！这事太过古怪，虽然我听不出到底是谁唱的，可那一定是一个有血有肉的大活人，你们放心好了。"

他边说边鼓起了勇气，脸色也逐渐恢复正常。经他这么一安慰，其他的人也慢慢镇定下来。可是就在这时，那个声音又响了起来，但是这次不是唱歌，而是在远远的地方有气无力地呼喊，这呼喊声在望远镜山的山谷间激起凄厉的回声，令人毛骨悚然。

"达比·麦克-格劳！"那声音简直是凄惨无比的哀号——我只能用这两个字来形容它。"达比·麦克-格劳！达比·麦克-格劳！"就这样一遍又一遍，不断重复着。过了一会儿，声音略微抬高了一些："达比，拿朗姆酒来！"中间还夹杂着一句含混不清的脏话，我就不再重复了。

海盗们被吓呆了，好像脚底生了根，直愣愣地站在原地翻白眼。直到那个声音消失很久之后，他们还是失魂落魄地望着前方。

"这回没有什么可怀疑的了！"一个海盗心急火燎地说，"我们赶快离开这里吧。"

"我的上帝，这正是他临死之前说的最后一句话。"摩根呻吟道，"我记得清清楚楚。"

狄克慌忙取出他的那本《圣经》，念念有词地祷告起来。在当水手和交上这帮坏朋友之前，狄克受过良好的教育。

然而，西尔弗没有被吓住。我听见他的牙齿上下打战，但最终并没有屈服。

"除了我们这几个人，"他自言自语道，"在这座岛上没有谁听说过有达比这个人啊。"接着，他尽量抖擞起精神，叫了一声："伙计们！我是来寻找金银财宝的，不管有没有鬼魂，我都不会被吓跑！即使是在弗林特活着的时候，我也没有怕过他。现在即便是他的鬼魂出来晃荡，我也不怕！朋友们，就在离这里不到四分之一英里的地方，埋着价值七十万英镑的财宝。身为海盗，我们怎么能够扔下如此多的财宝不顾，而掉头逃跑呢？难道只是因为害怕一个在海上讨生活的、铁青色脸孔的老醉鬼？更何况他早已经死了？"

然而，他的同伙依然没能重振旗鼓；相反，他用如此不敬的语言侮辱死者，令那几个人更加恐慌了。

"行了，约翰！"梅里说，"千万别得罪鬼魂。"

其余的几个人大气不敢出，一句话都说不出来。要是他们敢动，早就各自逃跑了；但是出于恐惧，他们不敢各奔东西，而是都向约翰靠拢过来，好像他的胆量能够帮助他们克服恐惧似的。西尔弗已经在某种程度上克服了内心的恐惧。

"鬼魂？也许是吧。"他说，"但是我不明白，这个声音怎么会有回声呢？鬼魂是没有影子的，对不对？好，那么我倒很想知道，鬼魂叫怎么会有回声呢？这难道正常吗？"

实际上，在我看来这个结论根本站不住脚，但是你无法理解迷信的人的逻辑，你也不知道什么样的话会打动他们。使我惊奇的是，乔治·梅里居然开始相信了。

"对，这话说得有道理。"他说，"高个儿约翰，你肩膀上长的那个东西确实是脑袋，没错儿。走吧，伙计们！我看刚才大家全都想歪了。现在想想，那个声音的确是有那么一点儿像弗林特，我承认，但并不完全一样。说起来，好像与另外一个人的声音更相似，更像——"

"对了，更像是本·冈恩的声音！"西尔弗叫了起来。

"对，就是他！"一直趴在地上的摩根一下子用膝盖撑起身体，"那正是本·冈恩的声音！"

"可是，这又有什么区别呢？"狄克问道，"本·冈恩也死了，和弗林特一样。他的鬼魂你们就不害怕了吗？"

但是，见多识广的老水手觉得他的问题可笑极了。

"谁会把本·冈恩放在眼里呢？"梅里说，"不管他是死是活，都没有人怕他。"

说来也怪，他们个个又马上恢复了常态，脸上也有了血色。没几分钟，他们又七嘴八舌地谈开了，偶尔停下来侧耳听听。就这样又过了一段时间，他们再没有听到什么动静，就扛起工具再次出发。梅里走在队伍的最前面，用西尔弗的罗盘测量方位，以保证他们前进的方向始终与骷髅岛成一条直线。看来，他说的是实情：不管本·冈恩是死是活，都没有人把他放在眼里。

只有狄克仍然捧着他那本《圣经》，一边走一边小心翼翼地四处张望。但没有人同情他，西尔弗甚至还嘲笑他疑神疑鬼、胆小如鼠。

"狄克，我之前说过，"他说，"《圣经》已经被你弄坏了，你拿着它祷告根本不顶用，鬼魂难道还会怕一本弄坏了的《圣经》？根本不可能！"他拄着拐杖暂时停了下来，用他粗大的手打了个响指。

但狄克已经无法再平静下来，很快我便发现，这个家伙病得不轻。利夫西医生曾断言他得了热病，再加上酷暑、疲惫和恐惧的交互作用，他的体温急剧升高。

台地上地势开阔，树木稀疏，行走起来十分方便。刚才我说过，台地稍微有些朝西倾斜，所以我们走的大部分都是下坡路。大大小小的松树间隔很远，甚至在一丛丛的肉豆蔻和杜鹃花之间也有大片空地暴晒于烈日之下。我们这样朝西北方向横穿小岛，一方面离望远镜山的肩膀越来越近，另一方面也将我不久前坐着颠簸的小船经过的西海湾看得越来越清楚。

我们来到一棵大树下，经过测量，证明方位错误，不是这一棵。接着，又排除了第二棵。第三棵松树耸立于一簇矮树丛中，几乎有两百英尺高。它完全可以称得上是植物中的一个巨人，深红色的树干大如房屋；绿荫如盖，几乎可以遮得住一个连的士兵在此演习。在东西两岸都可以清晰地望见这棵树，作为航标画在地图上十分合理。

当然，他们对于这棵树有多高大并不感兴趣，他们只关注在那宽阔的松荫下埋藏着的七十万英镑的金银财宝。他们越靠近那棵树，就越干净利落地将先前的恐惧遗忘，所有的想法都被发财的念头吞噬了。他们个个瞪着血红的眼睛，脚步变得又轻又快；他们的全部心思都倾注在那批宝藏上，向往着、等待着他们每个人的好运——一辈子逍遥法外、花天酒地。

西尔弗嘴里不知嘟囔着什么，一瘸一拐地拼命朝前走，他的鼻孔由于激动张得大大的，不住地翕动着。当苍蝇落在他那涨红的满是汗水的脸上时，他如同一个疯子一般歇斯底里地破口大骂。他猛拉猛拽地扯过拴住我的那根绳子，并不时回过头来恶狠狠地瞪着我。我看得清清楚楚，他已经没有耐心再在我面前掩饰自己。财宝马上就要出现在眼前，其余的一切都被抛到了脑后，医生的警告和他自己的承诺，早已成过眼云烟，不值一提。我确信他一定想要迅速挖到宝藏，趁着天黑找到"伊斯帕尼奥拉"号，然后再把他的绊脚石全部杀死在岛上，满载着邪恶和金银扬帆出海——这正是他最初的设想和意愿。

我忧心忡忡，也很难跟上海盗们飞快的步伐。我一跌跌撞撞，西尔弗就恶狠狠地拽一下绳子，充满杀机地瞪着我。落在我们后面的是狄克，他嘴里依旧念念有词，有时候，咒骂和祷告被他夹杂在一起，看起来，他烧得越来越厉害了。这也加剧了我的痛苦，当年发生在这片台地上的一幕幕惨剧死死地缠住了我。我仿佛看到那个恶贯满盈的青脸海盗（后来他死在萨凡纳，死时还唱着歌，嚷着要酒喝），在这附近亲手杀死了他的六个伙伴。这片树林如今如此安静，当年想必回荡着一阵又一阵的惨叫声。想到这里，我觉得我又听到了那凄

惨的回响。

不知不觉，我们已经来到了树林的边缘地带。

"伙计们，快一点儿，都跟上来！"梅里大喊一声，走在前头的人拼命向前跑去。

可是，还没有跑出十码远，我们就看见他们突然停住了脚步。他们发出一阵惊呼，声音由弱转强。西尔弗拄着拐杖加快步伐，疯了似的飞奔上前。到了那里，他和我也都停下脚步，呆住了。

出现在我们面前的是一个很大的土坑，看起来不像是新挖的，因为坑壁已经塌陷，坑底也已经长满了矮矮的青草。一把断成两截的镐柄不知被谁扔在了土坑底部，旁边还有一些货箱的破木板。我看到其中一块木板上用烙铁烫着"海象"号的字样——"海象"号他的身上是弗林特的船名。

任谁都一望便知，宝藏已经被别人发现并劫掠一空了，那七十万英镑的财宝早已不翼而飞。

第33章
首领被推下宝座

> 我们就这样对峙着，中间隔着土坑——一边是两个人，另一边是五个人，任何一方都不敢轻举妄动。西尔弗拄着拐杖直挺挺地站在那儿，一动不动地注视着他们，好像比平时还要镇定。他确实有些胆量，这一点不可否认。

无比狂热的希望顷刻落了空，世上再没有比这更让人失望的事了。那六个人仿佛突然遭到雷击，一下子都垮了。只有西尔弗马上从这无比沉重的打击中清醒过来。刚才，他像是一个参加赛马的骑师，一心一意地只想全速向财宝冲刺，可是等走到跟前，发现此路不通。他的头脑依然沉着冷静，在别人还没意识到这一切已经化为泡影之前，他已经及时更改了他的作战计划。

"吉姆，"他悄悄对我说，"把这个拿去，准备应付快要发生的叛乱。"

说着，他递给我一把双筒手枪。

与此同时，他假装若无其事地向北走了几步，让土坑横亘在我俩和那五个人之间。紧接着他对我点头示意，意思是："形势危急。"——实际上，这一点我已经意识到了。现在，他的目光充满友善，之前恶狠狠的眼神不见了。对于他这种反复无常的卑鄙做法，我感到十分反感，竟忍不住嘀咕了一句："这回你又变卦啦。"

他还没有来得及回答我的话，那些海盗连骂带叫地一个接一个跳下坑去，用手拼命扒土，又抓起木板向旁边乱扔一气。摩根找到了一枚价值两基尼的金币，海盗们把它在手里传来传去，盯了足有十几秒。

"两基尼！"梅里突然举起金币向西尔弗咆哮起来，"这就是你说的七十万英镑的财宝吗？你不是最会做交易的老手吗？你是个只会把一切搞砸的蠢货！"

"继续挖吧，伙计们，"西尔弗厚颜无耻地开始冷嘲热讽，"再努力一点儿，也许你们还能挖出两颗花生呢。"

"花生？"梅里尖声大叫，"伙计们，你们听见没有？我告诉你们，这个阴险的家伙早就心里有数了，瞧瞧他那张脸，上面写得清清楚楚。"

"啊，梅里，"西尔弗挖苦道，"又准备当船长了吗？可真是够努力，没说的。"

但是这一次，所有人都站到了梅里这一边，他们开始拼命地从土坑内往外爬，凶狠的怒火从眼里喷射出来，狠狠地回头瞪着我们。我发现对我们有利的一点——他们全部爬到了西尔弗的对面。

我们就这样对峙着，中间隔着土坑——一边是两个人，另一边是五个人，任何一方都不敢轻举妄动。西尔弗拄着拐杖直挺挺地站在那儿，一动不动地注视着他们，好像比平时还要镇定。他确实有些胆量，这一点不可否认。

僵持了一会儿，梅里似乎想用一番话来打破这种局面。

"伙计们，"他大声说，"他们那一边只有两个人：一个是行动不便的老瘸鬼，就是他把我们骗到这里上了这么大的一个当；另一个是个年纪轻轻的小杂种，我早就想把他的心挖出来了。现在，伙

计们——"

　　他扬起胳膊，大声呼喊，显然是准备带头发动攻击。但是就在这时，只听得"乒！乒！乒！"三声——从矮树丛后面闪出三道火光。梅里中了枪，一头栽进了土坑里；头上缠着绷带的那个家伙像只陀螺似的转了个圈，也直挺挺地掉下坑去，手脚抽动了几下后就一命呜呼了。见此情景，其余三个海盗掉头就跑。

　　高个儿约翰趁机将手枪对准还在土坑里挣扎的梅里，双筒齐响。梅里在断气前翻起眼睛使劲儿瞪着他。

　　"乔治，"西尔弗说，"我们之间现在才算清了账。"

　　这时，利夫西医生、葛雷和本·冈恩从肉豆蔻丛中向我们跑来，手上的枪还冒着白烟。

　　"快追！"医生喊道，"快，快点儿，伙伴们！我们必须赶在他们前头把小船夺过来。"

　　于是我们一齐快速地向海边奔去，不时在齐胸高的灌木丛中开路前进。

　　西尔弗拼了老命想跟上我们。他拄着拐杖一蹦一跳地向前跑，简直快要把胸前的肌肉给撕裂了。医生认为，如此剧烈的运动，即使是没有任何残疾的正常人也受不了。即便如此，当我们到达台地的坡顶时，他还是落在我们后面大约三十码远，而且已经上气不接下气。

　　"医生，"他喊道，"看那边！不用急！"

　　的确不用再着急了。在台地比较开阔的地方，我们看见那三个幸存者还在朝他们刚开始拔腿就跑的方向直奔后桅山，而我们已处于他们和小船之间。于是我们四人坐下来大口喘着气，高个儿约翰一边抹着脸上的汗，一边慢慢走过来。

　　"发自内心地感谢你，医生，"他说，"你来得正是时候，救了我和霍金斯的命。啊，是你呀，本·冈恩？"他说，"你可真是好样的。"

"是的，我是本·冈恩。"这个被放荒滩的水手窘迫地答道，身子扭得像条黄鳝似的，"你还好吗，西尔弗先生？"隔了许久，他才憋出一句，"想来一直不错。"

"本·冈恩啊本·冈恩，"西尔弗不断地重复道，"没想到是你干的好事。"

医生派葛雷回去将几个海盗逃跑时扔下的镐头拿一把来。然后我们就不慌不忙地走下山坡，向停小船的地方走去。一路上，医生简明扼要地把最近发生的事叙述了一遍，这引起了西尔弗的浓厚兴趣。这一次，从头到尾扮演主要角色的就是本·冈恩这个被放荒滩的傻瓜。

长期在岛上流浪的本·冈恩无意中发现了那具尸骨，并把他的东西全部搜掠一空。发现藏宝地的也是他。他把那些金银财宝慢慢地都挖了出来——土坑里的镐头断柄就是他留下的，并把财宝从大松树下一点点地搬到了海岛东北角双峰山上的一个洞穴里。他不知一共搬了多少趟，终于在"伊斯帕尼奥拉"号抵达的前两个月，安全地把所有的宝藏都运到了那里。

在海盗们发动攻击的那个下午，利夫西医生便从本·冈恩口中套出了这些秘密。但是第二天早晨，医生发现"伊斯帕尼奥拉"号失踪了，便去找西尔弗，把那张已经毫无用处的废地图给了他，补给品也附送给他——因为本·冈恩在洞穴里贮存了大量他自己腌制的山羊肉，所以医生他们不担心食物问题——总之，把木屋里的一切都给了西尔弗，以换取安全撤离寨子的机会。他们避开了容易感染热病的沼泽地，向双峰山转移，同时这样也利于看管财宝。

"对于你，吉姆，"利夫西医生说，"我始终放心不下。但是，我必须首先为那些坚守在岗位上的人着想。既然你自己没有做到这一点，也不能怨恨别人，对不对？"

今天早上他到寨子里给海盗们看病的时候发现，原本打算让那帮海盗空欢喜一场的圈套把我给卷了进去。他便急忙跑回洞穴，留下乡绅照料船长，自己带领葛雷和放荒滩的水手本·冈恩，三个人按对角线斜穿过全岛，直奔大松树方向。但是不久，他就发现西尔弗这一队已经走在他们的前头，于是他们便派飞毛腿本·冈恩到前面去设法牵制，拖延海盗们的时间。本·冈恩想出了一个好办法：利用他过去的同船伙伴十分迷信这一点来假扮鬼魂吓唬他们。这一招十分有效，使葛雷和医生在海盗抵达之前及时赶到大松树附近，并预先埋伏下来。

"我的上帝，"西尔弗说，"幸亏有霍金斯在我身边。否则，即使老约翰被他们碎尸万段，你也不会眨一下眼睛的，医生。"

"当然。"利夫西医生爽朗地回答。

这时，我们来到了停小船的地方。医生用镐头把其中一只砸毁，以免它再被海盗夺去。我们所有的人登上另一只，准备从海上绕到北汊去。

这段路程有八九英里远。西尔弗尽管已经累得半死，但还是和我们大家一样拼命划桨。没多久，我们便划出海峡，绕过岛的东南角——四天前我们曾拖着"伊斯帕尼奥拉"号经过那里进入海峡。我们挥动船桨，在平静的海面上划得飞快。

经过双峰山时，我们可以远远看到本·冈恩的山洞洞口，还看到有一个人守卫在洞口边——那是特里劳尼先生。我们高兴地向他挥手致意，并高声欢呼三声，其中西尔弗喊得特别卖力。

又划了三英里左右，刚进北汊的入口，我们就看到"伊斯帕尼奥拉"号在自动漂流。潮水把它冲离了浅滩。要是风大或者像南锚地那样有强大的潮流，我们也许就再也找不到它了，或者发现它触了礁，再也无法使用。而现在，除了一面主帆之外，其余部位并没有重大的损伤。我们取来另一只锚抛入一英寻半深的水中，然后坐小船折回最靠近本·冈恩的藏宝洞的朗姆酒湾。到那里之后，再由葛雷单枪匹马地划着小船返回"伊斯帕尼奥拉"号所在的位置，今天晚上由他看船守夜。

从岸边走到洞口要经过一段比较平坦的斜坡。特里劳尼先生站在坡顶上等我们。见到我，他亲切和蔼地问候，只字不提有关我逃跑的任何事，既不责骂，也不赞赏。当西尔弗走到他面前恭恭敬敬地行礼时，他一下子气得涨红了脸。

"约翰·西尔弗，"他说，"你这个大坏蛋、十恶不赦的大骗子。他们要我不对你提出控告。好吧，那我就放你一马。可是，先生，害死了那么多人，你难道就心安理得，不觉得良心受到了谴责吗？"

"衷心感谢你，先生。"高个儿约翰答道，又彬彬有礼地敬了个礼。

"不需要你感谢我！"乡绅喝住他，"我已违背了我应尽的责任，滚下去！"

然后，我们走进了本·冈恩的洞穴。这是个既宽敞又通风的地方，有一小股清泉流入围着蕨草的池子。地上都是沙子。受了伤的斯莫利特船长躺在一个大火堆前；一跳一跳的火光照到远处的一个角落——那里有成堆的金币、银币和架成四边形的金条。这就是我们万里迢迢、千辛万苦来寻找的弗林特船长的宝藏，为了它，"伊斯帕尼奥拉"号上已经有十七个人丢了性命。在积攒这些财宝的过程中，有多少人流过血和泪，有多少艘大船被击沉海底，有多少勇敢的人被逼着蒙住眼睛走板子，然后一头栽进深不可测的海水中，有多少次炮弹呼啸而过，有多少耻辱、欺诈和残暴的行为，恐怕没有一个活着的人能够讲清楚。在这座岛上，还有三个人曾经亲身参与了这些罪行——西尔弗、老摩根和本·冈恩，而且，他们每个人都曾幻想从中分得一份。

"啊，吉姆，快进来，"船长见到我，说，"从某种意义上讲，你是个好孩子，吉姆。但是我绝对不会再带你出海了。你简直就是一个

天生的宠儿，我可受不了。哦，是你呀，约翰·西尔弗，是什么风把你给吹来啦？"

"我回来履行我厨子的职责，先生。"西尔弗答道。

船长"啊"了一声，之后再也没有说什么。

这天晚上，我和朋友们一起吃了一顿丰盛美味的晚餐。有本·冈恩的腌羊肉，再加上其他好菜，还有从"伊斯帕尼奥拉"号上拿来的一瓶陈年葡萄酒，味道简直妙极了。那天晚上，我相信没有谁比我们更幸福、更快活了。西尔弗在我们的身后，坐在火光几乎照不到的阴影里，但是他吃得很卖力。倘若谁说一句需要什么东西，他就立刻跑去取来；我们开怀大笑，他也尽量凑热闹——总之，他又变成了航海途中那个爱献殷勤、对人恭恭敬敬的厨子。

第34章
尾声

　　最后，他们发现船并没有停下来的意思，而且越走越远，眼看就要听不到喊声了，其中一个——我不知道是哪一个——便一跃而起，狂叫着举枪便放。嗖的一声，一发子弹从西尔弗的头顶飞过，把主帆打了个洞。

　　第二天一大早，我们便开始忙活起来，因为有那么多金银财宝需要运到"伊斯帕尼奥拉"号上去。我们首先要在陆地上走将近一英里，然后再划着小船走上三英里的水路到大船上去。这工作可真够我们忙的，因为毕竟只有这么几个人。

　　我们并不会太担忧至今还在岛上的三个海盗，只要在山顶安置一名岗哨，就可以确保我们不会遭到他们的突袭。更何况，他们应该也早已尝够了厮杀的滋味。

　　由于没有外来的干扰，我们的工作进展得很快。葛雷和本·冈恩划着小船不断往返于朗姆酒湾与"伊斯帕尼奥拉"号之间，其余的人负责把财宝往岸边堆。两锭金条用绳子捆了，一前一后搭在肩头，就够一个大人走一趟的，而且只能放缓速度慢慢地走。由于我力气最小，扛不了多少东西，就被留在洞穴里负责把钱币装进面包袋。

这些钱币五花八门，就跟比尔·彭斯箱子里的一样，各式各样的都有。不过，这里的钱币面值要大得多，种类也更多。我觉得分类整理这些钱币是一件莫大的乐事。其中有英国的金基尼和双基尼、法国的金路易、西班牙的杜布龙、葡萄牙的姆瓦多、威尼斯的塞肯；有最近一百年欧洲各国君主的头像；有样式各异的东方货币，上面的图案像是一缕缕的细绳，又像是一张张的蛛网，有圆的，也有方的，还有中间带孔的，好像可以穿起来挂在脖子上。看起来，好像世界上的每一种货币都被这帮强盗搜罗到了。至于数量，我觉得跟秋天的落叶一样多，数也数不清，因为我一天到晚弯着腰，手不断地整理着，每天都感到疲惫不堪。

就这样，我们一天又一天地继续此项工作，每天都有一大笔财宝被运上船，而每天晚上，洞穴里都有一大笔财宝等待第二天继续装载。在这段时间内，我们没有听到关于那三个幸存的海盗的任何消息。

最后那几天，大概是倒数第三天晚上，利夫西医生和我信步登上一座小山丘，在山顶可以向下看到岛上的低地。这时，从黑糊糊的山下吹来一阵风，随着风声传来了不知是尖叫还是歌声的聒噪声。我们只是听到了一小段，紧接着便恢复了原来的寂静。

"啊，愿上帝宽恕他们，"医生说，"是那三个海盗！"

"他们全都喝醉了，先生。"西尔弗在我们身后插了一句。

关于西尔弗，可以说他现在自由自在。尽管每天都受到大家的冷遇，但他始终认为自己是一个得到特殊待遇的朋友和随从。大家都不愿意搭理他，他却毫不在意，总是满脸堆笑、低三下四地讨好每一个人，并不因为受尽冷眼而灰心，这种本领可真是无人能及。然而，我估计大家对待他并不比对待一条狗更客气，只有本·冈恩除外，因为这位被放荒滩的水手对昔日的舵手至今仍害怕得要命。此外还有我，在某种程度上我确实应该感谢他，尽管我也有更多的理由比任何人更恨他，因为我曾目睹他在台地上策划新的计谋，打算把我出卖。由此可知，为什么医生在回答他的时候那样不客气。

"喝醉？恐怕是在说胡话吧。"医生说。

"没错儿，先生。"西尔弗连忙附和道，"不过不管他们是喝醉还是说胡话，反正跟我们都没有关系了。"

"西尔弗先生，你大概未必要我承认你是一个有心肝的人，"医生发出一声冷笑，说，"所以也许你会对我的想法感到惊奇或者不可思议。如果我能够肯定他们是在说胡话——我敢保证他们中至少有一个人在发着高烧——不管遇到多大的危险，我也一定要离开营地去给他们看病，去尽我做医生的职责。"

"先生，请恕我直言，如果你真的打算这样做，肯定会酿成大祸的，"西尔弗说，"你将会为此送命，这一点一定要相信我。现在，我是与你们并肩而战的关系，我不愿意看到我方的力量被削弱，更不愿意听到你遇到不测的消息。要知道，你对我称得上是恩比天高呀。可是你要知道，山下的那几个家伙可是言而无信、出尔反尔的，更何况他们根本不会相信你是讲信义的。"

"这倒是真的，"医生说，"你是个说话算数的人，这一点我们知道。"

关于那三个海盗，这便是这段时间我们得知的与他们有关的最后消息。只有一次，我们听到远处传来一声枪响，猜测这几个人是在打猎。经过商议，我们决定只得把他们留在这座岛上，带他们上船实在太过危险。这个决定得到了本·冈恩和葛雷的坚决拥护。我们留下了非常多的弹药、一大堆腌羊肉、一些药品以及其他生活必需品，如工具、衣服、一张多余的帆和十英尺左右的绳子。利夫西医生还特别提出给他们留下了大量的烟草。

我们在岛上该做的事都做完了——财宝已经全部运上了船，淡水储备了足够的用量，以防万一，剩余的山羊肉也被搬了上去。一切都准备妥当，我们终于在某天早上起锚返程，把"伊斯帕尼奥拉"号驶出了北汊。那面曾被船长升上屋顶且在其下同敌人英勇作战的英国国旗，此时又在我们的上空迎风飘扬。

不久，我们就发现那三个家伙密切关注着我们的一举一动，而且关注程度出乎我们的意料。大船通过海峡时，我们一度距离南面的岬岛非常近，我们看到他们三个人一起跪在那里的沙尖嘴上，举起双手做哀求状，请求我们把他们带离这个没有人烟的地方。我们每个人都不忍将他们撇下不管，但是又不敢冒再次发生叛乱的风险。再说，如果把他们带回去送上绞架，那也算不上多仁慈。利夫西医生向他们喊话，说我们在山洞里给他们留下了很多补给品，并告诉他们山洞的具体位置。可是他们仍然继续哀求，希望我们看在上帝的分儿上大发慈悲，不要让他们死在这个鬼地方。

最后，他们发现船并没有停下来的意思，而且越走越远，眼看就要听不到喊声了，其中一个——我不知道是哪一个——便一跃而起，狂叫着举枪便放。嗖的一声，一发子弹从西尔弗的头顶飞过，把主帆打了个洞。

在这以后，我们就不得不躲在舷墙后面。等我再次探出头来时，他们已经不在沙尖嘴上了，就连沙尖嘴本身也变得模糊不清。那三个人的结局我知道的仅限于此。快到中午的时候，我们走出了很远，藏宝岛最高的岩峰也沉到蔚蓝色的地平线之下了，这一切使我的心情无比愉悦和兴奋。

对于"伊斯帕尼奥拉"号这样的大船来说，我们的人手实在少得可怜，船上的每一个人都得来回奔忙，唯一不动的只有尚未恢复的船长，他躺在船艉的一张垫子上负责指挥。他的伤势大有好转，但还需要静养一段时间。我们把船向着西属美洲最近的一个港口航行，因为如果我们不补充一些水手，返航时恐怕会有危险。风向不停地转换，再加上遭遇了两次大风浪，当我们到达那个港口时，每一个人都疲惫不堪。

我们在一个被陆地环抱、景色优美的海港里下锚停船时，太阳已经沉到地平线以下了。我们立即被许多小船围住，船上的黑人、印第安人和各种混血儿热情地向我们兜售水果和蔬菜，而且还愿意做潜水捡钱币的表演。那么多和善的面孔——尤其是黑人，以及热带水果的风味和华灯初上的小镇景象，这一切简直太令人高兴了。这种热闹的场景，同我们在岛上所面临的杀机四伏、血雨腥风的环境形成了鲜明的对比。医生和乡绅带我上岸去散心，准备玩一个晚上。在城里，他们遇到了一艘英国军舰的舰长，并同他攀谈起来，还到他们的军舰上去参观。总之，我们在城里玩得十分尽兴。当我们返回船上时，天都快亮了。

可是甲板上只有本·冈恩一个人。我们一登上"伊斯帕尼奥拉"号，他就急忙做出各种手势向我们忏悔。西尔弗跑了。在几个钟头以前，这个放荒滩的水手放他坐驳船逃走了。本·冈恩极力要我们相信，他这样做完全是为了我们每一个人的生命安全着想，如果"那个只有一条腿的人留在船上"，总有一天我们都会被他害死。但事情还不限于此，那个厨子并不是空着手逃走的。他乘人不备，把舱壁凿穿了一个窟窿，偷走了一袋值三四百基尼的金币，这对于他今后的漂泊生涯算是一笔丰厚的补贴。

我认为，我们大家都为能以这么小的代价就将他摆脱而感到高兴。

长话短说，我们在这个港口补充了几名水手，一路非常顺利，平安回到了英国。当"伊斯帕尼奥拉"号抵达布里斯托尔时，勃兰德里先生正开始考虑组织一支后援队前来接应。只有五个人同"伊斯帕尼

奥拉"号一起安全地归来。

"酒精和魔鬼让其余的人把命丧。"——这句话得到应验。当然，我们的遭遇没有那样悲惨，同歌中唱到的另外一艘船命运不同。其中有两句是这样唱的：

> 七十五个汉子驾船出海，
> 只有一个活着回来。

我们每个人都分得了一份丰厚的财宝。至于这笔钱怎么使用，用得是否明智，那就要因人而论了。斯莫利特船长打算退休，不再航海了。葛雷不但没有胡乱挥霍，还用功钻研航海技术，而且基于某种想出人头地的强烈愿望，他现在成了一艘装备优良的大商船的合股船主兼大副，他还结了婚，并幸福地当了父亲。至于本·冈恩，在分得属于他的一千英镑后，在三个星期内，他就把这笔钱挥霍一空或丢掉了。说得更准确一些，还不到三个星期，只有十九天，因为到了第二十天，他回来时就已经彻彻底底成为一个乞丐了。因此，他曾经在岛上十分担心的局面出现了——特里劳尼先生给了他一份看门的差使。他至今还健在，身体很健康，乡下的顽童都非常喜欢他，但总拿他寻开心。每逢星期日和教会的节日，他会一次不落地到教堂里唱圣歌。

关于西尔弗，我们再也没有听到关于他的任何消息，总算是彻底摆脱了这个可怕的瘸腿海盗。不过，我相信他一定找到了他的黑老婆，还带着"弗林特船长"，也许他们在一起过着挺舒服的日子。我看就让他舒服几年吧，因为他一旦到了另外一个世界，就别想过好日子了。

据我所知，未被本·冈恩发现的那部分银锭和武器，至今仍埋在原来弗林特藏起来的地方。当然，我宁愿让那些东西永远埋在土里，就是用牛来拖、用绳来拉，也不能再把我带回到那座该死的岛上去。

　　直到现在，我在最可怕的噩梦中依然会听到巨浪翻滚、拍击海岸的轰鸣声。有时候，我会猛地从床上跳起来，耳边回荡着"弗林特船长"尖锐的叫声——"八个里亚尔，八个里亚尔……"

附 录

化身博士

一扇神秘的门

你猜他带着我们到了哪儿？就是这扇门前。他掏出一把钥匙，打开这扇门走了进去。等到出来的时候，递给我们大约十英镑金币和一张库茨银行的支票，凭票即可兑现。

厄特森律师是一个高高瘦瘦、相貌粗犷的人，他的脸总是绷得紧紧的，不带任何表情，既不喜欢跟人说话，也不爱同人打交道，说起来，这实在让人觉得他多少有些无聊——可是话又说回来，他这个人实际上还是挺受欢迎的。在好朋友聚会的时候，如果他喝酒喝得对了味，眼中就会流露出一种宽厚的柔情。从他的言谈之中，你无法对这个人的性格加以判断，不过，在吃完饭后，他面无表情的脸倒恰恰体现了他的性格。当然，从他的行动上更能了解他的品格。他对自己要求十分严格：独酌时只喝杜松子酒，这样做是因为不敢放纵自己对葡萄佳酿的喜爱；他十分热爱戏剧，但是二十年来从未踏进过剧院的大门。对于别人，他颇有些容人的雅量，待人非常宽厚仁慈。虽然他时常对有些人喜欢胡闹的生活态度表现出十足的兴趣，甚至好像多少还怀有几分嫉妒，但是不论怎样十恶不赦的人，他都愿意尽力挽救，而不是过多地谴责。他还总是用很幽默的口吻批评自己："我中了该隐的谬论①的毒，我是在听任我的兄弟自行毁灭。"正是由于这种性格，他往往成为那些堕落者的最后一个正派朋友，并在最后的时刻还会发挥出一点儿正面的影响。对于来找他的这些人，他始终保持一视同仁的态度，绝不掺杂任何不妥当的势利。

无疑，厄特森先生这种乐善好施的品性并非后天花费很大的力气练成的，而是因为他天生就是这样一个人，他的感情一向不外露，甚至可以说是在一种乐于为善的信仰上构建他的友谊的。他为人谦虚恭谨，坦然接受命运给他安排好的社交圈子。在他的朋友中，亲戚和相识多年的熟人占了绝大部分。他的感情就像常春藤一样，随着时间的推移而越发枝繁叶茂。但是，他对朋友没有过多的要求，所以说，他和他那个有名的远亲——浪荡公子理查德·恩菲尔德先生之间的友谊也是如此形成的。有很多人百思不得其解：这样完全不同的两个人能有什么共同爱好呢？他们究竟欣赏对方哪些优点？一些见过他们俩每个星期日一起散步的人说，这两个人互相之间根本不说一句话，看起来非常憋闷，一旦在路上遇到认识的人便急忙向对方打招呼，这时两个人都会舒一口气，大有如释重负之感。尽管如此，这两个人却仍然十分在意每个星期日一起散步的时光，并视之为一个星期中最重要的活动。他们可以抛开其他的娱乐活动，甚至连一些个人的重要事务也都搁置一边，只为了共享一起散步的乐趣。

有一次，他们散步到伦敦闹市区的一条狭窄的背街上，这里除了星期日，平日里算得上生意兴隆。这条街上的商铺似乎都经营有道，而且还眼巴巴地盼着更加兴旺发达。于是老板们用盈余的钱来

---

① 《圣经》上说，该隐杀了他和善的兄弟亚伯，耶和华问该隐："你兄弟亚伯在哪里？"该隐回答说："我不知道，我岂是看守我兄弟的吗？"

装饰门面，这使得整条街两旁的橱窗都琳琅满目，看起来就像两排笑脸迎人、殷勤招揽顾客的女店员。在星期日，那些多姿多彩的橱窗都被幕帘罩住，路上只有零零星星的几位行人，即便如此，同附近那些又脏又乱的昏暗街道相比，这条街依然像森林里熊熊燃烧的篝火那样充满光明。窗板油漆一新，黄铜牌子被擦得锃亮，一切都井井有条，而且干干净净，总是能把行人的注意力都吸引过去，令其感到心情舒畅。

走过一个拐角向左转，经过两家店铺之后，到一座院子的入口便是这条街的尽头了。就在那个地方，有一幢丑陋、散发着不祥气息的两层小楼房，它的一面墙临着街，墙面早已褪了色，墙上一扇窗户都没有，楼下只有一扇门，除此之外什么都看不见。这幢小楼的每一个角落都显示出此地已经有些日子没人打扫了，处处透出一派年久失修的颓败景象。门上既没有门铃，也没有门环，门面因漆皮鼓起而显得凹凸不平。时而还有无所事事的流浪汉拿着根火柴在门板上划火花，小孩子在门前的台阶上做开店的游戏，小学生在墙角凸出的地方试他们的刀锋。在将近三十年的时间里，从来没见过有人出来赶走这些不速之客，也没有人把这些损坏的地方重新修葺。

厄特森律师和恩菲尔德先生来到这扇门的正对面时，恩菲尔德先生举起手杖，指了指那扇门说："你以前注意过这扇门吗？"当厄特森律师做了肯定的答复后，恩菲尔德又接着说道："它让我想起一个奇怪的故事。"

"哦？"厄特森律师的声音突然变得有些奇怪，"是怎样的故事呢？"

"是这样的，"恩菲尔德开始讲他的故事，"在一个冬天的凌晨，三点左右，我从很远的地方回家去。我走过一条又一条街道，人们

都进入了梦乡，除了街灯，一路上看不到任何东西。街道上空荡荡的，像是在教堂一般。我一个人一直走，心中油然生起一种渴望——我希望在空空如也的街道上见到哪怕是一名巡逻的警察。这时，突然有两个人影出现在我眼前：一个身材矮小的男人正迈着大步向东疾走，另一个十岁左右的小女孩正从一条街上横着飞跑过去。于是，这两个人就在街道的拐角相撞了。这本没什么奇怪的，可是可怕的事随后发生了——那个男人竟然若无其事地踩着小女孩的身体走了过去，对她的惨叫声置若罔闻！这个情节或许听上去并不那么可怕，可是亲眼目睹的时候觉得无法忍受。那家伙简直不是人，就是一个横冲直撞的凶神恶煞。我大喊一声，立刻冲过去抓住那个人的衣领，把他拽回到正在哭叫的小女孩身边。这时，那个可怜的孩子已经被一群人围住了。可是这个冷血的人异常冷静，他无动于衷，也不挣扎反抗，只是狠狠地瞪了我一眼，目光狰狞狠毒，吓得我顿时出了一身冷汗。那些听到惨叫声赶来的人原来是小女孩的家人，她是被差去找医生的。过了一会儿，被请来的医生也赶到了现场。医生检查后说孩子没有遭受太大的伤害，只是受了过度的惊吓。看起来，事情到这里就应该结束了，可是有一个情况令人十分费解。从见到那个撞人的家伙第一眼起，我就对他有种说不出来的厌恶。小女孩的家人对他更感厌烦，这自不用提。可是那位医生竟然同我有一样的感觉，这有些出乎我的意料。那位医生和其他普普通通的医生一样，年龄、外貌都没有什么特别，操着一口浓重的爱丁堡口音，让人感觉就像是一管苏格兰风笛。他同我一样，只要瞧上那个人一眼，就感到十分厌恶，恨不得干脆宰了那个家伙。我知道他心里的想法，他也知道我的。那么既然不能把他干掉，我们便退而求其次。我们对那个人说，对于他的恶行，我们一定要大肆宣扬，让他在整个伦敦臭名昭著。如果他本来有朋友和信誉，那么我们保证那些马上就会消失得无影无踪！我们一边对他进行威逼恐吓，一面尽量不让女人们靠近他，因为她们一个个都气得像发狂的女妖。我以前从来没有见过如此情景：围观者们愤怒得几近疯狂，而这个被包围起来的人却神色阴郁，甚至带着点儿轻蔑。能看出他略微有些惊慌，但是他依然神态自若，简直像是一个没有心肝的魔鬼。"如果你们非要小题大做来勒索我，我当然也没办法，每一个体面的人都不想被坏了名声。你们干脆开个价好了。"他说。于是，我们就逼迫他赔偿那个小姑娘一百英镑。面对这么高额的赔偿金，他当然不愿意，可是看到我们这群人一个个怒气冲天，似乎存心跟他过不去，他就只好答应下来。我们接下来要做的就是拿到这笔钱。你猜他带着我们到了哪儿？就是这扇门前。他掏出一把钥匙，打开这扇门走了进去。等到出来的时候，递给我们大约十英镑金币和一张库茨银行的支票，凭票即可兑现。上面的签名我不能说出来，尽管我知道这是这个故事的一个主要要素，但我可以告诉你这个名字有一定的知名度，而且经常见诸报端。虽说这笔钱的确不算小数目，但如果这个签名是真的，那么它的价值就远不止这个数。我非常不客气地表示我对这张支票的怀疑：生活中怎么会有人在凌晨四点进入一个类似地窖的门里，然后拿出一张由别人签名的将近一百英镑的支票？可是他镇定自若，冷冷地笑了一下，说：'请放心，我可以奉陪等到银行开门，然后亲自去兑现。'于是这个家伙、医生、小女孩的父亲和我本人，先到我的住所度过了余下的时间，我们一起坐到了天亮。第二天一早，我们吃罢早饭就向银行走去，我亲手把那张支票递了进去，并对办事员说我有充分的理由怀疑这个签名是假的。可是结果出乎意料，那张支票居然是真的。"

"啧啧！"厄特森律师也感到很惊讶。

"看得出，你同我当时的感觉一样。"恩菲尔德说，"确实，这是一个听起来并不可信的故事。我抓住的那个家伙，任谁见了都觉得令人憎恶，真是一个令人讨厌的浑蛋。而签支票的那个人却大名鼎鼎，堪称礼仪周到的典范。依我看，这其中一定隐藏了讹诈的关系，很可能是一个正人君子在为他年少时闯下的祸而付出代价。所以，我把这座房子称为讹诈楼。不过虽然可以这样解释，但有的地方还是不能让人明白。"说完最后一句后，他又陷入了思索。

厄特森先生突然开口，把恩菲尔德先生从沉思中拉回了现实，他问："那么，你认为签支票的人是不是就住在这幢楼里？"

"按理说应该是住在这里面，对吧？"恩菲尔德说，"可是我很偶然地注意过他家的地址，是在另一边的广场附近。"

"你有没有打听过是什么人住在这幢楼里？"厄特森问。

"并没有，先生。论起做事，我还是颇有些分寸的。虽然我也很想弄个一清二楚，可这就跟末日审判似的，倘若我这么一问，就好像是自山顶推了一块石头下来，然后平静地坐在那里眼睁睁看着石头滚下去，石头撞击着其他的石头一起滚下山去，一转眼，你最意想不到的一个好好先生也许就会在自家的后院里被石块砸中脑袋，于是一个家庭就完了。先生，我不会那样做，我有自己的准则：越是感到离奇，就越是不要问。"

"这是条不错的准则。"律师说。

"但是我对这幢小楼进行过仔细的观察。"恩菲尔德说，"这里根本不像是普通人家的住宅，它只有这么一扇门，而且，除了那晚遇到的那位先生，在相当长一段时间内，都没有人进出。楼下一扇窗户都没有，二楼有三扇俯临院子的窗户，却总是紧紧关着，但也擦得很干净。那边还有一个经常冒出烟的烟囱，由此可以断定房子里是住着人的。不过话说回来，这也不一定，因为那几座房屋在院子里挤得那么紧，谁也不知道哪幢跟哪幢是连着的。"

这对朋友又默默地走了一阵。厄特森先生突然说："恩菲尔德，你的那条准则真不错。"

"确实，我也这么想。"恩菲尔德先生答道。

律师接着说："有一件事我还想问一下，你知道那个踩着小女孩走过去的人姓什么吗？"

"好吧，"恩菲尔德先生说，"我想，我透露了这个也坏不了什么事。他姓海德。"

"噢。"厄特森先生说，"那么，他长得什么样？"

"这很难描述，你知道，他的相貌有些不同寻常，就是叫人见了很反感，甚至可以说令人憎恶。我从没有这么强烈地厌恶过一个人，可是我也说不清楚原因，大概就是因为他有什么地方长得很反常。他给人一种强烈的感觉，好像他是严重畸形，可我无法指出具体是哪个地方不对劲。他的长相确确实实十分特别，但我无法形容。先生，我说不上来，我真的无法准确地描述出来。这不是记忆力不好，说真的，他的那张脸始终清晰地浮现在我眼前。"

厄特森先生又默默地向前走了一段，显然他陷入了沉思。最后，他问道："你能肯定他是拿钥匙打开的门吗？"

"你这个问题——"恩菲尔德惊愕得无言以对。

"是的，我知道，"厄特森先生说，"我十分清楚你一定认为我这个问题很奇怪。事实上，我之所以不问你另一个人的名字，是因为我已经知道了。理查德，你刚刚所讲的故事事关重大，如果在哪个细节上说得不太准确，你最好及时予以纠正。"

"你完全可以向我提出正式的警告。"恩菲尔德先生微微有些动气，"告诉你，我精确得像个迂腐的学者，半点儿不含糊，那个家伙千真万确有一把钥匙，而且他现在还带在身上。我看见他使用这把钥匙，离今天还不到一个星期。"

金银岛
Treasure
Island

　　厄特森先生重重地叹了一口气，没有再说话。于是年轻的恩菲尔德又立刻接着说："这于我而言是一个新的教训，凡事都不要说得太多。我为自己感到羞愧。不如我们约定：今后谁都不要再提起这件事了。"

　　"我十分赞成。"律师说，"理查德，就这么说定了。"

寻找海德先生

> 脚步声以很快的速度靠近，在街角拐了个弯，突然响亮起来。律师探出头去，不久就看到那个人是什么模样了。那是一个身材矮小的人，衣着平常，但是他的相貌——隔着一段距离，就已令这个守望的律师产生一种极强的厌恶感。

　　那天晚上，厄特森先生闷闷不乐地回到他独居的家中，吃饭的时候一点儿食欲都没有。按照星期日的惯例，他吃过晚饭后会到火炉边坐上一阵子，阅读桌子上放着的一本乏味的神学著作，直到附近教堂的钟声响过十二下，他才会踏实地上床睡觉。可是这一天，刚吃过晚饭，他就带着一支蜡烛走进了他的办公室，然后从保险箱最隐秘的角落取出一份文件，文件的封套上有"杰基尔博士遗嘱"的字样。他坐了下来，紧皱眉头开始研究文件的内容。

　　这份遗嘱是当事人亲笔所写，厄特森先生虽然被托付负责执行这份早已立好的遗嘱，但在当事人最初立遗嘱的时候，他却完全没有参与。这份遗嘱中，规定拥有"法学博士""医学博士""民法学博士""皇家学会会员"等诸多头衔的亨利·杰基尔去世时，他的全部财产将由他的"朋友和恩人爱德华·海德"继承，除此之外，还定下了如下条款：如果杰基尔博士失踪，或者连续三个月没有任何消息，此遗嘱将马上生效，由爱德华·海德先生立即继承亨利·杰基尔的财产。而且，他除了向博士的家人和亲属支付几笔数额不高的费用之外，再无其他任何责任或义务。

这份遗嘱一直令厄特森感到不快，因为无论是作为律师，还是作为一个头脑清醒、认为凡事都应该遵循合理性原则的人，都会对这样的规定感到十分气愤。更让他恼火的是，在此之前，他还从来没有听说过海德先生这个人，可是今天，他听闻了海德先生是一个什么样的人，这可真把他气坏了。本来，当这个名字还是一个无人知晓的谜时，事情就已经算得上糟糕了，而现在，这个人竟然有着如此恶劣的品性。一旦这个名字被赋予一些恶魔的特征，一直以来遮掩在他眼前的迷雾中，就突然蹦出了一个恶魔的形象，这简直是糟糕透顶。

"我从前还以为如此立遗嘱简直是疯了。"他一边自言自语，一边把那份令人反感的文件放回保险箱，"现在我开始担心这是一件见不得人的丑事。"

说完，他吹熄了蜡烛，穿上大衣，向卡文迪许广场走去。在那个医学名流聚集的地方，住着他的一位朋友——著名的拉尼翁医生。四面八方的病人纷纷来到这里寻求他的帮助。"拉尼翁有可能是唯一知道一些情况的人了。"他心里想。

一本正经的管家认识厄特森律师，便直接把他迎进了餐厅，而没有按一般的规矩去通报一番。拉尼翁医生正坐在餐厅里自斟自酌。他是一个面色红润、和蔼可亲、性情开朗、衣着整洁的绅士，有一头过早变白的乱蓬蓬的头发，他容易情绪激动而又擅长当机立断。

看到厄特森先生，他立刻站起身，伸出双手来迎接，那股子殷勤劲儿就好像是在演戏似的，然而他的感情十分真挚，这一点毋庸置疑。因为他们两个是多年的老朋友了，中学便是同窗，后来又上了同一所大学。两个人自尊心都很强，却又对对方十分尊重和敬佩，所以每一次见面都气氛融洽，十分愉快。

闲聊了几句之后，厄特森律师就把话题引到那个使他焦虑不安的问题上。

"拉尼翁，照我说，"他说，"我们两个应该算是亨利·杰基尔最老的朋友了吧？"

"我倒情愿不是'老'朋友，而是年轻的朋友。"拉尼翁笑着说，"的确是这样吧，我想。可是那又怎么样呢？最近这段时间我很少见到他。"

"真的吗？"厄特森说，"我还以为你们接触得多一些，毕竟兴趣相投。"

"我们从前的确有共同的兴趣，可是自打十年前，我就觉得亨利·杰基尔变得越发怪诞不堪，好像他的脑袋出了毛病。看在是老朋友的分儿上，我依然待他十分友善，可是自从那个时候起，就很少同他见面了。"说着，医生突然涨红了脸，情绪更加激动，"就凭他那些不合乎科学的胡言乱语，恐怕即便是生死之交也会与他断绝关系的。"

听了医生这番带有怒气的话，厄特森反倒放下心来。"他们只是在科学领域有些分歧。"他想。由于他本人对科学不感兴趣，除非涉及财产转让方面的问题，因此，他认为两人之间的问题根本没什么大不了的。等他的朋友平静下来之后，他紧接着就提出了那个专程来询问的问题："你是否见过一位他十分看重的人——那位海德先生？"

"海德？"拉尼翁重复道，"从来没有，也没有听说过，这还是第一次听说。"

律师从医生那里了解到的全部情况就这么多。回到家以后，他在他的大床上辗转反侧，夜不能眠，一直折腾到日出东方。这是一个难挨的长夜，整整一夜，他都在运转那疲惫的大脑，一连串的疑问将他

团团围住了。

在厄特森先生的住处附近有一座教堂，当教堂里的钟已敲响六下时，他还在为那个问题苦思冥想。在此之前，他只是对这件事百思不得其解，而现在却连自己的想象也掺杂其中，更准确地说，他开始不由自主地被这个问题折磨。在这个漆黑的夜里，他躺在挂着窗帘的卧房不能成眠，恩菲尔德所讲述的故事不断在他的脑海中浮现，就像是一组接连不断的连环画。他仿佛看到了那个深夜的街头，看到了那一条一条的街道，有一个人快步走过来，撞倒了一个刚从医生那里跑回来的小女孩，可是那个恶魔竟然若无其事地从孩子身上踩了过去，无视孩子的惨叫而继续前行。或者，他仿佛看到他的朋友睡在一个装饰华丽的房间内，而房门突然被打开，帘帐被粗鲁地掀起，熟睡的人从梦中惊醒，啊，一个人正站在他的床边，而那个人竟然有着偌大的权力，令他不得不在半夜起床，遵照那人的指令去行事。通过不同方面展现出来的形象，在律师的脑海中整夜整夜地上演。即便是在偶尔昏沉的时刻，他也好像看到那个家伙鬼鬼祟祟地钻进人们熟睡着的房子，或者以更快的脚步在街上行走，在每一个街角拐弯处都要撞倒一个小姑娘，把她们踩得躺在地上尖叫，自己却毫不在意地走掉。可是，这个人物形象没有面孔，或者说只能看到一张模糊的脸。因此，对于这张脸，律师产生了越来越强的好奇，正是这种可以说有些过度强烈的好奇心，使他不亲眼看一看真正的海德先生就无法安心。只要见上一面，说不定疑虑就可以冲淡，就同所有看上去稀奇古怪的事情一样，只要仔细一看就会真相大白。这样他就可以知道他的朋友为什么要立下这样一份遗嘱，还能知道遗嘱上那些令人吃惊的条款究竟是怎么一回事。最起码，那张脸是很值得一看的，因为他被形容为一张没有心肝的人的面孔。正是这样一张脸，只瞅了一眼，就激起了那位神经并不敏感的恩菲尔德长期的憎恶和反感。

从那以后，厄特森就经常到那条有很多商店的街道上去，并时常在那扇神秘的门前转悠。无论是在办公时间尚未开始的清晨，还是在工作最繁忙的白天，还是在夜深人静的时候，总之，不分昼夜，不分时间，不管是清静还是热闹，这位律师总是在他自己选定的位置徘徊。

他心想："既然他的名字叫海德先生，那么我就来扮演西克先生。"①

他的这番执着终于没有白费力气。那是一个清冷的夜晚，寒气逼人，空气中没有多少雾气，街道上一个人都没有，地面像舞池的地板一般干净，没有一丝风使路灯摇晃，一排排笔直的光影映在路面上。大约十点时，商店都已关门，街道安静异常，尽管从伦敦城周边隐约传来阵阵不甚清晰的喧哗，这里还是很安静。一点点响动就能传到很远的地方，站在街上，甚至能够听见房子里人们干家务活儿的声音，行人还未走近，他的脚步声在很远的地方就已清晰可闻。此时，厄特森先生已经在他选定的位置上站了好一会儿。忽然，一阵轻微而异样的脚步声由远及近。这段时间，他几乎每天晚上都要出来逛上一圈，因此对于这种人未至而声音先至的情景早已习以为常。然而，他的注意力从未如此强烈地被吸引，他凭直觉——甚至有些迷信地预感到，这一次将要有结果了。于是，他闪进院子的入口处躲了起来。

脚步声以很快的速度靠近，在街角拐了个弯，突然响亮起来。律师探出头去，不久就看到那个人是什么模样。那是一个身材矮小的人，衣着平常，但是他的相貌——隔着一段距离，就已令这个守望的律师产生一种极强的厌恶感。那个人为了节约时间，斜穿过马路径直向门口走来。就好像是回到自己的家一样，他自如地从口袋里掏出一把钥匙。

---

① 英语中，海德（Hyde）与"藏匿"（hide）同音；而"西克"（Seek）意为"搜索"。

厄特森先生走了出来，在那个人经过自己身边时，碰了一下他的肩膀。

"是海德先生吧？"

海德先生倒吸一口凉气，不由自主地后退一步。但是，他的恐慌只维持了一瞬间的工夫。他侧过头去不看律师的脸，冷冷地答道："是我，请问有什么事吗？"

"我看到你正要进门。"律师说，"我是杰基尔博士的老朋友，名字叫厄特森，住在贡特街，我想你应该听说过。碰巧在这里见到，我想你会让我进去的。"

"杰基尔先生不在家，你是见不到他的。"海德一边说，一边把钥匙插进锁孔。突然，他头都不抬地问道："你是如何知道我的？"

"我有一件事请你帮忙，不知是否可以？"厄特森说。

"愿意效劳。"那个人回答，"什么事？"

"可否容我看看你的尊容？"律师说。

海德先生有一瞬间的犹豫，但他经过迅速的思考，带着挑衅的神情猛然抬起头来。于是，两个人对视了好几秒，时间仿佛凝固了。"今后我就认识你了。"厄特森说，"也许会有用处的。"

"确实。"海德先生说，"我们认识可能有用处。既然如此，我可以顺便把我的地址告诉你。"接着，他给了律师索霍区的一个街名和门牌号。

"我的上帝！"厄特森心想，"他会不会是在惦记那份遗嘱的事？"但是他没有流露出自己的想法，只是含混地道了一声谢。

"那么，"那个人接着问道，"你是如何认出我的呢？"

律师回答："从别人那里听说的。"

"哪个人？"

"我们共同的朋友。"厄特森先生说。

“共同的朋友。”海德先生嗓音嘶哑地重复着这几个字，“那么，你指的是谁？”

“嗯，打个比方，杰基尔。”律师回答。

“你撒谎！他并没有告诉过你！”海德大叫起来，油然而生的怒气使他涨红了脸，“万万没想到你居然还骗人！”

“唉，说这样的话未免不太妥当。”厄特森说。

最后，那个人的怒吼变成了一声狰狞的狂笑，他一下子打开门，迅速消失在里面。

海德先生消失后，律师茫然无措地愣在那里好半天，他感到心里乱极了。他慢慢地顺着街道往回走，每走一两步就要停下来摸摸额头，如同一个心中满是疑虑、正冥思苦想的人。事实上，这样思考问题往往并不容易得到答案。海德先生身材矮小，面色苍白，给人一种畸形的感觉，可是又说不出哪里不正常。他的笑容令人厌恶，刚刚对待自己的态度简直是既胆小怯懦又莽撞无情。他嗓音嘶哑，好像遭受过损害一般，这一切都不利于他，可是所有这些加在一起，仍然不能解释厄特森看到他时的那种无法形容的反感、憎恶和恐惧。“一定还有别的原因。”律师困惑地自言自语，“一定还有，只不过我尚且无法言说。我的上帝，这个人看起来几乎没有任何人性，倒是好像包含了一些人猿之类的原始的东西在里面。难道一切只能归结于费尔博士的那个老故事①？还是因为丑陋、邪恶的灵魂之光透过他的躯壳发射了出来，并且使包在灵魂外面的躯壳变了形？假如真是这样，“啊，我可怜的老哈利②·杰基尔，如果说有一张脸的上面有恶魔的签名的

① 约翰·费尔，英国神学家，牛津大学基督堂神学院院长。据说他曾以开除相威胁，命令一个学生翻译古罗马诗人马提亚尔的一首讽刺短诗。那位学生当场口译道：“费尔博士，我不喜欢你，个中缘由我也说不出；不过我知道，且十分清楚，费尔博士，我不喜欢你。”这里借用此典故表现其对海德无以名状的憎恶。

② 哈利为亨利的昵称。

话，那么就在你的新朋友的脸上！"

从街道的尽头转弯，可以看到由几幢优雅古旧的建筑组成的一个街区，可是如今，那里曾经的尊贵地位已不复存在，现在分套或分间出租给三六九等的人，有地图镌版师、建筑师、靠不住的律师、不诚信的生意代理人，等等。不过，从边上数第二幢房子还是全部由其主人占用。虽然此时这幢房屋整个沉浸在黑暗中，但还是能看出一些当年雍容华贵的傲气。厄特森先生在这家门前停下脚步，举手敲了敲门。开门的是一个衣着整齐、举止得体的老仆人。

"普尔，请问杰基尔博士在家吗？"律师问。

"我去看看，厄特森先生。"普尔边说边把律师请进了屋。这是一间宽敞舒适的大厅，大厅的顶并不太高，用石板铺地，贵重的家具简洁大方地陈设着，烧得很旺的火炉把屋子烤得暖烘烘的。"先生，你先在这里烤烤火，稍等一下。或者我点个灯带你到餐厅里去？"

"就在这儿吧，谢谢你，普尔。"律师说。

他坐到炉火旁边，把背靠在高高的围栏上面。现在大厅里只剩下他一个人。这间大厅是他的那位博士朋友的得意之作，厄特森自己以前也常说，这是全伦敦最惬意舒适的房子。可是今天晚上，他感到自己的血液之中渗透进某种冰冷的东西，海德的那张脸顽固地停留在他的脑海中，迟迟不肯离去。他感到恶心，甚至开始憎恶生命。处在如此压抑的情绪之下，看到家具表面映射出的火焰跳跃的光影，他都感到咄咄逼人。普尔这时返回大厅，告诉他杰基尔先生不在家，不知为什么他反而感到有些轻松，同时又对自己的这种心情感到羞愧。

"我看到海德先生走进了老实验室的门，普尔，"他说，"可是杰基尔博士并不在家，海德先生也可以这么做吗？"

"是的，厄特森先生。"普尔回答，"海德先生有这儿的钥匙。"

"普尔，看来你的主人十分相信那位年轻人。"厄特森若有所思地说。

"是的，先生，确实非常信任。"普尔说，"他让我们都听从他的吩咐。"

"可是我记得我好像从来没有在这里见到过海德先生。"厄特森说。

"是的，从来没有，先生。海德先生是从来不在这里吃饭的。"老仆人回答说，"实际上，我们也很少在这边的屋子里看见他，通常他都是通过实验室的门进出的。"

"好吧，再见，普尔。"

"再见，厄特森先生。"

于是律师心烦意乱地向家走去。"可怜的哈利·杰基尔，"他想，"我总是担心他陷入困境。他在年轻的时候有过一段放荡不羁的时光，尽管那是很久以前的事了，但是上帝的法律是没有诉讼时效的限制的。唉，一定是某件往日里所犯下的罪过依然纠缠着他，现在惩罚到来了，他的日子一定很不好过吧？"想到这里，律师的心中充满了恐慌。他开始追溯过去，在自己记忆的抽屉里翻箱倒柜，生怕自己也会突然出现一个多年的宿孽。事实上，他的过去是相当清白的，几乎很少有人能够比他更加泰然地翻阅自己的过去。

即便如此，一想起过去做过的许多事，他仍然会感到羞愧难当，再想到那许多就要行动而幸好又及时停止的事，他就会诚惶诚恐地感谢上帝。最后，当他再一次陷入沉思的时候，他的心中突然燃起一线希望的火光，他想："这个面目狰狞的海德先生也必定有他见不得天日的秘密，倘若认真调查一下，一定可以找到蛛丝马迹。同他相比，可怜的杰基尔所做过的最坏的事也会显得光明正大了。绝对不能任这件事就这样继续发展下去，一想到这个魔鬼一样的怪东西像贼一样溜到哈利的床边，我的血液都要流不动了。可怜的哈利，他在梦中被惊醒的时刻，是多么悲惨啊，而且一定会面临危险。如果海德知道有这

样一个遗嘱存在的话，他大概会采取行动，迫不及待地想要继承遗产。啊，只要杰基尔不阻拦，我一定尽力。"他默默地想着："但愿可怜的杰基尔不要阻拦我。"就像幻灯片一样，那份遗嘱中奇怪的条款再一次一跳一跳地闪现在他的眼前。

杰基尔博士十分自在

> 杰基尔博士那张相貌堂堂的脸一下子变白了，连嘴唇也变得毫无血色，眼神显得黯然无光。"我不想听了。"他说，"我们说好不再谈论此事的。"

　　两个星期后，杰基尔博士照例愉快地宴请了五六个老朋友，他们都是些受人尊敬的人物，而且也都是品酒的专家。厄特森故意多逗留了一会儿，在众人纷纷离去之后，他依然留在杰基尔家的大厅。这样做并不是此次别出心裁，而是发生过几十次的寻常事了。因为只要是欢迎厄特森去的地方，他就一定会受到非常热情的招待。当那些快言快语、谈笑风生的客人纷纷告辞之后，主人们都喜欢挽留这个沉默寡言的律师。他们喜欢跟他在一起待上一段时间，在沉默之中等待那些欢腾热闹的气氛慢慢散尽。此时，这个人的淡然乏味反倒像是一股清新的空气，令人提神醒脑。在这一点上，杰基尔博士也不例外。现在，他正坐在炉火的对面。这位五十岁左右的博士身材高大而匀称，眼神中透出一点儿狡黠的光芒，他在各方面都有超群的能力，而且拥有一副柔软的好心肠。能够看出，他的脸上洋溢着对厄特森真诚而热烈的好感。

"杰基尔，我一直想同你谈一件事情。"律师开始说道，"你知道你立了一个什么样的遗嘱吗？"

一个敏锐、敏感的观察者此时会发现博士对这个话题感到厌烦，然而他依然不动声色，尽量用轻松愉快的口吻说："我可怜的厄特森，你有我这样一个委托人可真是糟糕。我想没有人会像你这样为我的遗嘱而苦恼，只有那个迂腐不堪的老学究拉尼翁每次说到我那些科学上的'歪门邪道'，才会像你这个样子。哎，你不必皱眉，我当然知道他是个好人，是个顶好的人，实际上，我也希望能够多同他见见面，可是即便如此，他也还是一个既古板又哗众取宠的老学究，我对拉尼翁失望透了。"

"我想你应该知道我始终不赞成你的这个遗嘱。"厄特森不顾杰基尔想要转移话题的愿望，坚持谈论这件事。

"我的遗嘱？是的，我知道。"博士这样说着，口气逐渐有些不快，"确实，你跟我说过好几次了。"

"是的，可是我还要再跟你说一次。"律师接着说，"在这段时间里，我了解到一些关于年轻的海德的情况。"

杰基尔博士那张相貌堂堂的脸一下子变白了，连嘴唇也变得毫无血色，眼神显得黯然无光。"我不想听了。"他说，"我们说好不再谈论此事的。"

"可是我听到的情况对你十分不利。"厄特森说。

"这没有什么关系。你不了解我的状况。"博士说，他显得手足无措，"我的处境很为难，厄特森，我现在正处于一种非常——非常奇怪的状况。对于这种状况，仅仅靠谈论是没有任何作用的。"

"杰基尔。"厄特森说，"你对我是了解的，你可以相信我。把你那一肚子的心事告诉我，相信我一定能帮你摆脱困境。"

"我亲爱的厄特森，"博士说，"你可真是个好人，再也没有人比你对我更好了，我明白你的一番好意，我真不知道该如何感激你。我也极其信任你，如果让我做选择，那么在所有的活人中，我最信赖的就是你了，甚至可以说超过了对我自己的信任。但实际上，事情并不是如你所想的那样，没有坏到那种地步。我可以告诉你一件事：无论什么时候，只要我愿意，我随时都可以摆脱那个海德先生，我向你保证。尽管如此，我还是要十二万分地感谢你。另外，我还要再加上一句，想必你不会见怪——厄特森，这完完全全是我的私事，我请求你不要再为它操心了。"

厄特森盯着炉火陷入了沉思。

"好的，我相信你是正确的。"说完，他站起身来准备离开。

"非常好，希望这是我们最后一次讨论这件事。"博士继续说，"好吧，既然你挑起了这个话题，那么，有一件事我希望你能明白，这个可怜的海德，我确实非常关心他。我知道你曾经见过他，他对我说起过。我想，当时他应该不太客气，并且十分鲁莽吧，但是我真的非常热切地关注着这个年轻人。厄特森，如果有一天我真的死了，我希望你能够答应我：容忍他，让他取得他应得的权利。如果你了解个中缘由，你肯定会毫不犹豫地这么做的。倘若你能够答应我，压在我心头的大石头也就落地了。"

"我想我永远都无法喜欢上这个人，除非是昧着良心说话。"律师说。

"我并不要求你喜欢他。"杰基尔用恳求的口气说，并把他的一只手搭在了厄特森的胳膊上，"我只是说法律上的公正。我恳求你在我离开人世的时候，看在我的分儿上帮帮他。"

厄特森发出一声叹息，说道："好吧，我答应你。"

卡鲁凶杀案

突然，不知是什么激怒了他，他开始跺脚，猛地抡起手杖，简直像个疯子一样——女仆如此描述。老绅士大吃一惊，向后退了一大步，诡异中还带点儿受到侮辱的愤怒。这时，海德什么也不顾了，行为举止彻底疯狂起来，抡起粗重的手杖将老人打倒，然后粗暴地跳到摔倒在地上的可怜老人的身上狂踩猛踢。

将近一年以后，在一八××年十月，一桩极其残忍的凶杀案震惊了整个伦敦。由于被害人社会地位很高，这件案子更成为人们关注的焦点。案情的具体经过并不复杂，但却骇人听闻，令人毛骨悚然。

一个女仆独自住在泰晤士河附近的一所房子里，那天晚上十一点左右，她上楼准备睡觉。虽然那天深夜全城都起了浓雾，但午夜之前天高云淡。女仆的房间紧挨着一条小巷，满月的柔光轻柔地洒在大地上，令颇有些罗曼蒂克的女仆不禁思绪万千，便在窗前的木箱上坐了下来。事后，当她叙述起当天的经过时，一再哽咽失声，说当时自己沐浴在月光之下，从未感到过如此平静安宁，整个身心都充满了对世界的善意。就在她沉思冥想的时候，她看到一个满头银发、仪表堂堂的老绅士沿着小巷走过来，同时又有一个身材矮小的人迎着他走过去。这两个人刚开始出现的时候，女仆并没有太在意，只把他们当成赶路的行人。后来，两个人越走越近，到了可以交谈的距离——这个位置正好处于女仆的眼皮底下——老绅士向对方礼貌地点了一下头，然后很有风度地走上前去和那人攀谈起来。从他的手势看上去，他并没有说什么要紧的事，大概是在问路。柔和的月光照在那位老绅士的脸上，女仆感到老人的脸上带有一种忠厚质朴的善良，同时眉宇间透出高贵优雅的气度，他怡然自得的神态令人感到十分舒服。然后，她将目光转向另一个人，她惊讶地认出那是海德先生，因为他曾到她的主人家拜访过，在当时，她就对这位客人心怀反感。而此刻，此人正把玩着手中那根看上去十分沉重的手杖，脸上带着不耐烦的神情，不发一语。突然，不知是什么激怒了他，他开始跺脚，猛地抡起手杖，简直像个疯子一样——女仆如此描述。老绅士大吃一惊，向后退了一大步，诧异中还带点儿受到侮辱的愤怒。这时，海德什么也不顾了，行为举止彻底疯狂起来，抡起粗重的手杖将老人打倒，然后粗暴地跳到摔倒在地上的可怜老人的身上狂踩猛踢。他接连不断地挥动手杖，老人清脆的骨折的声音都传到了女仆的耳朵里。如此惨不忍睹的景象和恐怖的声音，把那个女仆吓得一下子晕倒过去。

凌晨两点左右，她才苏醒过来，赶忙去报警，可凶手早已逃得不知所踪。被害人还躺在路上，全身血肉模糊，早已没了人形，那副惨状简直令人难以置信。那根成为凶器的手杖是用罕见的坚硬木材制成的，在凶手毫无人性的施暴过程中，被生生折断成两截，一截滚落到路旁的水沟里，另一截被凶手拿走了。从被害人的身上发现了一只钱包和一块金表，可是找不到任何能够表明其身份的名片或其他纸张，只有一封封了口的信，可能他正是要去往邮局寄信。信封上写着厄特森先生的姓名和地址。

这封信在第二天一大早被送到了律师家，那时他还没起床。律师看完信，听来人介绍了事情的经过，立即严肃地闭起嘴。"我必须先看看尸体。"他说，"在此之前不想发表任何意见。这件事非同小可，请稍等，让我把衣服穿好。"他表情凝重，匆忙吃了两口早饭，就坐上马车前往警察局去办认尸体。他在停尸房只看了一眼便开始点头。

"是的，"他说，"我认出了他。很遗憾，这是丹弗斯·卡鲁爵士。"

"天！先生，"警官惊呼道，"这是真的吗？"但是，强烈的事业上的雄心立即让他的眼睛射出光芒。"这将在城里引起轩然大波，"他说，"也许你能帮助我们找到那个凶手。"他简明扼要地叙述了女仆的证词，然后把那截折断的手杖拿给律师看。

厄特森听到海德的名字先是大吃一惊，再看到这半截手杖，便确信无疑了。因为这根手杖虽然只剩下半截，但他依然认出这是多年前他送给亨利·杰基尔的礼物。

"那位海德先生是否是个身材十分矮小的人？"他问。

"非常矮小，而且面目凶恶。女仆是这样说的。"警官答道。

厄特森低头思考了一下，然后抬起头说："如果你愿意坐我的马车，我想我可以带你去他的住所。"

时间是上午九点左右，那天恰好下了这一季的第一场雾，天空像是一张棕色的帘幕，只有风在不停地努力冲击着，奋力想将这厚重的浓雾吹散。当马车由一条街道拐向另一条街道的时候，浓淡不一、色彩各异的晨光一下子在厄特森的眼前出现，有的地方一片漆黑，仿若黑夜；有的地方却是浓重鲜艳的棕红色，如同透过烟雾熊熊燃烧的火光；有的地方雾气正在消散，惨淡的阳光穿过旋涡状的雾气照射到地面上。在这光怪陆离的光线之中，索霍区那颓败的房子、泥泞的马路、衣着破烂的行人、昏沉而无法驱走黑暗的街灯，种种的一切，令律师不由得想起自己在噩梦中所见的某个地方。这些森然恐怖的色调逐渐充满了他的头脑，当他的目光瞟向坐在他车上的警官时，仿佛感觉到了对法律和执法官员的一丝丝恐惧，他隐约意识到，即使是最问心无愧的人，也难免会对法律产生畏惧之心。

马车到达目的地时，浓雾已经散去了一些。一条肮脏的街道便呈现在厄特森先生和警官的眼前——一家小酒馆，一家低档的法国饭馆，一家零售杂货店，一家两便士一份凉菜的小铺。衣衫褴褛的孩子在各处的出口挤来挤去，不同肤色的女人进进出出，手里捏着钥匙，准备去喝上一杯早晨的开胃酒。可是眨眼间，浓雾又渐渐弥漫开来，把他们同这些杂乱的环境隔开。亨利·杰基尔那位心爱的朋友——正是此人将要继承二十五万英镑的财产——就住在这所房子里。

一个脸白得仿佛是象牙的白发老妇人开了门，她有着伪善的相貌，虚伪的笑容显得还算和气，举止也可以说是彬彬有礼。

"是的。"她说，"这是海德先生的寓所，不过他现在不在家。昨天夜里他倒是回来过一次，但不到一小时就离开了。这种情形也很平常，他总是行踪不定，比方说，在昨天晚上回来之前，他就已经有两个月没有回来过了。"

"好的，我们想进去看看。"律师说。但是那个老妇人表示这不符合规定。于是厄特森先生说："看来还是把这位先生的身份告诉你吧，这位是伦敦警察厅的纽可曼警长。"

老妇人立刻显得有点儿幸灾乐祸："啊，他出事了？发生了什么事？"

厄特森和警长交换了一个眼色。"看来这个人的声誉很差。那么，"警长说，"太太，请让我和这位先生进去看一看他的房间吧。"

现在，只有老妇人和海德住在这幢楼房里，其中海德占了两个房间。尽管房子外面的环境不怎么样，这两个房间内部却布置得雅致而高贵，储藏室里装满了酒，盘子是银制的，桌布十分素雅讲究；墙上还挂着一幅名画，厄特森估计这是亨利·杰基尔送给他的，因为杰基尔可是个出了名的鉴赏家；地毯厚重舒适，颜色也很柔和。但是，这间屋子看起来就像是刚刚被抢劫过一样：衣服被乱七八糟地扔在地上，衣兜被拉出来翻在外面，抽屉大敞着，壁炉里面有一堆像是刚烧掉文件而留下的灰烬。警官从这堆灰烬中捡出一本绿色的还没有被烧光的支票簿，同时在门背后找到了另外半截手杖——由于这半截手杖证实了警官的推测，他显得有些兴奋。经过到银行调查，发现这个海德先生有几千英镑的存款，警官对案子的进展很满意。

"先生，你不必担心，"他对厄特森说，"现在，他已经在我们的掌控之中了。看来他是昏了头，不然不会傻到把那半截手杖丢在家里，更不会烧掉那本支票簿。谁都嗜钱如命，我们只要在银行等候，再四处张贴追捕令，就一定能够抓住他。"

但是，这个张贴追捕令的计划实施起来很难，因为只有为数不多的几个人与海德先生熟识，甚至就连他的女佣也仅仅见过他两次而已。他的亲属各处遍访无着，而且他也没有照过任何照片。至于那几个自称知道他长相的人，描述起来又不尽相同。这种情况很正常，人们在对同一件事情的描述上经常出现大相径庭的情况。然而，有一点他们达成了共识，即海德先生给人的那种扭曲、畸形的感觉，所有与这位在逃罪犯接触过的人都有过这种感觉，虽然只是隐约埋在心头，但始终叫人无法释怀。

信件风波

　　当房间里只剩下厄特森一个人时，他立刻打开保险箱，把那封信锁在了里面。"这到底是怎么一回事？"他思考着，"亨利·杰基尔竟然伪造杀人犯的信？！"这样想着，他不觉感到全身冰冷。

　　下午接近黄昏的时候，厄特森来到杰基尔博士家。普尔立刻带他走了进去，带领他经过厨房，从一个曾经种满花草的花园空地穿过，向那座既是实验室又是解剖室的建筑物走去。这本是一位很有名气的外科医生的财产，后来博士从其继承人那里购得了这栋房子。博士本人其实并不太喜欢解剖学，而是更喜欢化学，因此便改变了花园尽头一排房屋的用途。律师这是第一次到这位老朋友房屋的这一部分来。

　　他好奇地打量着周围，走过实习讲堂时，他看到房间没有开窗，光线十分昏暗，突然，一种很别扭的怪异感觉涌上他的心头。这里从前曾挤满了求知若渴的学生，如今却冷冷清清，甚至还有一丝恐怖。实验用品胡乱地堆在桌子上，大大小小的箱子散落在各处，装瓶子时用的麦秸更是遍地都是，透过那圆圆的房顶射进一些微弱的光线，显得室内昏暗模糊。走到讲堂的尽头，踏上一段楼梯，最后来到一扇门前，正是这扇门通往博士的工作间。房间十分宽敞，玻璃柜子摆满了四周，屋里还有一面很大的穿衣镜和一张写字台，三扇装有铁栅栏的窗户俯临院子，可以看见房子外面的空地。雾气越来越浓，映衬得炉子里面火光闪闪，炉台上燃着一盏灯，杰基尔博士正坐在离火很近的地方，憔悴不堪。他没有起身对朋友表示欢迎，只是在说话的同时伸出一只手来。他的声音显得有些异样，手摸起来十分冰冷。

在普尔退出去之后，厄特森立刻问道："你听说那件事了吗？"

博士打了个寒战。"卖报的已经在街上喊了，我在餐厅里听得到。"他说。

"直截了当地说吧，"律师说，"卡鲁爵士是我的委托人，你也是，我真想知道我现在是在代表谁。你不至于愚蠢到窝藏那个家伙吧？"

"我可以对天发誓，厄特森，"博士大声说，"我永远都不想再看到那个人了！我以我的名誉起誓，我跟他已经一刀两断，一切都结束了。其实他也并不需要我帮什么忙，对于他这个人，你远没有我了解，此刻他已经老实了，不会造成任何危险。有句话你要记着，他将永远销声匿迹。"

看着博士急切、狂热地表态，律师感到很不舒服，而博士的话也令他眉头紧锁。"你好像对他很有把握，"他说，"我也希望事情果真如此，这完全是为你着想。一旦开庭审理此案，你也难免会被牵涉其中。"

"我的确对他十分有把握。"杰基尔说，"我之所以这样说是有根据的，可是我不能告诉任何人。但是，我想向你求教一件事，有一封信我实在拿不定主意是否该交给警察。厄特森，我还是把它交给你，我想你一定会做出明智的判断。要知道，你是我最信任的朋友。"

"你是不希望让别人从这封信中查到关于他的线索吧？"律师问。

"不是，"博士说，"这个海德的命运我丝毫不关心，因为我说过我跟他之间已经什么关系都没有了，我只不过是不想让这件倒霉事对

我的名誉产生不良影响。"

厄特森沉默了片刻。一方面，他惊讶于朋友的自私自利；另一方面，他也感到轻松了一些。"那好，"最后他说，"把那封信拿来。"

这封信内容简短，署名是爱德华·海德，写信人的字体因笔画僵直而显得很独特。他在信中说，他一直都对杰基尔博士怀有感恩之心，但却不知如何回报，现在请博士不必挂念他的安危，因为他已经有了万全之策。律师读了这封信感到很高兴，因为这封信表明二人的关系并非自己之前所想的那样，他开始觉得自己以前有些过于疑神疑鬼。

"信封在哪儿？"厄特森问道。

"我把它烧了。"杰基尔说，"事前根本没想过这些，顺手就扔进了火里。不过信是他差人送来的，信封上并没有邮戳。"

"我能不能带走这封信，明天给你答复？"厄特森问。

"我想请你帮我出个主意，替我做出判断。"博士说，"天哪，我已经不相信自己了。"

"好，我考虑一下。"律师回答道，"我还有一个问题想问你：你的遗嘱里提及失踪的那段话，是不是海德让你那样写的？"

博士听到这句话，看起来像是马上要晕过去似的。他紧闭双唇，点了点头。

"我早就知道，"厄特森说，"他生了要谋害你的心思，你如今是幸运地躲过了杀身之祸。"

"实际上，我此次所得到的还有更重要的东西，"博士神色严肃地说，"我得到了一个教训。啊，老天，厄特森，这是怎样一个教训啊！"他用手紧紧地捂住脸。

律师出门时对普尔说："顺便问一下，今天送信的人长什么模样？"但是普尔否认上午有人来送过信这件事。他说："今天没有什么人上门送信，只有邮差送来了一些报纸而已。"他又补充了一句。

知道了这个消息之后，律师又陷入重重疑虑。一个可能是有人从后门送来了那封信，还有一个可能就是这封信是在博士的房间里写成的。假如事情果真如此，那么就更需要谨慎地对待这件事了。他走在大街上，听见报童在声嘶力竭地吆喝："号外！号外！议员遇害，惊天血案！"没想到竟然是这种声音成了他的朋友、委托人的葬礼致辞，恐惧再次袭上心头，他十分担心这件丑闻会把他的另一位好朋友也卷进去，从而影响那位朋友的名誉。这是一件非常棘手的事，虽然他早已习惯于依靠自己，这次却希望有谁能为自己指点迷津。直接询问别人的看法自然不妥当，但是他想，也许可以旁敲侧击，委婉地征询一些意见。

过了一会儿，他已经和他的首席办事员盖斯特先生面对面地坐在自家的壁炉两侧了，一瓶在酒窖里存放许久的美酒正放在他们俩之间，与炉火保持着恰当的距离。这座城市里的每个角落都被浓雾塞满，灯光显得朦朦胧胧，仿佛伸手而不可及的红宝石。都市生活的声浪照旧从四面八方涌入，发出像风一样怒吼的声音。然而，在这个房间内，炉火跳跃的火光给室内平添了温暖的气氛，酒瓶里的佳酿在经过漫长的时间后，变得香气浓郁。透过滑落着雾水的窗户，可以看见窗外暮霭渐浓。律师忽然感到整个人轻松了许多。他对盖斯特先生极少保密，即使有想要隐瞒他的事，他也没有足够的把握隐瞒得住。盖斯特由于工作的关系，经常去杰基尔家，由此也认识普尔这个老仆人。因此，对于在杰基尔博士家中自由出入的海德先生，他肯定也早有耳闻，那么，把这封揭穿秘密的信拿给他看不是很好吗？兴许他有一些他的看法。更何况盖斯特先生对书法颇有研究，在鉴定笔迹方面很有一手。所以，厄特森认为，根据这些理由，把这封信给他看是合情合理的。此外，这个办事员十分有头脑，他读了这样一封蹊跷的信，一定会发表一些十分有价值的意见，而他的话正好可以为厄特森提供参考。

"卡鲁爵士那件事真是太令人伤心了。"他说。

"是的，先生，如今外面众说纷纭，"盖斯特说，"那个凶犯简直太残暴了。"

"关于这件案子，我很想听听你的看法。"厄特森说，"我给你看一件凶手亲笔写下的东西，但是请对此保密，不让除你我之外的第三个人知道，因为我还没有拿定主意，不知道该如何处置它。无论怎么说，这件事都是不光彩的。这就是那个杀人凶手亲笔写的信，在这方面你比较在行。"

盖斯特兴致勃勃，他立刻坐下来仔细研究那封信。"先生，"他说，"这种字体很奇怪。"

"从各方面来看，写这封信的人的确很奇怪。"律师补充说。

这时，一个仆人走了进来，递给厄特森先生一张字条。

"是杰基尔博士写来的吧？"办事员问，"如果我没认错的话，这笔迹是他的。厄特森先生，便条上写的是什么秘密事吗？"

"不是，他只不过是想和我一起吃顿饭罢了。你为什么问这个？是想要看看吗？"

"我只要看一下，非常感谢，先生。"于是，办事员把两张字条放在一起进行仔细的比较。"先生，谢谢。"过了一会儿，他把两封信都还给了厄特森，"这是一种非常有意思的字体。"

接着出现了一阵沉默。厄特森的内心在不断翻腾。"为什么你要比较这两封信的笔迹呢，盖斯特？"他突然问道。

"哦，先生，"办事员回答道，"因为我认为这两者之间有奇怪的共同点，两种笔迹除了倾斜的方向不同，在其他很多方面都十分相似。"

"真是奇怪。"厄特森说。

"你说得对，真是奇怪。"盖斯特应道。

"盖斯特，你要知道，我不希望任何人知道有关这封信的事。"

"是的，先生。我明白。"办事员说。

当房间里只剩下厄特森一个人时，他立刻打开保险箱，把那封信锁在了里面。"这到底是怎么一回事？"他思考着，"亨利·杰基尔竟然伪造杀人犯的信？！"这样想着，他不觉感到全身冰冷。

发生在拉尼翁医生身上的怪事

同那份他早已交还给杰基尔的遗嘱一样，这里也对杰基尔进行了失踪的假设。可是，遗嘱中的那个假设是海德先生的险恶用意，十分明显地透露出他的不良居心，而拉尼翁又是出于什么原因写下这个词的呢？律师不由得产生了强烈的好奇。

时间飞逝，悬赏捉拿凶犯的赏金已经出到了数千英镑，因为卡鲁爵士遇害的事激起了公愤。但是警方再也没有得到过关于海德先生的任何消息，此人就好像凭空消失了一般。随着大众的关注，他的那些不光彩的历史也被一一披露于世，有很多事情表明，此人的残忍程度超乎想象，令人发指。

关于他所到之处无不给人留下憎恶之感，也有很多传言，可是无论如何，这个杀人凶手还是不留痕迹地消失了。自从那天早上他离开索霍区的住所之后，世界上就彻底没有了他的踪迹。随着日子一天天过去，埋藏在厄特森心中的恐惧也渐渐消散。他想，卡鲁爵士的死换来了海德先生的失踪，这至少不算是无谓的牺牲。而由于这些不良的影响已经消除，杰基尔博士也逐渐恢复了往日的生活，他结束了蛰居的状态，又回到了老朋友们中间，又经常与他们在一起宴请、聚会。

杰基尔博士素来以乐善好施著称，如今他又对宗教更显虔诚，他忙忙碌碌地奔波于各个公共场所，且做出不少令人称道的好事。他精神抖擞、容光焕发，仿佛在内心意识到自己所做的事是在造福大家。就这样，博士过了两个月的平静生活。

一月八日，厄特森参加了博士在家里举行的小型聚会，在座的都是认识多年的老朋友，拉尼翁也在其中。在宴席上，宴会主人一会儿看看厄特森，一会儿又看看拉尼翁，仿佛一切又重回到昨天，三个人仍是心无芥蒂的亲密伙伴。但是十二日及十四日，律师去拜访博士却吃了闭门羹。普尔说："博士把自己关在屋子里，不会客。"律师十五日又来了一次，依然没有见到他。这两个月以来，律师已经习惯于每天见到这位朋友，所以博士这次重新进入蛰居状态，令他感到十分不安。第五天，他请盖斯特陪他共进晚餐。第六天晚上他则去了拉尼翁家。

最起码在这里他不会吃闭门羹。可是当他走进拉尼翁的房间时却被吓了一大跳——拉尼翁整个人变化很大，律师简直不相信自己看见的就是他本人。拉尼翁面容枯槁，往日红润健康的肤色早已不见，取而代之的是衰颓的灰白色；头发掉了许多，看起来像是一下子衰老了二十岁。此外，这些急剧衰朽的迹象不仅表现在身体上，从他的眼神和举止来看，似乎有一种刻骨的恐惧印在了他的心上。拉尼翁是一位医生，这使厄特森不由得开始怀疑，难道是因为惧怕死亡才变成如此模样吗？"是的，"他想，"作为医生，他十分了解自己的状况，清楚自己已时日无多，恐怕正是这一点让他失去了活着的勇气。"

当厄特森告诉医生他看起来情况不太好时，拉尼翁马上肯定地宣称自己已经一只脚迈进了死神之门。

"不久前我遇到了一件极为恐怖的事。"他说，"我不可能再康复了，顶多还能拖上几个星期。是啊，生活是很愉快的，我一直非常热爱生活。但有的时候会想，如果我们什么都知道的话，没有秘密这回事，那么我倒也乐于死去。"

"杰基尔也病了，"厄特森说，"你有没有见过他？"

拉尼翁立刻脸色大变，他颤抖着抬起手。"我再也不要听见杰基尔这个名字，也不想再见到他。"他声音很大却极不稳定，"我跟这个人已经绝交，在我心里，他就是一个已经死去的人，请你不要再向我提起他。"

"唉。"厄特森叹了口气，同时也感到十分不解，缄默了很长时间。最后，他又开口道："拉尼翁，我们三个是多年的朋友，这辈子不会再有这样的朋友了。我能做点儿什么吗？"

"没有办法了。"拉尼翁说，"你去问他自己吧。"

"他不肯见我。"律师回答。

"对此我并不感到奇怪。"医生说，"厄特森，在我死后，你会弄清楚这一切的来龙去脉，但是现在我什么都不能告诉你。看在上帝的分儿上，如果你想说点儿别的什么，那么就坐下来跟我继续聊聊天。而如果你还想继续这个话题，那么我以上帝的名义请你离开，我真的再也受不了了。"

厄特森回到家，第一件事就是给杰基尔写信，抱怨他为何再次抛弃朋友，把自己关起来，并询问他与拉尼翁断绝关系的原因。第二天，回信就到了。

这是一封很长的回信，语调充满忧伤，也有许多地方语焉不详、晦涩难懂。他说与拉尼翁现在的局面已成定局。"我并不埋怨我们的好朋友，"杰基尔在信里说，"事实上，我完全赞成他的意见：从此再也不见面。从今以后，我打算不再与任何人接触，尽管我也常常将你拒之门外，但请你不必过于惊讶，也请不要对我们的友谊产生怀疑。我想要独自在我黑暗的道路上摸索，我目前所处的这种不可言说的险境与所受到的惩罚，完全是由我自己造成的。如果说我是罪魁祸首，那么同时我也是受害最深的人。可以说，我所经受的这种痛苦与恐惧，是世上绝无仅有的。厄特森，如果你想帮助我，那么只有一件事可以做，就是尊重我的沉默。"厄特森感到十分震惊，他一度以为那个魔鬼的阴影早已消失，因为博士已经恢复了原来的生活，又重新回到朋友当中，一切看起来十分顺利，也预示着博士能有一个安乐、长寿的晚年，可是，这刚刚发生在一个星期前的事情竟又突然宣告这一切结束了。现在，友谊、宁静的心境乃至整个生活都被他排除在外，似乎只有发疯才能够解释这出人意料的变化。然而，从拉尼翁的态度和言语来看，分明事情并不那么简单。

又过了一个星期，拉尼翁医生便一病不起，不到半个月就去世了。在葬礼上，厄特森感到极度悲痛。当天夜里，他把办公室的门反锁，借着昏暗的烛光取出了一个由他已离世的朋友拉尼翁盖章密封的信封，上面是他亲笔写的一行字："没有其他人在场时，由加·约·厄特森本人亲启；如果他已不在人世，请务必销毁勿拆。"最后一句话下面还加了着重号。律师不由自主地感到有些心慌意乱。"今天我刚刚失去了一个老朋友，"他思索着，"如果这封信再夺去我另外一个朋友，那该怎么办呢？"然而他马上责怪自己的这种担忧是对朋友的不信任，于是拆开了封口。没想到里面是一个同样密封着的信封，上面写道："请在亨利·杰基尔博士失踪或去世后拆阅。"厄特森简直不敢相信自己的眼睛，没错儿，又是"失踪"这个词。

同那份他早已交还给杰基尔的遗嘱一样，这里也对杰基尔进行了失踪的假设。可是，遗嘱中的那个假设是海德先生的险恶用意，十分明显地透露出他的不良居心，而拉尼翁又是出于什么原因写下这个词的呢？律师不由得产生了强烈的好奇。他曾想对那行字置之不理，立刻将信拆开，可是其高尚的职业素养以及对已故友人的忠贞，又让他犹豫不决。终于，他把这封信锁在保险柜里最隐秘的地方。

　　然而，一时控制住好奇是一回事，完全战胜它又是另外一回事。从那天起，厄特森先生是否还是那般热切地想要见到他的老朋友，是值得怀疑的。他想到杰基尔时心存善意，可是又时常因他而烦躁不安，甚至觉得有些恐惧。他仍旧不时去登门造访，但是对于不能见到博士已慢慢习惯。也许他内心还是宁愿在光天化日下，在都市的喧闹之中，同普尔站在门口说上几句话。事实上，他宁愿如此，也不愿被带进那个离群索居的人的房间里去，同那个不可思议的、令人难以捉摸的人讲话。其实从普尔那里也并没有得到什么新消息，看起来，这一次他更加严密地封闭了自己。他不但白天把自己关在工作室里面，甚至晚上有时也会睡在那里。他沉默不语，精神萎靡，好像有满腹的心事。厄特森得到的消息总是这些，慢慢地，他似乎已经习惯了，到博士家的次数也就慢慢减少了。

发生在窗口的一幕

"这正是我想要冒昧提出的请求。"博士微笑着回答。可是话音刚落，他脸上的笑容就立刻消失了，取而代之的是一副恐惧与绝望的表情。见此情景，楼下的两个人在惊讶之余，也感到不寒而栗。他们还没来得及再看上一眼，窗户就被迅速地关上了。

事情发生时，正是一个星期日。同往常一样，厄特森和恩菲尔德又在街上散步。他们又不知不觉地来到那条街道，路过那扇神秘的门，两人不自觉地在它前面停住了脚步。

恩菲尔德说："至少，事情终于结束了，海德先生已经消失，我们再也不会见到他了。"

"但愿如此。"厄特森说，"我有没有告诉过你，我也曾见过他一面，并像你一样对他产生了深深的厌恶之情？"

"没错儿，凡是见过他的人必然会心生反感。"恩菲尔德说，"对了，你当时是不是以为我是个彻彻底底的蠢货，竟然不知道这是杰基尔博士家的后门！我想你一定要对此负责，尽管后来我已发现了这一事实。"

"既然你已经知道了，那么，"厄特森说，"我们就去那块空地上吧，到那三扇窗户下面望一眼，实不相瞒，我非常想见杰基尔博士一面，因为我对他一直很不放心。我觉得，让他知道有一个朋友在这里，即使只是站在外面看上一眼，对他或许也是有好处的。"

尽管太阳仍在天上努力放射着光芒，但在这片阴气森森的空地上，黄昏似乎已经提前降临。这里空气冰冷，还夹杂着湿气。厄特森看见那三扇窗子中间的那扇半开着，杰基尔博士正倚窗而坐，神情阴郁，像是一个闷闷不乐的囚犯。

"杰基尔，是你吗？"律师大声说，"你现在好些了吗？"

"厄特森，我情况堪忧。"博士阴郁地回答，"恐怕我拖不了太久了，感谢上帝。"

"你不该把自己关在屋子里，"律师说，"出来走动走动吧，就像我和恩菲尔德一样。哦！对了，这位是我的表弟恩菲尔德先生。杰基尔，戴上你的帽子，下来同我们一起散个步吧！"

"厄特森，谢谢你的好意。"博士叹息着说，"我又何尝不想下去呢？可是不行啊，不行！我不敢这样做。但是，厄特森，在这里能看见你真高兴，说实话我非常开心。若非这里不太合适，我真想请你和恩菲尔德先生上来小坐片刻。"

"没关系。"律师和气地说，"那么，最好的办法就是我们站在这里跟你说会儿话。"

"这正是我想要冒昧提出的请求。"博士微笑着回答。可是话音刚落，他脸上的笑容就立刻消失了，取而代之的是一副恐惧与绝望的表情。见此情景，楼下的两个人在惊讶之余，也感到不寒而栗。他们还没来得及再看上一眼，窗户就被迅速地关上了。但是那一瞥已经足够，他们默默地转身离开，谁也没有再开口。他们继续保持着沉默，穿过了马路，又走上了附近一条永远人声鼎沸的大街。直到这时，厄特森先生才转头看向他的同伴。两个人的脸上依然带着惊恐的神色，眼神里也满是恐惧。

"愿上帝宽恕我们！愿上帝宽恕我们！"厄特森说。

恩菲尔德没有答话，只是严肃地点了点头，一言不发地继续往前走去。

最后一夜

"先生，虽然只有短短的一瞬，我只来得及瞥上他一眼，可是我的汗毛却像刺猬一般竖了起来。先生，如果那个人是我的主人，他为什么在家里要戴着面具？如果是我的主人，又怎么会一看见我就像受惊的老鼠一样尖叫着跑掉？"

一天晚饭后，厄特森正坐在壁炉旁，普尔非常意外地走了进来。

"我的上帝，是普尔，你怎么来了？"他惊讶地大声说，并上下打量着普尔，"你为什么看上去这么苦恼？是不是杰基尔博士病了？"

"事情很不妙，厄特森先生。"普尔说。

"你先坐下，把这杯酒喝了，"律师说，"别着急，到底发生了什么事？请慢慢告诉我。"

"先生，你了解博士，"普尔答道，"他经常会把自己封闭起来，你也是知道的。可是最近他又躲在工作室里不出来，我非常担心，厄特森先生，我感到事情不大对头。倘若有人告诉我他一切正常，我死都不相信。先生，我很害怕。"

"别着急，我的老好人，"律师说，"说得明白一点儿，你害怕什么？"

"先生，这一个星期以来，我都感到十分恐惧，"普尔固执地答非所问，"我快要疯掉了。"

普尔慌张无措的神色证明了他所说的话，他的种种举动也显得很不正常，除了第一次说害怕时他看了律师一眼，之后就再也没有抬过头。

现在，他只是呆呆地坐在那儿，眼睛死死盯着墙角，膝盖上放着一杯未沾唇的酒。"我快要疯了。"他重复道。

律师说："普尔，看得出你似乎有什么事情想要说出来，到底出了什么事？你定定神，然后告诉我。"

"恐怕是出了人命案子。"普尔嗓音嘶哑地说。

"命案？"律师先是惊呼一声，之后又显得有点儿生气，"是什么命案？你到底想说什么？"

"先生，我不敢说，"他说，"但是你可不可以跟我一块儿去看看？"

厄特森二话不说，马上站起来穿戴好外套和帽子。他注意到这位老仆人脸上带着宽慰的神情，同时还奇怪地注意到，老仆人滴酒未沾，放下酒杯就跟着他一起出去了。

时值三月，晚间的空气依然有些冰凉，这天晚上冷风袭人，月亮发出惨淡的白光。半空中的月亮像是被大风掀翻了，可怜地斜卧在一边。白云则像是最轻薄的丝巾或者被撕碎了的麻布，丝丝缕缕地飘在空中。

冷风大得令人觉得连交谈都是件痛苦的事，脸被吹得红一块白一块的。厄特森从未见过伦敦如此凄凉的场景，平时人满为患的街上，此时行人仿佛都被风吹走了。他发自内心地盼望路上能够多遇到一些熟人，他从来不曾像此刻这般急切地想看见更多的人。尽管他竭力控制自己，却无论如何都无法压下自心底升起的沉重的、不祥的预感。他们走到广场的时候，一阵大风吹来，飞沙走石，花园里的树枝啪嗒啪嗒地敲着栅栏，好像在不断地折磨自己。一直走在前面带路的普尔，突然在马路中间停了下来，他在凛冽的寒风中摘下帽子，取出一块红色的手帕拭去了额头的汗水。虽然走得很急，但他并不是在擦因赶路而出的热汗，而是在擦置身于某种令人窒息的痛苦之中而生出的冷汗。他惨白的脸上毫无血色，声音嘶哑地说着前言不搭后语的句子。

"先生，"他说，"我们到了，愿上帝保佑平安无事。"

"我也希望如此，普尔。"律师说。

老仆人轻轻地敲了几下门。扣住链条搭钩的门开了一道缝，有人在里面小声问道："是你吗，普尔？"

"是我，"普尔说，"快开门。"

他们走进了明亮的客厅，看到全体男女仆人围在炉边，像山羊似的挤成一堆。厄特森一出现，一个女仆竟然大哭了起来。紧接着厨子大叫："感谢上帝，是厄特森先生来了！"他甚至还迎了上来，像是要和厄特森拥抱。

"怎么回事？你们为什么全聚在一起？"律师有些愠怒，"这样很不像话，你们的主人会生气的。"

"他们都害怕。"普尔说。

没有一个人说话，谁都不否认普尔的话。沉默中，只有那个女仆提高了嗓门儿，哭声越发响亮了。

"闭嘴！"普尔突然生出一股怒气，恶狠狠地叫道。那凶狠的口气，表明他也处于极度紧张的状态。确实，在那个女仆猛然提高嗓门儿的时候，大家都被吓了一跳，惊恐地朝着通向内院的门看去，好像十分害怕有什么恐怖的东西出现。"喂，"普尔对清洗刀叉的小厮说，"去取一支蜡烛来，我们这就去看看到底发生了什么事。"接着，他请厄特森跟在他后面，一起向后花园走去。

"先生,"他说,"请你尽量放轻脚步,你一定要留神听,得小心点儿别出声,免得被他发觉了。先生,万一他请你进去,你可千万不能进去。"

这种意想不到的交代让厄特森吓了一大跳,他几乎要失去控制,但他立即重新鼓起勇气,随着普尔一起走过实验室,走过那乱扔着板条箱和瓶子的实习讲堂,来到楼梯旁边。普尔停下脚步,示意他就在门边好好听着。他自己却放下烛台,显然下了很大的决心才踏上楼梯,举起手叩了叩包裹着厚绒布的房门,说:"先生,厄特森先生来拜访你了。"他说话的同时,还拼命向厄特森做着手势,让他仔细倾听。

一个声音说:"跟他说,我任何人都不能见。"语气满是抱怨。

"好的,先生。"普尔说话的口气里带着几分被证实的得意。他走下台阶,重新端起烛台,带着厄特森按原路返回大客厅。那里的炉火已经熄了,几只甲虫在地上蹦蹦跳跳。

"先生,"他盯着厄特森的眼睛说,"你觉得那是我主人说话的声音吗?"

"不大像,变化很大。"律师也紧盯着普尔的眼睛,脸色十分苍白。

"是的,我也认为变化很大。"普尔说,"我在这里当了二十年的差,怎么会听不出来主人的声音?先生,主人在八天前被人杀死了,那天他在里面大声地呼唤上帝。可是,里面的人会是谁呢?他为什么要留在这里?天哪,厄特森先生!"

"这件事太离谱儿了,普尔,简直是个让人无法相信的离奇故事。"厄特森咬着指甲说,"不过话说回来,如果你的猜测是正确的,就算杰基尔博士已经被人杀掉了,那么这个凶手为什么还不离开此地呢?所以这种猜测存在漏洞,是有违常情的。"

"好,厄特森先生,你一向都不肯轻易相信别人的话,不过我还是要尽力说服你。"普尔说，"这一个星期以来，住在里面的那个人——或者称他为怪物，或其他什么东西，总之，他每天都嚷嚷着要一种药，可是买回来他又不满意。杰基尔博士经常把自己封闭起来，所以他经常采用一种方法吩咐我们做事：他会把他的指令写在字条上，然后把字条扔在楼梯上。最近一段时间，我们除了纸片之外，连个人影都见不到。我们把饭放在楼梯上，他就会趁着没有人看见时偷偷拿进去。先生，他每天会扔出两三次字条，上面写着他的命令和一些抱怨的话。为了买到他要的药，我不得不跑遍全城所有的化学药品商店，可是每一次他都嫌成色不够纯，又让我把东西退回去。先生，这种药他无论如何都要买到，无论出多少价钱。"

"你这里有没有写有他指令的字条？"厄特森问。

普尔在口袋里摸索了一阵，掏出一张揉皱了的纸。律师弯腰凑近蜡烛，仔细阅读上面的文字，内容是："杰基尔博士向莫氏公司诸位致意。他已经确定贵公司最近提供的某种货样纯度不够，不符合他的需要。一八一一年贵公司曾卖给杰基尔博士大量此种药品，博士现在急需此药，烦请贵公司尽心帮助寻找，如果还有同质量的剩余药品，不论多少都请马上送到他府上，费用悉听尊便。这对杰基尔博士十分重要。"信件的措辞到这里还很正常，可是后面笔锋一转，写信人的情绪开始失控，他又加上了一句："看在上帝的分儿上，就找找那批老药品给我送来吧！"

"这封信有点儿奇怪。"厄特森质问普尔，"但是，你怎么能拆开他要你送出去的信？！"

普尔急忙分辩道："先生，莫氏公司的一位职员看后大发脾气，一怒之下把它扔还给我，就像扔垃圾一样。"

"这封信难道不是博士的笔迹吗？"律师说。

"从笔迹上看的确非常像。"普尔忧郁地说，可是突然又换了一种语气，"可是笔迹又能说明什么问题呢？我已经见到那个人了！"

"你见过那个人？"厄特森大吃一惊，又疑惑不解，"是真的吗？"

"是的，先生。"普尔说，"事情是这样的：那天，我突然从花园走到实习讲堂去，看见博士的工作室的门敞开着，他正在讲堂另一端的箱子里翻找，大概是溜出来找药品或者其他的东西。听到我的声音，他抬起头来看了我一眼，就怪叫一声飞快地跑进去了。先生，虽然只有短短的一瞬，我只来得及瞥上他一眼，可是我的汗毛却像刺猬一般竖了起来。先生，如果那个人是我的主人，他为什么在家里要戴着面具？如果是我的主人，又怎么会一看见我就像受惊的老鼠一样尖叫着跑掉？我服侍了他这么多年……"普尔说不下去了，抬起手抹了抹自己的眼睛。

"这事过于蹊跷。"厄特森先生说，"不过在听了你的话之后，我觉得事情似乎已经有点儿眉目了。普尔，你的主人很可能是得了一种很严重并且非常奇怪的病，这种病不仅使人身心饱受折磨，身体也极有可能变得畸形，导致他的声音和面貌都起了变化，所以他才戴上面具，把自己完全封闭起来。他一心只想找到那种药物，应该也是这个原因。这个不幸的人以为这种药会让他恢复健康。可见，在他的心中，始终还抱有一线希望——愿上帝保佑他的希望不要落空。普尔，我是这样认为的。这简直算得上悲惨，哦，普尔，我认为这就是合情合理的解释。我们就不要过于敏感，并为此胡思乱想了。"

"先生，"普尔的脸色变得更加苍白，"可是那个家伙不是我的主人！千真万确！我的主人——"说到这里，他张望了一下四周，才压低声音说，"我的主人身材高大魁梧，可是里面那个家伙那么矮小。"厄特森正想表示异议，普尔控制不住地激动起来："先生！难道你认为我服侍了主人二十年，还认不出自己的主人吗？这么多年来，他每天早晨都在工作室的门口出现，难道他的头同门上哪个地方相齐我会不知道吗？先生！里面的那个人绝对不是杰基尔博士，鬼才知道他是谁，我相信一定是出了人命案子。"

"普尔，"律师说，"既然你这样说，那么我觉得我有责任把这件事弄清楚，尽管这件事会令你的主人感到尴尬和难堪。实际上，这封信使我很为难，因为这好像能够证明你的主人还没死——但是，无论如何，我认为我们应该破门而入查看一下。"

"啊，厄特森先生，这话才像你说的。"普尔说。

"那么，现在第二个问题是，"厄特森说道，"谁来干这件事呢？"

"当然是你和我，先生。"普尔用大无畏的语气坚定地说。

"好，"律师说，"不管出现什么麻烦，都由我来承担。"

"讲堂里面有一把斧头，"普尔说，"你可以用厨房里的拨火棒防身。"

律师掂了掂那根原始而笨重的武器，抬起头说："普尔，你要明白，我们两个正在冒着某种风险，关于这一点，你想清楚了吗？"

"先生，没错儿，我十分清楚。"

"那好，我们就开诚布公好了。"律师说，"我们都十分清楚，实际上，我们所想到的比说出来的要多，我们索性就把还没有说的话挑明：你看见的那个戴着面具的家伙，你认不认识他？"

"先生，他跑得飞快，还弯着腰，我不敢说我看得十分清楚。"普尔答道，"但是，如果你的意思是问，那个家伙是不是海德先生，那么，我想是的！那个人的身材同他一样，敏捷的身手也同他一样，更何况，除了他，还有谁能从实验室的门进出？先生，也许你还记得，在发生卡鲁爵士的那起凶杀案时，他的身上就有钥匙。还不仅仅是这些，先生，你碰到过那位海德先生吗？"

"碰到过，"律师说，"我还同他说过话。"

"那么，先生，想必你也应该同我们一样，觉得这位先生的身上带有某种奇怪的、无法言说的东西。我不知道该怎样形容这个人，他令人发自内心地感到一股凉意，甚至凉到骨子里。"

"的确，就像你说的那样，我也有类似的感觉。"厄特森先生说。

"正是如此，先生。"普尔说，"当那个戴着面具的家伙在我眼前出现，像个猴子似的从一堆化学药品中钻出来，一下子逃进屋子里时，我顿时脊背发凉，就好像有一桶冰水顺着我的后背流了下去。确实，我明白这些都算不上什么证据，厄特森先生，我也读过一些书，这些道理还是懂得的。但是，人是有感觉的，我敢向上帝发誓，那个家伙就是海德先生。"

"是的，我同意。"律师说，"我的担忧与此不谋而合。只怕现在罪恶已经铸成，一切都无法挽回了。事实上，我相信你的话，我相信可怜的亨利已经被谋杀了，我也相信那个杀人犯至今还躲在那个房间里。天知道他还留在这里的目的何在。来吧，我们一起去为他复仇！得把布拉德肖叫过来。"

那个仆人被叫了过来。他面色苍白，紧张不安。

"镇定一下，布拉德肖。"律师说，"我知道，大家都对这件说不清道不明的事心存疑问，现在，我们下定决心要把这件事弄个水落石出。我和普尔打算冲进去，倘若杰基尔博士一切正常，那么所有的责任由我来承担，我这肩膀还算结实。但是，为了避免发生意外，防止那个家伙从后门逃跑，你得带上一个小伙子，再拿上两根结实的棍子，从那边的拐角绕过去，守住实验室的后门。给你十分钟去到那里站好。"

布拉德肖离开后，律师看了看表，说："普尔，现在轮到我们了。"他一边说，一边把拨火棒夹在腋下，带头向院子里走去。这时，月亮被云雾遮住，光线变得晦暗起来。风在深院中游来荡去，停停歇歇，吹得蜡烛的火焰不停地跳动着，摇曳不定。走进实习讲堂之后，两个人无声地坐了下来，开始静静地等待。在他们的周围，整座伦敦城显得庄严肃穆，但是，一阵来来回回踱步的脚步声打破了这份宁静，这脚步声正是从那间工作室里传出的。

"先生，他就是这样，每天来回不停地踱步。"普尔说，"即使是夜深人静的时候，他也这么不停地走来走去。只有当我买回他吩咐的药品时，他才会停下来那么一小会儿。啊，这样整日整夜坐立不安，肯定是做了什么亏心事，所以才得经受这样的煎熬啊！先生，你再听听，这像是博士的脚步声吗？"

这脚步声很轻，且有一定的节奏，一听就能感觉到走路的人行动十分敏捷。这的确同杰基尔一贯沉重的脚步声不同，他甚至会将地板踩得嘎吱嘎吱直响。厄特森深深地叹了一口气，问："还有别的不同寻常之处吗？"

普尔点了点头，说："有一天，我竟然听到他在屋子里面哭！"

"哭？是怎样的哭呢？"律师问，顿时感到一阵凉意。

"像个女人那样，也可以形容为像是一只迷途的羔羊。"普尔说，"我走开时心里难过得也差一点儿哭出来。"

十分钟过去了。普尔从一堆打包用的麦秸堆下面抽出一把斧头，把蜡烛挪到离他们最近的一张桌子上，为他们即将发动的强攻照明。他们屏住呼吸，慢慢靠近那间诡异、神秘的屋子，里面的脚步声还在来来回回地响着。

"杰基尔！"厄特森先生大声叫道，"出来让我见见你！"他等待了一会儿，但是没有人回答。"我现在向你发出警告：我们已经对你起了疑心，你必须和我见一面，我必须要见到你！"他接着说，"如果正常手段行不通，那么我们就要采取非常手段，强行闯进去了！"

"厄特森，"一个声音从里面传出来，"看在上帝的分儿上，请不要那样做！"

"啊，这不是杰基尔的声音，是海德的声音！"厄特森失声叫喊，

"普尔，快点儿！把门砸开。"

普尔高高举起斧头，狠狠地劈了下去，整座房子都随之颤抖起来。用红绒布包裹起来的门使劲震动了一下，好像是想要摆脱锁与铁链的拉扯。这时，一声凄厉的尖叫从屋子里传出来，如同一头惊惧异常的野兽。斧头又一次高高举起，门板发出碎裂声，门框也跟着震动起来。就这样，一共劈了四斧。直到斧头第五次重重地落下，这道质地细密、坚固的木门才应声而倒，轰的一声砸在红色的地毯上。

两个攻击者也被自己粗蛮的行动以及随之而来的沉寂惊呆了，他们不由自主地向后退了一步，努力向房间里面张望。柔和的灯光照射着整间屋子，炉火在熊熊燃烧，木柴噼啪作响，烧水壶呼哧呼哧地演奏着简单的乐曲；一只抽屉拉开着，写字台上的文件全部摆放得整整齐齐；在靠近火炉的一侧，摆放着杯碟等茶具。如果只看这间屋子，你会觉得这就是一间平常、宁静的普通民居，除了那放满化学药品的玻璃橱，这种房间在伦敦随处可见。

在房间的正中央，一个因痛苦而不停地抽搐、扭曲的人正趴在地上。律师和普尔两个人轻手轻脚地走到那个人的身边，把他的身体翻转过来——正是爱德华·海德。他穿了一件极不合身的衣服，比他的身材不知肥大多少倍，那是博士的衣服。他脸上的肌肉还在轻微地抽动，但生命已彻底终结。根据他抓在手中的小药瓶和弥漫在空气中的一股浓烈的杏仁味[1]，厄特森意识到海德自杀了。

"我们迟了一步。"厄特森严肃地说，"既来不及救他，也来不及惩罚他。海德现在已经得到了应有的惩罚。现在，我们要做的是去找你主人的尸体。"

---

① 很多有机剧毒的药品都有苦杏仁味。

实习讲堂和这间工作室占据了这幢建筑物的大半部分。实习讲堂实际上几乎相当于整个底层，光是从上面照射下来的。工作室占据了楼上的一端，它的窗户朝向外面的院子，讲堂和沿街的门由一道走廊相连，密室与那扇门另有一段楼梯相通。除此之外，这里还有几间储藏室和一个十分宽敞的地窖。律师和普尔找遍了这里所有的地方。储藏室里面空空如也，什么都没有，只需一瞥就可检查完毕。地窖里塞满各种稀奇古怪的东西，大部分都是杰基尔当年做外科医生时使用的物品，很早之前就堆放在那里了。

他们把地窖门一拉开，就看到了一张厚厚的蜘蛛网横在门口，仿佛在告诉他们不必浪费时间在这里寻找。不论是死是活，哪里都没有亨利·杰基尔的踪影。

普尔狠狠地跺着铺在长廊上的石板，然后仔细倾听："一定是把他埋在这里了！"

"说不定他已经逃走了。"厄特森说着，一边转身去检查那扇通往街道的门——门紧紧锁着。在离门口不远的石板上，他们发现了一把锈迹斑斑的钥匙。

律师把钥匙拿起来小心地查看："这把钥匙似乎很长时间都没有使用过了。"

"使用？先生，"普尔说，"你注意到这把钥匙已经断了吗？好像是被人用蛮力弄断的。"

"的确是这样。"厄特森接着说，"而且断裂的地方已经生了锈。"

两个人吃惊地面面相觑。

"普尔，我实在想象不出到底发生了什么事，一切都太莫名其妙了。"律师说，"我们再去工作室里看看能有什么发现吧。"

他们默默地回到楼上，心怀畏惧地望了望那具尸体，便又对这个房间进行了一次更为彻底的搜查。桌子上的物品和使用痕迹表明，有人不久之前曾在这里配制过药剂：已称好的不同分量的白色盐类一小堆一小堆地放在玻璃器皿中，像是正在准备进行一次实验，而那个可怜的人却没能完成它。

"先生，这些正是我帮他买来的药品，他每次都吩咐买这一种。"普尔话音刚落，水壶里面的水烧开了，沸腾的声音吓了他们一跳。

他们又走到壁炉前。一张看起来十分舒适的躺椅被安置在壁炉边上，想必坐在这里会十分暖和。在椅子的一侧，摆放着伸手可及的茶具，杯子里已经放好了糖。旁边的架子上放着几本书，其中有一本翻开书页的书籍正放在茶杯旁边。厄特森无比惊讶地发现，那是一本杰基尔极为推崇的宗教著作，可是现在，这本书的书页上却写满了极端不敬、令人惊骇万分的句子，而且正是杰基尔博士的笔迹。

再往前，他们又来到了那面大落地镜前。两位搜查者向镜中看去，没来由地感到某种恐惧。镜子的角度令他们只能看到映在天花板上的那些玫瑰色的光，看到不断跳动的炉火在玻璃柜子上映出成百幅图像，还看到了他们自己苍白而惊恐的脸。

"想必这面镜子见证过不少奇怪的事。"普尔小声说。

"这面镜子的存在本身就已经非常奇怪了。"律师也小声说道，"杰基尔生前——"厄特森被自己的用词吓了一跳，因为他惊讶地发现自己竟然在不知不觉间已把博士归入死者之列。他强压住自己的脆弱和恐慌，继续说道："杰基尔用这面镜子做什么呢？"

"你说得有道理，先生。"普尔说。

然后，他们转向了写字台。在一堆摆放得整整齐齐的文件中，有一个写着厄特森先生名字的大信封被放在了最上面，那是杰基尔博士的笔迹。律师打开大信封，里面掉出了好几封已经密封好的文件。第一份是遗嘱。上面的条款同六个月以前律师还给博士的那一份完全相同：如果杰基尔死亡，此文件就作为继承证明；如果杰基尔失踪，此文件就作为赠予证明。只不过，在这份文件上，律师无比惊讶地发现，之前写有爱德华·海德名字的地方，现在却赫然写着加布里埃尔·约翰·厄特森的名字，正是律师自己！律师不可置信地看了看普尔，又瞧了瞧手中的文件，末了，又看了看躺在地毯上的那个已经死去的凶手。

"这件事我无法理解，彻底被搞糊涂了。"他说，"这位海德先生既然在这个房间里面待了那么长时间，肯定会发现这份文件，他没有理由喜欢我，当他发现自己的名字被换成另外一个人的名字时，一定会勃然大怒。可是他竟然出人意料地留下了这份文件。"

厄特森捡起了第二份文件。这是杰基尔博士亲笔所写的一个便条，上面还签有日期。律师一看，激动得叫了起来："哦，普尔！你的主人他今天还活着，而且就在此地。在这么短的时间之内他是不可能被谋害的，他一定还活在世上！他一定是成功逃脱了！可是，为什么要躲起来呢？他又是怎么逃出去的呢？既然如此，我们就不能贸然宣布海德先生是自杀，我们必须慎重一些。恐怕你我的鲁莽举动，会把你的主人卷入一场可怕的灾难中。"

"先生，你怎么不继续读了？"普尔问。

"因为我很担心。"律师回答，"上帝保佑，希望我的担心是多余的。"说完，他开始阅读那个便条。

我亲爱的厄特森：

　　当你读到这封信时，我想我已经失踪了。至于会在什么样的情况下失踪，我实在无法预料。依据我的直觉以及推断，也根据我现在无法形容的处境和遭遇，我知道末日已成定局，再也无法挽回了。而且，恐怕很快就要来临。请你先去读一下拉尼翁曾扬言要交给你的那份文件，如果你还想知

道更多的事情，那么就请再读一下我的自白书吧。

你的不幸的、有辱你的朋友
亨利·杰基尔

"还有一封，是吗，普尔？"厄特森问。

"是的，先生。"普尔把一个好几处用火漆封口的信件递了过来，又厚又沉。

律师接过来装进了口袋："对于这个文件，我将绝口不提，普尔。如果你的主人逃走或者是遇害了，我们唯一能做的就是保全他的声誉。现在已经十点了，我必须回去静下心来好好读一读这些文件。今天午夜之前，我会再回到这里来，到那时，我们再一起去找警察。"

他们走了出去，把实习讲堂的门紧紧锁上。厄特森告别了那些围坐在火炉边的仆人，又一次钻进大风中，步履艰难地返回他的事务所，准备仔细阅读那两份自述。谜底终于要揭开了。

拉尼翁医生的笔述

他一口喝掉了量杯里面的液体，随后大吼一声。他摇摇晃晃，站立不稳，使劲抓住桌子以免摔倒。他的眼睛向外鼓起，大口大口地喘着粗气。

一月九日，也就是四天之前，我收到了一封随晚班邮件送来的挂号信，这封信出自我的同行兼同学亨利·杰基尔之手。我感到十分惊讶，因为我们之间从来没有过任何书信往来，而且就在前一天的晚宴上我还见过他。无论如何我也不知道他为何要煞费苦心地写一封挂号信给我。然而更令我吃惊的还是信的内容。下面是它的全文。

亲爱的拉尼翁：

你是我认识最久的朋友之一，虽然在学术问题上我们存在很多分歧，但是我们两人之间从来没有过任何友情上的裂痕，至少我是这样认为的。如果有一天你告诉我说："杰基尔，我的生命、我的声誉和我的一切，都需要你来帮我维系了。"我想我一定会不惜付出一切代价去帮助你。拉尼翁，现在，我的生命、我的声誉和我的一切都掌握在你的手中，如果你今夜没有帮助我，那么我就全完了。读了以上这段话，或许你会担心我是在请求你去做一些见不得人的勾当，那么，一切就由你自己来判断吧！

今天晚上，我希望你取消所有的约会，哪怕是国王要召你去为他看病，你也一定要推迟。如果你的马车没有准备好，那就叫一辆出租马车，带着这封信到我的住所来。我已经吩咐好我的仆人普尔，提前找好一个锁匠在那里等候。到时，叫锁匠打开我工作室的门，但是只能你一个人进去。在房间的左手边，有一个标有E字母的玻璃柜，如果柜子上了锁，你就把锁撬开，把从上往下数第四个也就是从下往上数第三个抽屉拉开，并将抽屉连同里面的东西全部带走。我感到非常不安，甚至可以说是怀有一种病态的恐惧，生怕会指错了抽屉。不过，就算我有可能说错，你也可以根据里面的东西来分辨我到底要你打开哪一个抽屉：里面会有一些药粉、一只小药瓶和一个记事本。我请求你把这个抽屉原封不动地拿到你在卡文迪许广场的家中。

这是我恳请你帮我做的第一件事，下面是第二件。如果你拿到这封信后立刻出发，那么在午夜前就可以赶回自己的家了。不过，为了保险起见，我还是在时间上为你留下余地。这样做的目的，首先是避免出现一些意料之外的事情；其次就是希望你在仆人上床休息一小时后，再继续进行我们下面的事情。在午夜的时候，请你独自一人在你的诊室内等候，亲自接待一个自称代表我的人，并把从我房间里拿回来的那个抽屉交给他。到这一步，我恳求你做的事情就全部完成了。你的所作所为将令我感激万分。如果你坚持要我对此做出解释，那么请等待五分钟，五分钟之后你会明白。同时，你也就会理解我为何要安排这几件事，会明白它们有多么重要。但是，假如任何一个步骤出了差错，你将会因我的死亡或我的理性的毁灭而遭到良心上的谴责。

拉尼翁，虽然我完全相信你，坚信你不会忽视我的请求，但是只要一想到有这种可能性，我的手就不由自主地颤抖，我的心就沉到了谷底。你可以想象一下：此刻，我正身处一个陌生的环境，忍受着无法言说的痛苦的煎熬，而只要你能够不出任何差错地完成我的请求，那么，我的烦恼就可以烟消云散，就像一个讲完了的虚构的故事那样离我远去。亲爱的拉尼翁，救救我。

你的朋友
亨·杰
一八一一年十二月十日

封好信，忽然一阵新的恐惧袭上我的心头。我又想到了一种可怕的可能——万一邮局出了什么差错，那么极有可能导致明天早上你才能收到这封信。如果真的是这样，那么，亲爱的拉尼翁，请你在明天白天任意时刻帮我把这件事办完，然后再一次在午夜时分等候那个代表我的人。如果第二天夜里没有人去找你，那么你今后也就再也见不到亨利·杰基尔了。又及。

看完这封信，我开始彻底相信我的那位同行已经精神失常了，但是，在有确凿无疑的证据以前，我觉得我应该尽一个朋友的义务，按照他的要求为他完成这件事。越是不能理解这件事，我就越无法判断这件事情的重要程度。面对这样一封措辞严肃的信件，我感到无论如何都不能随便处理。于是我立刻起身，在街上拦了一辆马车，径直去了杰基尔的住所。那位老仆人已经在等我了，他也是自晚班邮件中收到了一封挂号信。按照信中的指示，他立即派人去请了一位锁匠和一位木匠。我们正在说话的当口，那两位匠人就赶到了。于是我们一起向原来丹曼医生的实习讲堂走去，从那里到杰基尔的工作室是最方便快捷的——这一点我相信你早已十分了解。门实在坚固无比，锁的质量也很好，木匠一直在抱怨这项工作十分麻烦，说是如果想要进去就必须硬来，而且势必要损坏不少地方。锁匠更是几乎快要绝望，好在他的手艺不错，两小时后终于把门打开了。标有E字母的柜子并没上锁，我找到那个抽屉，用麦秸把空隙填满，又用一张床单把它包好带了回来。

回到家，我就立刻检查了一下抽屉里面的东西。那些药粉打磨得相当细，配制得也很地道，但是比起专业的药剂师来还是差了一些，显然，这是杰基尔自己制作的。粉末看样子像是某种单晶盐类，之后我的注意力转移到了那只小瓶子上，它里面装着半瓶红色的溶液，散发出刺鼻的异味，我估计应该混有磷和某种挥发性很强的醚，其他的成分我就猜不出来了。那个记事本看上去也很平常，里面所记载的东西并不多，其中有一连串的日期，前后历时好几年。但是我注意到，记录于大约一年前终止了，而且是很突兀地中断的。在某些日期旁边会有简短的附注，通常只有几个字，比如"加倍"。在这几百条记录中，大概出现了六次这样的附注。在最初的附注中，有一处后面写了好几个感叹号："彻底失败！！！"这些东西勾起了我的好奇，但是我无法从中得出什么确切的答案。除了一些药剂、一包盐类物质、一份实验记录，就什么都没有了。这些东西就像杰基尔的其他一些研究一样，从未得出任何有实际意义的结论。这简简单单的几样东西，如何会对我那想法怪异的同行的名誉、理智和生命产生重大的影响呢？既然他派来找我的那个人可以到我这里来，那么他为什么就不能直接去他的家里完成这个任务呢？为什么我必须秘密地招待来访者？越思考，我就越觉得自己在面对一个严重的精神病患者。依照他的要求，我早早地打发仆人们睡觉。然而，为了以防万一，我还是把一支老式左轮手枪上好子弹，算是做一些自卫的准备。

十二点的钟声刚刚敲响，我就听到了一阵轻轻的敲门声。我打开门，看到一个身材矮小的人蜷缩着靠在门廊的柱子上。

"是杰基尔博士让你来的吗？"我问。

他不自然地打了个手势，示意我"是的"。当我让他进来的时候，他却并没有立刻动身，而是鬼鬼祟祟地扫了一眼那片漆黑的广场。有一个巡逻警察正提着灯走过来。这位客人竟然吓了一跳，顿时显出十分慌张的样子，急急忙忙进了屋。

说实话，这一系列细节令我感到十分不安。这位客人首先给我留下了一个不好的印象，所以当我跟着他走进灯火通明的诊察室时，我的一只手始终放在那支枪上。进了房间之后，我才得以认真打量一下这个人。在这之前，我从来没有见过这个人，这是肯定的。我已经说过，他身材十分矮小，脸上那种令人憎恶的表情令我十分吃惊。他的肌肉很发达，但是身体素质很差，看起来十分虚弱，这两者结合起来，给人一种奇怪的感觉。还有最后一点，那就是只要一靠近他，就会产生一种怪异的、发自内心的烦躁和紧张感。这种紧张感跟人刚开始发烧时浑身发冷打战的情形十分相似，同时伴有明显的脉搏减弱的趋向。当时我认为这些反应只不过是我个人对他的厌恶所引起的，仅仅对为什么反应会如此强烈而感到疑惑。但是事后，我才知道原因要深刻得多，它的根源在于人的天性。

从这个人踏进门开始，我就对他产生了一种因厌恶而起的好奇。

他的穿着十分可笑——虽然衣服的料子看起来十分贵重，做工精细，颜色也很雅致，但是穿在他身上却大得不像话，裤子松松垮垮地挂在腰上，为了不让裤角拖在地上，只好把裤腿高高地卷起；大衣的腰身竟然已经垂到了臀部以下，领子则正好在肩膀上铺开。说起来虽然滑稽，但却丝毫不能引我发笑。恰恰相反，由于这个家伙骨子里有一种不正常的让人极其厌恶的气质，这些怪异的打扮反而让人觉得与他的气质很相符，而且加深了上述印象。所以，我不但对他的性格和本质产生了好奇，而且迫切地想弄清楚他的出身、经历、财产、身份等一系列问题。

以上这番观察与感想，虽然记录下来颇占篇幅，但实际上只是发生在短短几秒钟之内的事。这位登门拜访的客人早已急不可耐，且脸色阴沉。

"你拿到那些东西了吗？"他嚷道，"拿到了吗？"他的耐心似乎马上就要消耗殆尽，甚至已经伸出一只手，想要抓住我的胳膊，摇撼我的身体。

我把他推开。一接触到他，我就感到一种蚀骨的凉和痛注入血液之中。"先生，"我说，"你还没有自我介绍呢，请坐下说吧。"我率先坐在了自己平常习惯坐的那个位置上，并摆出一副接待患者的神情和姿态。此时已经午夜，一位如此怪异的人登门拜访，并令我感到几分恐惧。因这一系列匪夷所思的事情，我的大脑早已十分混乱，所以，我想我的姿态也许很不自然。

"请你原谅，拉尼翁先生，"他还算有礼貌地对我说，"你说的话都很有道理，因为急躁，我竟然失了分寸。我是遵照你的朋友亨利·杰基尔的吩咐，到这里来办一件非常重要的事情。据我所知，"他停顿了一下，将一只手放在脖子上，看得出来，他在尽力让自己镇静下来，似乎他已经处于歇斯底里的边缘，"据我所知，他让你拿一个抽屉……"

这时，他拼命压制自己的焦灼状态已经令我感到于心不忍，也许更是因为我已经无法按捺住自己的好奇。

"都在那儿，先生。"我指了指放在桌子后面地板上的那个用床单覆盖着的抽屉。

他一下子就冲了过去，却又突然停下来，用一只手紧紧按住胸口。他浑身打战，我甚至听到了他的牙齿上下相撞的声音。他的脸开始扭曲，像魔鬼一样恐怖。我开始担心他的性命，也担心他失去理智。

"镇静一下。"我说。

他看着我，可怕地笑了一下，显得面目狰狞，然后不顾一切地一下子扯开床单。看到他想要的东西好好地放在抽屉里，他大声地倒抽了口气，露出如释重负的表情。过了一会儿，他问："量杯在哪儿？"听得出来，此时他已经平静了一些，能够调整气息并控制自己的声音。

我费了好大的劲儿才从椅子上站起来，找到量杯并递给了他。

他向我笑了一下，并点头致谢。倒出少许红色的药水之后，他又在里面添加了一种药粉。这种混合物最初呈红色，随着药粉慢慢溶解，开始变得色彩更加鲜艳，并发出沸腾的声音，噗噗地向外冒着气泡。忽然，气泡停止了，混合物一下子变成了深紫色，紧接着又逐渐变浅，最后慢慢变成了浅绿色。反应过程中，这位客人眼睛一眨不眨地注视着这些变化。现在，他面带微笑地把量杯放在桌子上，然后转过身，目不转睛地看着我。

"好了！"他说，"现在，该对今晚的事做一个了结。你是否愿意像一个聪明人那样，对此事不闻不问？你是否愿意就这样让我拿着这只量杯离开？还是你已经控制不住自己的好奇，想要知道真相？希望你认真考虑一下再回答我，因为接下来事情如何进展会全部按照你的决定来办。你可以决定对此不闻不问，那么你的生活就会仍同过去一样，不会变得更有钱，也不会变得更聪明。当然，你会时常想起自己曾经帮助了一个濒临绝境的人，把它当成一笔宝贵的精神财富。或者，你会做出第二种选择，那么，一个崭新的知识领域就会呈现在你面前，就在这个房间，就是此时此刻，在你眼前将出现奇迹，这个奇迹不但会让你不敢相信自己的眼睛，恐怕就连鄙视世界的魔王也甘拜下风。"

"先生，"我说，故意做出一副淡漠的样子，但内心并非如此，"你刚刚所说的那一番话实在令人费解，我听了也并不觉得信服，你或许不会因此生气吧？但是，我今天一直在不知就里的情况下为你提供无私的帮助，我已经参与得太多了，在看到结果之前已经无法停步。"

"好吧。"这位客人说，"拉尼翁，对于即将发生的事，你必须以你的职业道德来担保，保证绝不向任何人泄露半分。多年以来，你都被最狭隘、最庸俗的观念所束缚，总是不肯认同超越一般经验的医学功效存在，你嘲笑那些比你有才华得多的人，现在，就让你亲眼看一看吧。"

他一口喝掉了量杯里面的液体，随后大吼一声。他摇摇晃晃，站立不稳，使劲抓住桌子以免摔倒。他的眼睛向外鼓起，大口大口地喘着粗气。我目不转睛地看着他，就在这时，变化就在我的眼前发生了：他似乎在膨胀、在长大，面孔骤然发黑，五官仿佛在融化，又似乎在改变、扭曲——突然，我跳了起来，一下子退到墙边，我不由自主地伸出手，想挡住发生在眼前的不可思议的景象，恐惧排山倒海而来，将我淹没。

"上帝啊，上帝！"我一遍遍地叫喊，因为在我面前的这个人——这个面色惨白、浑身发抖、向前伸出两只手，几乎就要晕过去的人，竟然是亨利·杰基尔！

在这之后的一个小时，他对我讲述的事件我不敢形诸笔墨。我所听到的和看到的，令我的灵魂直到今天还会感到恶心。尽管当日发生的那些事情此时已在我眼前消失，当我问自己是否依然还相信它时，我仍旧无法给出答案。我生命的基座已经开始动摇，从此便无法入眠，无法言说的恐惧日日夜夜、时时刻刻伴随着我。我感到自己已经走到了死亡的边缘，但是直到死亡，我也不会相信所发生的这一切。关于那个人流着泪向我讲述的堕落行为，我一想起来便觉得不寒而栗。厄特森，我只想说一点，如果你有勇气相信的话，单凭这一点便已足够。杰基尔向我坦白，那天午夜来到我家的人，正是现在全国追捕的谋杀卡鲁爵士的凶手，也就是大家都知道的那位海德先生。

哈斯梯·拉尼翁

亨利·杰基尔的自白

> 第二天早上醒来的时候，感到有些异样。我环顾四周，看了看广场附近自己家里那些体面的家具，接着又看了看帷帐的花纹以及红木的床架，一切都没有什么变化，可是我始终觉得自己并不是睡在家中。

我于一八××年出生，一来到这个世界上，便拥有巨额的财产。除此以外，我还拥有许多天赋，并且为人勤勉，赢得了一些心地善良而又聪慧无比的人对我的尊敬。可以说，凡是保障锦绣前程所需要的一切条件我都具备。然而话说回来，我有一个最坏的毛病，就是喜欢及时行乐。许多人因为这种性格而寻到了不少快活，而我却发现它同我想要成为那种高高在上、保持庄重仪态的人的愿望不可调和，于是我只好在私底下寻欢作乐。等到我能够独立思考的时候，我用自己的眼睛观察世界，暗暗估计我将来的前途以及社会地位时，我发现自己已经陷入这种两面性中不可自拔。很多与我有同样毛病的人往往会自鸣得意，可是，从自己的远大理想出发，我对自己的这种反常心理感到十分羞愧，并竭尽全力对此进行掩饰。我之所以会变成这副样子，与其说是我那一天天严重起来的毛病造成的，倒不如说是我狂妄自大的性格造成的。在别人身上，善与恶尽管互相排斥，却也互相依托，构成了一种正常的两面性；而在我的身上，善与恶两者却对立得十分明显。我不得不进一步在深层次上去探究人生的残酷法则。这种法则正是宗教的基础，是一般痛苦的来源。虽然我是一个彻头彻尾的两面派，但我绝对不是一个伪君子，因为我在善与恶这两方面都无比真诚。无论我是一头扎进丑事堆中，沉浸于无耻的寻欢作乐，还是在白天努力钻研、认真工作、尽心尽力地去减轻人们的痛苦时，我都是以十二分的真诚去面对，对我来说，那些都是我喜欢做的事。彼时，我的科学研究方向正集中于神秘主义的、超出人类一般经验的课题，凑巧在研究中取得了一些进展，可能是我这种长期自我冲突的意识起了很大的作用。时间慢慢地过去，我思维的两个方面——道德方面和智力方面都在不断地向那个真理靠近，然而关于那个真理，我却只了解其中非常小的一部分，也许正因如此，命运为我安排了一个如此令人难过的结局。这个真理便是：人事实上并不是单一的，而是双重的。我只说是双重的，是因为我的研究成果只能够达到这一程度，也许，将来有人能追上我，并且把我超越。我不妨大着胆子预测，也许将来有一天终会发现，人类无非是由形形色色、不同种类且互相排斥的独立个体所组成的完整实体。可是，对于我自己来说，出于本能，我将朝着一个方向勇往直前，绝不退缩，且只朝着那一个方向。

在道德方面，我通过亲身经历知道了怎样认识人的原始的双重性，在这两种天性之间，我的良心不断徘徊，摇摆不定。可以说我拥有其中之一，也可以说这两种天性我生来就具备。早在我通过科学研究发现有创造这种奇迹的可能性之前，我就已经学会了完全沉浸于另一个世界中，如同做白日梦一般安静地思考是否能将善和恶这两者分离开来。我告诉自己，如果能将这两者分别安置于不同的个体中，那么生活将摆脱其不能容忍的一切：坏人自去做他的坏事，他善良的孪生兄弟没有必要前来干预，任其走自己的路；正义者也可以坚定地朝

着他伟大的理想前进，做他喜欢做的好事，再也不必因恶之牵累而
羞愧难当。而现在，这无法互相容忍的两捆柴被强迫绑在一起，如
同两个走极端的孪生兄弟一样，日日夜夜在良心的战场上争斗，由
此造成了人类无数的困扰。那么，究竟怎样才能让这对立的两者分
离呢？

　　对于这个问题，我始终苦思冥想。就在这时，我刚刚已经说过，
在实验室获得的一些成果从侧面为我提供了启示，我不得不从更深一
层去思考——我们这个看似健壮的、在衣服里晃来晃去的躯壳，实际
是虚幻缥缈、不可捉摸的。我发现某些化学药品能够震动并抖掉我们
这副臭皮囊，就像风可以吹动帐篷的帷幔一样。在这篇自白书中，我
不想进一步论述我的研究结果，这有两个十分重要的原因：首先，事
实令我知晓，命运为我们安排的重担将永远压在我们的肩上，并束缚
我们的行为，企图抛弃它的结果就是它会反噬回来，而这时压力就远
远超出了我们的负荷，变得越来越恐怖了。其次，由于我的发现并不
完全——这一点可以从下文清楚地得知，是啊，太清楚了——所以我
只能说，我不但能把我们的自然躯体与构成我们的精神的某些力量区
分开来，而且还研制出了一种药剂，它可以使这些力量从高高在上的
地位一落千丈，并且以其他形式、其他外表来代替，第二种形象对我
来说也能够适应，因为那是我心灵中的低级成分的一种表现形式，并
且深深地烙上了这些印迹。

　　在将这种理论付诸实践之前，我犹豫了很长时间，因为我十分清
楚，一旦如此，我将随时面临死亡。既然这种药剂拥有如此震撼人心
的力量，那么一个不小心，多服用了一点儿或者选择的时机不当，就
能把我盼望着改变的那个虚幻的肉体给彻底毁掉。但是，具有如此不
同寻常意义的科学发现实在太令人着迷，它最终让我战胜了内心的恐
惧。后来，我开始尽心地配制这种药剂，在某公司一次性购买了大量

某种盐，根据所做的实验得知，只要有了这最后一种必须放入的药品，便万事俱备了。于是，在某个应该被诅咒的夜晚，我配齐了各种成分，眼睛一眨不眨地看着它们在杯子里翻腾、冒烟；当一切都平静下来之后，我便鼓足勇气把这杯药吞了下去。

接下来，我经历了一种撕心裂肺的疼痛，好像有什么东西在不停地剐蹭着我的骨头，还恶心得要吐，此外，有一种莫名的恐惧折磨着我，就像是出生或死亡时的痛楚。没过多长时间，这些痛苦消失了，我像大病初愈一般，慢慢清醒过来。我产生了一种新奇的感觉，这种感觉十分陌生，甚至用言语难以表达，它让我体会到了一种梦幻般的幸福，我觉得自己更加年轻、矫捷，也更加快活了。在我的内心产生了一种带有莽撞意味的冲动，那种眩晕的感觉像风车一样，在我的幻想中不停地东奔西突，刹那间，我感到自己甩掉了所有的责任感和束缚，我体会到了一种陌生但并不纯洁的心灵上的自由。当这个崭新的我开始呼吸第一口空气时，我就知道自己已经变得无比邪恶了，就像出卖了灵魂，成了黑暗与邪恶的仆人一样。在最开始，这种感觉如同酒醉一般令我无比激动和兴奋。我高高地举起双臂，一种蓬勃向上的青春活力让我高兴得忘乎所以。可是我刚一行动，就发现自己的身材已变得又矮又小了。

当时我的密室里没有镜子，而现在，我在写这篇自白书时，旁边就摆放着我后来特意为这种变形而购买的一面穿衣镜。那时已是翌日凌晨，虽说黎明到来之前最为黑暗，却依然无法阻挡拂晓的脚步。住宅里的其他人还未从梦中醒来，我早已克制不住兴奋的心情，踌躇满志，得意扬扬，决定以崭新的自我进行一次外出。当我经过群星照耀的院子时，突然想到，想必夜空中的星星见了我也不胜惊讶，因为它们尽管常年高悬天空，俯瞰大地，却也从来没有见过像我这样的新生物。我小心翼翼地穿过走廊，在自己的家里扮演陌生人的角色，走到

卧房后，我第一次在镜子里见到了爱德华·海德的样子。

在这里，我仅仅想从理论的角度来分析这个问题，我所讲的并不是我已研究透彻的科学事实，而是根据分析得出的具有最大可能性的结论。我现在已经把决定性格的功能交给了本性中邪恶的那一面，而这邪恶的一面与我善良的一面相比，在本性中所占的程度不同，毕竟本性中善的成分要大一些。除此以外，我曾用了百分之九十的精力致力于工作，去完善道德和控制自己，在这一方面，恶的一面得到的锻炼要少得多，精力消耗也少一些，也许这正是爱德华·海德要比亨利·杰基尔矮小、灵敏并且年轻的原因吧！就像杰基尔的脸上闪耀着善性的光芒，海德的脸上则分明写满恶性。此外，恶性——至今我仍然认为这是一种致命的品性——已经在其身上烙下了畸形和堕落的印迹。可是，当我在镜子中看到这副奇丑无比的相貌时，我竟然没有感到一丝厌恶，恰恰相反，却有一种相见恨晚的感觉，因为这个人也是我。他看起来浑然天成，充满人性。在我的眼中，他更具有一种蓬勃向上的精神，与从前那个虽然并不完美却也一表人才的相貌相比，要直接、单纯得多。以上的这些分析毫无疑问是正确的，因为我发现，自从我变成爱德华·海德以后，还从来没有哪个人能靠近我而不心惊胆战的。在我看来，发生这种状况，是因为我们所碰到的那些人都是善与恶的混合体，而唯有爱德华·海德，他只有纯粹的恶。

我在镜子前只站了一小会儿，因为接下来的第二项实验还有待完成，我必须证实一下自己是否能够恢复成原来的模样，是不是需要在天亮之前逃离此地，因为现在的我已经不是这座房子的主人了。于是，我急忙回到密室重新配制药剂，喝了下去。又一次经历筋骨变化的折磨，我终于恢复了亨利·杰基尔的身体和面容。

就是在那个晚上，我徘徊在决定自己一生的岔道口上，在当时，假如我能够以一种高尚的思想来对待这个研究成果，假如我将这个冒着生命危险得来的发明用于造福人类，那么可能之后的结果就不一样了。我将会成为天使的化身，而不是众人口中的恶魔。药剂本身毫无偏见，它的主人既不是魔鬼也不是天使，它仅仅是冲击了我天性的牢狱之门，里面的邪恶就如同囚徒趁乱出逃。那时，我身上善的一面在沉睡，而邪恶的一面却因野心而头脑清醒，它敏锐地伸出手，抓住了这个机会，将爱德华·海德制造了出来。所以，目前我有着两种截然不同的人格和相貌，一个由纯粹的恶构成，另一个就是原来的亨利·杰基尔。就这样，一切都在朝着最糟糕的方向发展。

　　即使到了这个年纪，我仍然避免不了厌恶这枯燥的研究生活，常常想寻求其他的快乐。至于我的爱好，实际上是有损名声的，然而我本人却拥有很好的名誉，令人仰慕，受人尊敬。随着年龄的增长，这种自相矛盾的情形越来越令我烦躁不安，正因如此，在拥有新的能力的诱惑下，我变成了它的奴隶——仅仅是喝上一小杯，我就可以由著名的教授摇身变为爱德华·海德，这令我感到很有趣，一想起来就忍不住开心地大笑。我小心而认真地为这个新身份做准备：我在索霍区租下了一栋房子，就是后来你和警察追踪过去的那栋；在那里，我购置了新家具，还雇了一名口风紧但道德上不是十分讲究的女仆。在另一方面，我告诉杰基尔的仆人们，有一位海德先生将可以在我的住所享有一切权利，我还十分详细地向仆人们描述这个人的相貌。为了防止意外，我甚至多次登门拜访过自己，让第二个我成为家中的常客。另外，为了保险起见，我还立了一份遗嘱，就是你竭力反对的那一份。这样一来，一旦杰基尔遭到什么不测，我变为爱德华·海德后，经济上也不会有任何损失。就这样，安排好一切之后，我便可以因自己的特殊而获得豁免权。

　　过去，人们策划罪恶的勾当时，会找一些不要命的家伙去执行，从而保全自己的地位和名誉，使其不受损伤，而我是第一个为了追求快乐而这样做的人。我可以在大庭广众之下，以德高望重的姿态缓步前行；转眼间，又可以像调皮的孩子一样脱掉借来的外套，一头扎进为所欲为的大海。在这个外套的遮蔽之下，我还可以百分之百地保证自己的安全。试想一下，这个新的我原本就不是真实存在的，只需要迅速配好药剂，并一口气把它喝光，那么不论爱德华·海德做下什么事，都可以像镜子上的哈气那样在瞬间消失，取而代之的，则是在家中安详静坐、在书房中剔亮烛光的亨利·杰基尔。如此天衣无缝，外来的怀疑都是可以不屑一顾的。

有了伪装之后，我便急不可耐地寻欢作乐，之前已经说过，那些事是有损名声的，作为杰基尔，我不愿使用更加不体面的字眼。可是，一到爱德华·海德的身上，它们便成了凶残狠毒的化身。每一次夜游之后，这位代理人无耻、卑鄙的行为都令我震惊不已，这个摆脱了我的灵魂的人，这个被我派出去寻欢作乐的人，是一个狠毒、凶残、无情的家伙，他的所有想法与行动，都是出自私心，是一个彻彻底底的利己主义者。他如同原始的野兽一般出去为非作歹，给别人带来的一切痛楚和折磨他都毫不在意，他铁石心肠、冷酷无情，种种行为将亨利·杰基尔惊得目瞪口呆。然而，法律对他毫无办法，而良心则是无论如何都能够得到安慰的——反正犯罪的是海德，跟杰基尔没有任何关系，喝了药水之后，一睁开眼他仍是那个德高望重、极受尊敬的上流人物。当然，如果遇到合适的机会，他也愿意做一些善事来弥补海德犯下的罪行，如此一来，他的良心也无须再遭受过多的谴责了。

对于那些有损名誉的事我羞于启齿，直到现在我依然不能接受那是我的所作所为。现在我只想谈一谈我怎样受到了警告，可怕的惩罚又是怎样降临到我的头上的。发生过一件小事，因为无关紧要，我也不想重提，我在街上虐待过一个小孩儿，一位过路人出于愤怒前来干涉，一段时间之后我发现那个人竟然是你的亲戚。当时，医生和小孩儿的家人全都不肯善罢甘休，为了保住性命，摆脱这件麻烦事，于是爱德华·海德把他们带到那座房子前，并用亨利·杰基尔的支票支付了赔款。由这件事得到了教训，我便以爱德华·海德的名义在其他银行又开了一个账户，并且更改了笔迹，令其向后倾斜，还发明了一种新的签字形式。做完这些事，我不由得暗自得意，从今以后我再也不会遇到此类的麻烦事了。

在卡鲁爵士被害前大约两个月，我出去猎奇后很晚才回家。第二天早上醒来的时候，感到有些异样。我环顾四周，看了看广场附近自己家里那些体面的家具，接着又看了看帷帐的花纹以及红木的床架，一切都没有什么变化，可是我始终觉得自己并不是睡在家中。有一种感觉固执地告诉我：我睡错了地方，我应该在索霍区爱德华·海德的那个小房间里醒来。我暗自觉得好笑，开始懒洋洋地用心理学的方法剖析刚刚产生的幻觉。在这个过程中我心不在焉，甚至还打了一个盹儿，然而，在某个清醒的瞬间，我的视线无意中落到了自己的手上。我想你也十分清楚，亨利·杰基尔的手具有鲜明的职业特征——手掌宽大，皮肤白皙，给人以稳重坚定的感觉。但是在这伦敦清晨阳光的照射下，我竟然看到了一只瘦骨嶙峋、青筋暴突、灰白的皮肤上长有一层黑色汗毛的手。这是爱德华·海德的手！

我呆住了，注视着它有半分钟之久，直到恐惧在我心中猛然醒过来，我才一下子跳下床，冲到了镜子前。一看到镜子里面那个人，我吓得灵魂出窍，浑身的血液都几乎凝固。我记得清清楚楚，昨天晚上我并没有忘记恢复成亨利·杰基尔，可是现在却再次变成了爱德华·海德，这是怎么回事？此时已是上午，仆人们早已起床了，可是药物还放在密室中，我必须要走很长一段路，要经过两道楼梯，穿过走廊，穿过院子和那间实习讲堂。我直愣愣地站在那里——遮挡脸部是很容易的，可是身材变化太大了，该怎么办呢？过了一会儿，我忽然想起仆人们早已习惯第二个我在这里自由出入，于是便放下心来，马上穿好衣服，并尽可能地把自己打扮得像那么回事，因为杰基尔的衣服尺寸太大了，套在海德的身上显得十分刺眼。我飞快地穿过了屋子，布拉德肖被一大早就出现并穿着怪异的海德给吓坏了，不禁瞪圆了眼睛，向后退了好几步。十分钟之后，杰基尔博士变回了自己，心事重重地坐在餐桌前，装作要吃早饭的样子。

我当然没有任何心思吃早饭，这件离奇的事打破了我以往的经验，简直就像是巴比伦墙上的手指①，一字一句地把对我的判决词写到了墙上。我不得不开始比任何时候都认真地考虑我的双重身份可能带来的各种问题及后果。那个由我变化出来的爱德华·海德，由于已经经过了一段时间的锻炼，我感觉到他好像在渐渐长大，并且，当我变成他时，很明显地感到血气方刚，精力旺盛。隐约中，我感到了一种潜在的危险：倘若继续这样发展下去，那么我本性中的平衡可能会被永远地打破，我将倾向于恶的一面，并且随意变形的能力有可能会丧失，到那时，爱德华·海德将彻底把杰基尔替代。

事实上，那种药剂的效果并不十分稳定。很早之前的某次，我就曾彻底失败过。从那时起，我不得不多次加大药剂量，还有一次，我竟置生命于不顾，喝下整整三倍的药剂量。直到现在，我依然为自己这个杰出的发明而自得，但事实证明，尤其是前几次的失败表明，我的研究还存在严重的不足。而从那天早上所发生的出人意料的事件，我得出了如下结论：在实验的开始，如何挣脱杰基尔的肉体

---

① 据《圣经》记载，巴比伦王伯沙撒在宫殿里设宴纵饮时，忽然看到一根神秘的手指在王宫墙上写下看不懂的文字。后来，一位犹太先知解释道，墙上的字表示大难临头。那天夜里，巴比伦王被杀害，巴比伦国从此四分五裂。此典故用以形容不祥之兆。

束缚是我面对的最大困难，但是随着进一步的发展，事情发生了变化，现在已经向另一个方向转化。也就是说，那个善的我渐渐维持不下去了，我渐渐失去了对他的控制，此时，他正在同恶的一面结合为一体。

看来我必须从这两者当中选择一个了。这两个自我有着共同的记忆，可是在其他的能力上却相差太多。杰基尔是一个混合体，是一个比较复杂的人，他时而有着清醒的头脑，时而有着无尽的贪欲，他可以在转眼间变成海德，并乐于分享海德冒险的乐趣。而海德呢？他对杰基尔毫不关心，偶尔想起他的时候，也只不过是一个无恶不作的强盗想到他的避风港罢了。

杰基尔对海德怀有强烈的关切之心，这是一种类似于父爱的感情。可是海德像是一个不肖之子，对杰基尔没有丝毫感情。如果我选择了杰基尔，那么就得同那些放纵的欲望、无所顾忌的享乐等乐趣彻底告别；而如果我选择了海德，那么我的一生就彻底完了，我将为人们所不齿、痛恨，令亲朋好友蒙羞，无人理睬。在两者的选择上，似乎根本不需要思考太多，毫无疑问应该选择杰基尔。可是，还有一点不得不考虑到，杰基尔会在长期的克制贪欲中饱受折磨，而海德却完全没有此类负担。虽说我正处于一种特殊的地位，但是需要做出的这种抉择，却是有史以来人类不断在面对的：任何一个受到诱惑而摇摆不定的人，都必须做出明智的选择。我跟大多数人一样，都选择了较好的一面，结果却并没有坚持下去。

是的，我选择了做那个上了年纪却有着无穷欲望的博士，他德高望重，受人尊敬，身边有很多朋友，而且心怀诚挚的愿望。我毅然抛弃了那个可以享受无拘无束的生活的人，抛弃了年轻的身心、轻快的步伐、有力跳动的脉搏以及隐秘的快乐。尽管我做出了这样的选择，却下意识地保留了余地——我留下了索霍区的房子，爱德华·海德的衣服也被我藏在工作室的柜子里，随时可以取用。无论如何，我在整整两个月内始终恪守自己的选择。在这期间，我更加严格地要求自己，在生活上也变得更加严谨了。我似乎听到了良心的赞美，也似乎从中得到了心理上的补偿。但是，流逝的时间终于让我放松了警觉，让我忘却了那令人心悸的恐惧。我又开始饱受欲望的折磨，仿佛是海德在尽力地向外挣脱，渴望重获他的自由。最终，在某个意志薄弱的瞬间，我再次配制了药剂，并全部喝了下去。

我想，当一个酒鬼就他的恶习自己跟自己辩论时，他是无论如何都不会考虑他那畜生般的麻木不仁给自己招来的危险的。与此相似，我花了很长时间来考虑自己特殊的处境，却没有好好思考过爱德华·海德的冷酷无情、道德上的麻木不仁以及随时都可能犯下罪行的残忍本质。然而，恰恰是没有考虑到的这一点，让我得到了应有的惩罚。我身上的恶魔因为久困牢笼，所以一旦得到出来的机会，就立刻失控了。当我把药喝完，马上感到我的身上已经产生一种更狂放、更加难以控制的为非作歹的倾向。这种倾向令我难以自持，暴虐浮躁的脾气简直一触即发，所以当那个可怜、无辜的被害人很有礼貌地向我问路时，一股狂啸的风暴莫名地从心中掀起，我对天发誓，任何一个哪怕存有一丝理智的人，都绝对不会因这种不值一提的小事而犯下难以饶恕的滔天罪行。当我在打那个人的时候，糊涂得如同一个蛮横的孩童想要砸碎自己的玩具。我心甘情愿地将自己身上维持善恶平衡的本能抛弃了，要知道，正是这种本能，使得即便是世界上最坏的人也还能在诱惑的驱使下勉强稳住步子。而对海德而言，不管是多么微小的诱惑，都能够让他失控、沉沦。

恶魔一下子在我体内苏醒，并开始兽性大发，在莫名兴奋的驱使下，我疯狂地殴打那个无力反抗的人，每打一次，我都感到痛快淋漓，感到快乐，直到累了倦了，我才感到恐惧，一阵彻骨的凉意袭上心头。浓雾渐渐散去，我觉得继续在犯罪现场停留很可能会把自己的命送掉，才匆忙逃离。我作恶的欲望得到了满足，并从中获得了更强烈的刺激，这导致我更加珍惜自己的生命，对生命的眷恋可以说是达到了最大程度。我一口气跑到索霍区的那栋房子，为了安全起见，销毁了与自己有关的各种文件。接着，我又再次回到夜色中的街道，心中充满欢乐和恐惧，对于自己犯下的罪行感到沾沾自喜，甚至策划着放开胆子再干上几次。我不敢停下脚步，飞快地往杰基尔的住处赶去，一路上不时留神是否有人追来。再次配制药物时，海德兴奋得不能自已，真想扯开嗓门儿唱上几句。为死者干杯，他把药喝了下去。

　　变形的痛苦尚未消退，亨利·杰基尔早已满脸泪水、悔恨交加地跪倒在地，举起双手开始在上帝面前祈祷了。自我放纵的遮蔽物被揭去了，我看到了自己的一生：我回忆起父亲牵着年幼的我一起走路的情形，回想起多年以来拼命克制欲望，通宵达旦、埋头苦干的职业生涯，一直到那天晚上所发生的恐怖事件。在回忆中，我一次又一次地回到那万劫不复的时刻，我痛苦得直想大喊大叫，想要忘却那盘旋在脑子里的令人恐惧的情形。可是，在祈祷的时候，我那蠢蠢欲动的恶的一面也一直在偷窥我的灵魂深处。随着忏悔之痛逐渐消失，我开始感到幸运，我将不需要再为何去何从而犯难了，海德将再也不会在这个世界上出现，无论我愿不愿意，我都必须将自己局限于善的一面。啊，想到这一点我是多么高兴啊！能够回到正常生活的约束当中，我第一次感到如此心甘情愿。我将那扇海德经常出入的门紧紧锁上，并把钥匙狠狠踩断，当时我的确是无比真诚地向往高尚与善意。

　　第二天，各种消息便纷至沓来。据说警察已经开始着手调查谋杀案，有目击者证明凶手便是海德，而且受害人是一位德高望重之人，这不仅仅是普通的犯罪行为，而是一幕残忍、令人发指的惨剧。听到这种消息和评论，我感到些许高兴，因为我认为这样更能促使我向善的一面靠近。出于对被送上审判台的恐惧，杰基尔目前是最佳的避难所，而海德只要敢探一下头，任何人都可以伸手索取他的性命。

我下定决心，为弥补我所犯下的过错，要采取一些行动。事实上，我还是督促自己做了不少好事的。你也知道，去年的最后几个月，为了帮助人们减轻苦难，我是多么真诚地尽心尽力，你清楚我为别人做了多少好事。在那段时间，我的心情很平静，甚至可以说是无忧无虑、十分幸福的，我并没有厌倦那种整天忙着做善事的单调、贫瘠的生活，恰恰相反，我认为自己尝到了生活的乐趣。可是，我始终还是无法摆脱那种双重性的束缚。我刚刚想要改过自新，那被锁链囚禁起来的恶的一面便开始号叫，拼命想要摆脱束缚。我忍不住想再变一次海德，在诱惑的驱使下我在欺骗着自己的良心——终于，在诱惑与刺激面前，我垮了下来。

凡事总有一个结局，就像任何一个器皿都能被填满，这一次对我恶的一面的短时间迁就，彻底破坏了我内心的平衡。然而我没有警觉，彻底崩溃的时刻似乎很自然地发生了，仿佛又回到了我做这项科研之前的那些日子。一月份的某个晴天，冰雪融化的地方留下些许潮湿的痕迹，但一抬头就能看到晴朗的天空。在这冬去春来的时候，摄政王公园①里充满了冬日啁啾的鸟声。我坐在一张长椅上晒着太阳，往事慢慢浮上了脑海，却又模糊不清。我不禁想，我同别人并没有相差太远，不管怎么说，同他们相比，我那些自愿、主动的善行与他们对一切都漠不关心的德行相比，还是无愧于心的。这种想法刚一露头，我便感到一阵眩晕恶心，忍不住浑身战栗。这些症状发作完之后，我昏了过去。但是，过一会儿，我便发现自己清醒了过来，心情也变得大不一样，好像突然吃了豹子胆一样对一切毫不畏惧，什么危

---

① 伦敦市内的一座著名公园。

险，什么人世的束缚与恐惧，全部被抛到脑后。我低头一看，衣服松松垮垮地挂在身上，放在膝盖上的手变得青筋毕露、瘦骨嶙峋——我又成了爱德华·海德。就在刚刚，我还是那个德高望重的博士，受人尊敬，且生活富有。我的餐桌已经摆好，正等我回去吃饭，而我却在眨眼间变成了一个在逃的凶犯，一个臭名远扬的杀人凶手，一个早就应该被送上绞架的家伙。

　　我的理智动摇了，但并没有彻底丧失。我曾多次发现，我变成第二个我时，能力出乎意料地变得更强，官能似乎变得特别敏锐，精力也更加充沛了。因此难免会有这种情况发生：有些事杰基尔或许毫无办法，而海德却能够做得很漂亮。我的药剂放在密室中的柜子里，那么现在怎样才能把它拿出来呢？我开始认真地思考，必须得采取有效的行动。密室的门被我锁上了，而如果我自己试图进去取药，那么一定会被自己的仆人扭送到警察局。我苦思冥想，必须找一个人帮助我才行。忽然，我想到了拉尼翁。可是，我该如何告诉他这一切呢？他又怎样帮助我呢？我该如何到他那里呢？再说，现在的我，在他眼中是一个素未谋面、看起来又令人厌恶的陌生人，如何才能说服他到杰基尔博士的家里去取我所需要的东西呢？突然灵光一现，我想起第一个我还有一个能力没有改变，那就是我的字体没有变。想到这一点，我便计划好了整个过程。

　　我先把衣服尽量整理一番，然后到街上拦了一辆出租马车，前往一家我偶然记起名字的位于波兰特街的旅馆。说实话，穿着过大的衣服使我看起来十分滑稽——虽然这身衣服遮盖着那么悲惨的厄运——马车夫见了我，感到十分可笑。我不得不咬紧牙关来克制内心狂暴的愤怒，见到我这副模样，笑意顿时从他脸上消失。我想，这对我们双方来讲都属幸运，否则，我就会在眨眼间凶狠地把他从车上推下去。到了旅馆，我向四周张望，阴险狠毒的样子将侍者们吓得浑身发抖，他们甚至都不敢看我一眼，全都毕恭毕敬地低头听从我的吩咐。依照我的命令，他们带我进了一个单间，并且送来了纸和笔。生命受到威胁的海德对我来说就是一个陌生人：因为愤怒，他忍不住浑身哆嗦，疯狂得想要杀人，他千方百计想要折磨他人，为别人制造痛苦。但是，这个坏蛋十分狡猾，他拼命压制住心头的怒火，写完了两封重要的信，一封发给拉尼翁，一封发给杰基尔的仆人普尔。为了确保信能够及时寄出，他还吩咐必须寄挂号信。

那之后，他整个白天都坐在旅馆的房间里，在火炉边咬着指甲，他鬼鬼祟祟地独自一人在房间里吃饭，侍者怕他怕得要命。等到太阳落了山，他就搭乘一辆封闭的出租马车离开旅馆，在大街小巷转来转去。我之所以说是"他"，是因为我不愿承认那就是我。那个可怕的家伙冷酷无情，此时此刻，在他的大脑里，只有恐惧与仇恨，此外什么都没有。后来，他又怕引起马车夫的怀疑，就把马车打发走，自己开始沿街步行。但是他穿着那极不合身的衣服，注定成为显眼的目标，于是他走得飞快，混在那些夜间行走的人中间。那种卑劣的感情始终在他的心中不断翻腾，他一边低声自语，一边向几乎没有人影的街道靠近，暗暗估算着还有多久午夜才会来临。曾有一次，一个妇人试图与他搭话，实际上，她只不过是想让他买一盒火柴而已，而他却狠狠地扇了她一个耳光，吓得她魂飞魄散，拔腿就跑。

终于，我在拉尼翁的家里恢复了原样。看到我的老友那大惊失色的模样，我有些忐忑不安。这种不安使我在回顾那一段经历时更加感到恶心与厌恶。我发现自己的心情产生了一些新的变化，与被送上绞架相比，我更怕再次变为海德。迷迷糊糊地听完拉尼翁的责备，我做梦一般回到了家中，瘫倒在床上。我睡了整整一个白天，虽然又紧张又害怕，但仍然睡得很沉，就算是噩梦也没能把我惊醒。第二天醒来，我感到自己仿佛被用力抖过一番，整个人疲软不堪，但却精神振奋。一想到在我体内沉睡的那个怪物，我就感到十分害怕，甚至不敢想象那阴森恐怖、无法预知的未来。但我总算回到了自己家里，药剂就放在手边，随时都可以拿到。经过了这番折腾，逃脱厄运的感激之情自我的心中涌起，隐隐约约地，我感到未来充满了希望。

　　吃完早餐后，我到院子里散步，正酣畅地呼吸着清凉的空气，我突然产生一种无法言说的预感，感到自己马上就要变形。我急忙跑回工作室，门刚刚在身后关上，立刻就变成了愤怒发狂却又因恐惧而浑身冰凉的海德。这一次，我服用了两倍的药量才使自己复原。可是，唉，刚刚安全地度过了六小时，当我伤感、忧郁地坐在炉边时，那种剧烈的疼痛又开始了，我不得不再次服下药物。从那天起，我就必须想方设法地在药物的作用下，短时间地维持杰基尔的样貌。无论白天还是黑夜，这种变形的预感随时都会袭来，当我晚上睡觉或者白天在椅子上打瞌睡的时候，一睁开眼睛，就发现自己一定变成了海德。我感到自己濒临崩溃的边缘，失眠又成了我的新伙伴，巨大的精神压力令我不堪重负，这时的我，无论精神上还是肉体上都痛苦不堪。我的脑子里现在只想着一件事，那就是害怕成为海德。但是情况越来越糟糕了，当我睡着或者药效逐渐消失的时候，不经过任何过渡，变形的剧烈疼痛也在一天天减弱，我马上会变成另一个人——我的脑子里会充满恐怖的幻想，心中翻腾着残暴与仇恨，可是身体却虚弱而衰老，好像马上就要垮了一样。海德的力量似乎随着杰基尔病情的恶化变得强大了，他可以随时冲出来，占用杰基尔的身体。现在，他们都恨透了对方。出于求生的本能，杰基尔产生了深深的仇恨，他已经完全看透那个家伙，正是那个无耻的家伙与他共用一个大脑，还将最终与他一起迈向死亡的终点。除了这些令他难过的相通之处以外，他仅把海德看成一个由自己创造出来的无机物，尽管他有着旺盛的生命力。像他这种池塘里的淤泥竟然能够发出呼喊，像他这种飘扬的尘土竟然能够大摇大摆地走来走去、作奸犯科，甚至这个没有生命的东西竟然把他自己从生命的躯体中驱逐出来，真是太可怕、太不可思议了！此外，这来势凶猛的恐惧竟然与他有着如此密切的联系，程度甚至胜过了夫妻之情与骨肉亲情。那个可怕的东西被他关在肉体的牢笼之中，他甚至能够听到它在他的体内抱怨、咒骂，能够感觉到它拼命想要摆脱束缚。于是，当他精力衰竭的时候，当他每次大意地睡去时，那个东西便会出来打败他，把他赶下台。

海德对于杰基尔的仇恨则与此不同。出于对绞架的恐惧，他不得不一次又一次暂时性地杀死自己，仅仅让他成为某一部分，而不是作为海德出现的完整的生命个体。他恨透了这种不得已的做法，恨透了杰基尔目前那种绝望、沮丧的状态，恨透了杰基尔对他的憎恶，因此，他不停地跟我作对、捣乱，他用我的笔迹在书上写满亵渎神灵的大不敬话语，烧掉我的信件，毁掉我父亲的肖像……可以这么讲，若不是他自己害怕死亡，他早就把自己毁灭了，好让我同他同归于尽。然而，他是那样渴望活着，那样贪生怕死，这就使主动权落到了我的手中。一想起他，我就恶心得想吐，并且浑身冰凉。可是，当我有时想到他对生命如此眷恋，当我获知他是多么害怕我会通过自杀的方式来甩掉他时，我又对他产生了一点儿怜悯之心。

这种情形无须赘述，何况也没有多少时间了。没有人能够忍受我所遭受的这种苦难和折磨，但愿到此为止吧。然而，纵使是这种残酷的折磨，随着时间一天天流逝，对它也会变得麻木不仁，无言地对这种绝望认命。我遭到的报应本可以如此这般经年累月地延续下去，但是最近发生的灾难使我意识到，我将和真实的自己被迫彻底分离。我配置药剂所使用的那种盐，在做完第一次实验后便一直没有补充，现在它就要用完了，我便派人去买。可是，使用新买的盐无法配制出同样的药剂，它也有沸腾现象，也会发生第一次变色，却不再发生第二次变色了。我喝了下去，没有任何作用。从普尔那里你会知道，我是怎样让他跑遍全伦敦去找的，然而却始终不对。这时，我才明白过来，原来我最初买的那批货成分不纯，正是那种我所不知道的杂质，使得药剂产生此种效果。

差不多一个星期过去了，让我在最后一份药剂的效应下结束这番自白吧。如果没有奇迹出现，我想这是杰基尔最后一次用自己的大脑思考，最后一次在镜中端详自己的相貌了。我不能耽搁太久，必须尽快写完。我的这番自白之所以能够免于被毁，全都是由于我高度的小心谨慎和极大的侥幸。如果在我写这些东西的当口，变形的剧痛来临，那么海德无疑会把这些全部撕得粉碎。但是，如果我能早一点儿把它放好，中间留有一段时间，那么海德的极端自私以及当时的环境限制，倒很有可能让这封信免于被他毁掉的命运。

事实上，我们两个的生命都已走到了尽头，他也发生了一系列变化，整个人快被压垮了。半小时以后，我将变成那个令我无比憎恶的人，并且永远不可能恢复原形了。我知道我将躲在椅子中颤抖、抽泣，紧张地竖起耳朵仔细聆听，充满恐惧、慌乱不安地来回踱步，忍受死亡的威胁。海德会被绞死吗？或者，他有勇气来了结自己求得解脱吗？恐怕只有上帝才会知道了，我管不了那么多了。现在是我真正死亡的时刻，此后发生的事情都与我无关了。在这里，我就此搁笔，封好这份自白书，与此同时，可怜的亨利·杰基尔的生命也就此画上了句号。

"博集典藏馆"书目